김남주 시인의 삶과 문학정신

편집위원　김양현 최창근

김남주 시인의 삶과 문학정신

초판 1쇄 인쇄 · 2024년 10월 25일
초판 1쇄 발행 · 2024년 10월 31일

지은이 · 김준태 임동확 유희석 맹문재 고명철 정민구 최진석 김양현 최창근
펴낸이 · 한봉숙
펴낸곳 · 푸른사상사

주간 · 맹문재 | 편집 · 지순이 | 교정 · 김수란, 노현정 | 마케팅 · 한정규
등록 · 1999년 7월 8일 제2-2876호
주소 · 경기도 파주시 회동길 337-16(서패동 470-6)
대표전화 · 031) 955-9111~2 | 팩시밀리 · 031) 955-9114
이메일 · prun21c@hanmail.net
홈페이지 · http://www.prun21c.com

ⓒ 김준태 임동확 유희석 맹문재
　고명철 정민구 최진석 김양현 최창근, 2024

ISBN 979-11-308-2184-9　93800
값 22,000원

이 책의 출판은 전남대학교 인문대학의 지원에 의한 것임.

김남주 시인의
삶과 문학정신

김준태

임동확

유희석

맹문재

고명철

정민구

최진석

김양현

최창근 지음

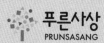

김남주 시인 30주기를 맞이하여

1.

올해 2월에 김남주 시인 30주기 추모제가 망월동 묘역에서 있었다. 추모제 행사의 끝자락에 김남주 시인이 자신의 생전 목소리로 감사의 인사를 드리는 순서가 마련되었는데, 시인은 이렇게 말했다.

"김남주 시인입니다. AI의 도움으로 생전 내 목소리로 여러분들께 인사드립니다. 벌써 30년이 지난 일이네요. 1994년 2월 13일, 나는 마흔아홉 살의 나이로 죽었습니다. 살아 있었다면 일흔아홉 살의 노인이 되었겠네요. 일찍 죽게 되어 참으로 아쉽고 슬픈 일이었지요. 그렇지만 나는 죽은 뒤에도 늘 여러분들의 곁에 있었습니다. 그래서 정말 행복했습니다. 사랑하는 가족 친지들, 친구들, 그리고 선후배 동료들이 매년 이렇게 모여서 나를 생각하고 기억해주니 어찌 행복하지 않겠습니까!
생각해보면 지난 30년 동안 나와 관련해서 정말 많은 일들이 있었네요.

김남주기념사업회가 주축이 되어 매년 문학제와 추모제가 개최되었습니다. 나의 해남 고향집이 복원되었으며, 광주 중외공원에 시비가 세워졌습니다. 또 내가 죽은 20주년을 기념해서는 시전집과 산문전집이 간행되어 내 작품들이 총정리되었습니다. 25주년을 기념해서는 모교인 전남대학교에 김남주기념홀이 건립되었습니다. 또 인터넷상에는 김남주 시인 블로그가 운영되고 있습니다. 사람들은 이제 시인으로서의 나의 정신과 삶의 태도, 그리고 나의 문학적 유산을 언제든지 만날 수 있게 되었습니다. 이 자리를 빌려서 그동안 애써주신 모든 분들께 마음 깊이 감사의 인사를 드립니다. 추모사업회장으로 노고를 아끼지 않은 김경윤 선생에게 특별한 인사를 드립니다. 감사합니다.

나는 늘 소박하고 단순한 사람들을 위해 시를 쓰고 싶었습니다. 배를 채울 밥과 입을 옷과 안심하고 잠자리에 들 수 있는 집을 갖고 싶어 하는 그런 사람들을 위해 시를 쓰고 싶었습니다. 나는 나의 시가 가난한 이들의 동무가 될 수 있다면 그것으로 만족합니다. 어서 빨리 평화롭고 안전한 세상이 되어 모두가 행복하길 바랍니다.

아, 마지막으로 우리 아들 토일이! 이렇게 훌륭한 사람으로 커줘서 정말 고맙고 대견하다. 그리고 새 아기! 결혼을 진심으로 축하하고 내내 행복하길 빈다. 무엇보다도 30년의 세월을 묵묵히 감당해온 내 아내 박광숙 씨! 정말 미안하고 또 사랑합니다. 여러분! 감사합니다.”

참석자들 모두 시인의 생전 목소리를 듣고서 놀라워하지 않을 수 없었다. AI 기술을 통해 김남주 시인의 음성이 복원된 것이다. ㈜솔트룩스와 전남대 인공지능연구소 공동으로 김남주 시인 음성 AI 프로젝트를 수행했다.

김남주 시인의 삶과 문학 정신

그 결과 김남주 시인의 음성이 복원되었고, 이 프로그램을 활용하여 약 2분 30초 분량의 인사말을 생전의 목소리로 생성할 수 있었다. 인사말 텍스트는 프로젝트에 참여했던 김양현 교수(전남대 철학과)가 작성했다. 김남주 시인 블로그(https://blog.naver.com/kimnamjuhall/223357163828)에서 다시 들어볼 수 있다.

추모제가 끝나고 식사하는 자리에서 김경윤 회장, 임동확 교수, 맹문재 교수, 그리고 정양주 회장 등이 이구동성으로 해남에서 9월 말에 열리는 행사와 별도로 전남대 김남주기념홀에서 30주기 기념 학술대회를 개최하자고 나에게 제안했다. 나는 지체 없이 한편으로는 관계된 전문가들과 구체적인 내용을 상의하고, 다른 한편으로는 인문대학 이성원 학장에게 보고하였다. 학장의 적극적인 관심 덕분에 곧바로 일이 추진될 수 있었다. 11월 2일 (토) 김남주기념홀에서 '김남주 시인의 삶과 문학정신'을 주제로 학술대회를 개최하기로 한 것이다. 도중에 호남학연구원(원장 정명중)도 행사에 참여하기로 했다. 따라서 행사는 인문대학과 호남학연구원이 주최하되, 행사 주관은 김남주 시인 30주기 기념 학술대회 운영위원회(김양현, 김경윤, 정양주, 임홍배, 맹문재, 임동확, 최창근)가 맡기로 했다. 실무적인 모든 일은 김양현 교수와 최창근 박사가 맡았다.

김준태 선생께서 기조강연을, 임동확(한신대), 유희석(전남대), 맹문재(안양대), 고명철(광운대), 정민구(전남대), 최진석(서울과기대) 등 관련 분야 전문가들이 논문 발표를 맡았다. 김연민(전남대), 이동순(조선대), 최현주(순천대) 교수 등이 토론을, 그리고 임홍배(서울대), 정명순(전남대), 이명원(경희대) 교수께서 각각 진행 사회를 맡게 되었다.

2.

김남주는 독재정권에 맞서 민주주의의 실현과 민족해방을 위해 온몸을 바친 민족시인이다. 1945년 10월 16일 전남 해남에서 태어나 전남대 영문과에서 수학했으며, 2010년에 명예졸업장을 받았다.

1974년 『창작과비평』 여름호에 「잿더미」 등을 발표하며 작품 활동을 시작했다. 시집 『진혼가』, 『나의 칼 나의 피』, 『조국은 하나다』, 『솔직히 말하자』, 『사상의 거처』, 『이 좋은 세상에』, 산문집 『산이라면 넘어주고 강이라면 건너주고』, 『시와 혁명』, 『불씨 하나가 광야를 태우리라』, 번역서 『자기 땅에서 유배당한 자들』, 『아침저녁으로 읽기 위하여』, 『아타 트롤』, 『은박지에 새긴 사랑』 등이 있다.

1972년 반유신 투쟁 지하신문(유인물)인 『함성』, 『고발』을 제작 유포하다가 발각되어 옥고를 치렀다. 1979년 남민전 사건으로 15년 형을 선고받고 투옥 중 국내외의 석방 운동에 힘입어 1988년 12월에 출옥하였다. 1994년 2월 13일 타계하여 광주 망월동 5·18묘역에 안장되었다. 신동엽창작기금, 단재문학상, 윤상원상, 민족예술상, 파주북어워드 특별상을 수상했다.

3.

김남주는 어떤 시인인가, 김남주 시의 정신은 무엇인가? 문학계 내외부에 다양한 평가가 있다. 그중에서 몇 가지 대표적인 진술들을 뽑아 여기에 정리해 본다.

김남주 시인의 삶과 문학 정신

일본 후꾸오카 감옥의 화장터 연기로 사라져간 윤동주의 시가 잡히지 않아 나는 오랫동안 몸살을 앓아왔다. 그런데 나는 김남주 시인의 시를 읽으면서 이 시들이야말로 바로 윤동주의 시가 아닐까 하는 느낌이 들었다. 김남주 시인이 여, 너는 나의 꽃이다 영혼이다 피다 육신이다.　　　　　　　　　　— 문익환

　시인과 시는 시대정신의 꽃이다. 철 지난 이 마당에 남주를 돌이켜보매 그야 말로 남도의 동백꽃처럼 여겨진다. 마치 젊음의 처참한 쇠락을 보여주듯 동백 은 깨끗하게 몸이 딱 꺾여 온전한 꽃 한 송이째로 떨어진다. 나는 그래서 그것 을 차마 쓸어내지 못하고 한 송이 송이를 주워내곤 했다.　　　　　　— 황석영

　김남주의 시들은 우리가 일찍이 경험하지 못했던 이 도덕적 태만의 시대를 쇠북처럼 울린다. 화등잔같이 부릅뜬 그의 눈은 집중된 정신이 발하는 예지와 범할 수 없는 위엄으로 휩싸여 있으며, 그의 단호하고도 절제된 혼신의 부르짖 음은 예리한 비수처럼 귓속을 파고들어 우리의 게으른 고막을 찢고야 만다.
　　　　　　　　　　　　　　　　　　　　　　　　　　　　　　— 김사인

　김남주의 문학을 살펴보면 두 개의 상이한 원천이 있음을 감지할 수 있다. 하나는 농민의 아들로서의 존재기반에서 기원하는 것이고, 다른 하나는 그의 교양-독서 체험에 관계된 것이다. 이 양자는 그의 사회적·문학적 실천이 진 전됨에 따라 점점 더 긴밀하게 상호 침투 결합하여 그를 혁명적 민주주의자, 전투적 시인으로 만들어갔다.　　　　　　　　　　　　　　　　　　— 염무웅

　「시인」이라는 시에서 그는 육신이 결박된 순간에 시를 쓸 수 있어서 행복하 다고 했습니다. 감옥에 간 청년들이 하나같이 시인이 되던 시대가 있었습니다. 70년대, 80년대의 대한민국은 세계에서 유례를 찾아볼 수 없는 시의 나라였습 니다. 그는 감옥에서 누에가 실을 뽑듯이 쉼 없이 시를 썼습니다. 그를 묶어놓 고 있는 사슬과 부자유는 마그마처럼 그를 끓어 넘치게 했습니다. 그의 시는 폭발력 강한 불, 그 자체였습니다. 그의 온몸은 시로 타올랐고, 표현할 수 있는

극한까지 밀어 올렸습니다.   ― 박광숙

4.

우리는 학술대회 자료집을 만드는 대신에 미리 준비해서 책을 출판하기로 했다. 폭염의 한여름에 원고를 작성하느라 여러분들이 애를 써주셨다. 이 자리를 빌려서 심심한 감사의 인사를 전한다. 이제 책에 실린 글의 내용을 간략하게 간추려보도록 하자.

「2024 김남주론」이라는 글에서 김준태 선생은 무엇보다도 김남주의 시가 흙과 대지 위에 두 다리를 탄탄하게 세우고 있다는 점에 주목한다. 시인에게 대지는 고향 해남의 논과 밭, 산과 들판이며 시인의 상상력과 언어는 모두 이곳에서 생산된 것들이다. 김남주는 한동안 고향에 돌아가 낮에는 농사짓고, 밤에는 글을 읽거나 쓰고, 그리고 번역하는 일로 나날을 보냈다. 농촌의 창문을 통하여 조국의 현실을 들여다볼 수 있는 기회였다. 민중·민족을 향한 그 몸부림과 미학의 방법론과 그 행위는 보다 선명해지고, 그것은 마침내 비장미의 극치를 이루게 되었다. 이 비장미는 소박함과 단순함의 미학과 행동을 지향한다. 이러한 특성이 김남주의 시를 세계적인 수준으로 드높였다. 김남주에게 농촌은 혁명세계의 정서적 밭이랑이요, 동학농민혁명의 전봉준 장군은 그와 거의 육친화된 스승이다. 그리고 1980년 5월은 김남주의 시와 정신에 현실적인 구체성을 담아내는 기폭제였다. 시인이 실천한 민중미학 혹은 민족미학은 오늘의 문학가들과 양심세력들에게 경종이 되고

있다. 궁극적으로 김남주의 시와 문학정신은 5,000년의 우리 역사 속에서 우리 민족의 아름다움과 평화의 에너지를 발견하고 다져가는 몸부림이었다.

임동확 교수는 「프로메테우스의 모험과 부끄럼의 힘 : 김남주 초기 시세계를 중심으로」라는 논문에서 김남주의 초기 시의 정신적 근원에 대하여 묻는다. 생전에 '전사시인'으로 불리길 원했던 김남주 초기 시에 배어 있는 부끄럼의 정서와 결코 정당화되지 않는 일체의 것들에 대한 거부감 내지 저항의식은, 단지 그만의 시대정신이나 역사의식에서 오지 않는다. 또한 종교적이고 도덕적인 가치를 개입시켜 옳고 그름, 또는 선과 악을 판단하는 의식으로서 양심에서 오지 않는다. 일종의 당위나 의무로서가 아니라 스스로의 거울에 비춰 부끄럽지 않으려는 마음 또는 심령의 움직임으로서 양심의 치열성에서 시작된다. 그는 처음부터 자신의 부끄럼과 양심에 기초하여 자신의 사상과 신념을 방해하는 일체의 법이나 금기 자체를 인정하지 않으면서 혁명가적 이상을 꿈꾸었던 시인이었던 셈이다.

유희석 교수는 「김남주 시의 '상속'에 관하여」라는 글에서 김남주 시를 어떻게 상속해야 하는가를 고민하는데, 이는 우리 시대의 비평이 시대적 책무로 떠맡고 있는 일이다. 시대의 엄혹함을 감당한 김남주의 시는 오늘날 비평의 깨어 있음도 생각하게 한다. 지난 세기의 우리 문학은 한문문학과의 극단적 단절을 겪으며 출범했고, 그나마 모어(母語)를 빼앗긴 상태에서 식민지문학으로 연명했다. 해방 후에는 동족상잔의 폐허 속에서 그야말로 간난신고로써 민족문학의 영토를 개척했다. 어느덧 'K-문학' 운운하는 세월이 되어버렸지만, 20세기의 그러한 유산을 알뜰하게 상속하지 않고서는 한국 문학의 미래가 밝을 수 없다. 그러한 유산의 일부인 김남주의 작품이 한국 민주화운동에 대한 가장 뜨겁고 정직한 증언이기도 하다. 부역이나 훼절, 전향의 흠결이 전혀 없는 김남주의 시를 상속받는 일은 시민들의 상식과 존엄이 짓밟히고 있는 이 회색과 반동의 시대를 견디면서 극복하는 사유로서의 행동이다.

「김남주의 산문에 나타난 파블로 네루다의 수용 과정」이라는 논문을 통해 맹문재 교수는 김남주 시인이 네루다의 삶과 시를 수용한 과정을 자각적 수용, 실천적 수용, 창조적 수용으로 구분하여 살펴본다. 김남주는 네루다의 작품을 자연 발생적으로 수용했지만, 애독하고 탐구하면서 자각적인 수용과 실천적인 수용의 단계로 들어섰다. 미국의 지배를 받는 중남미의 식민지나 사회 계급의 상황이 한국과 유사하다고 느끼고 그 극복을 위해 네루다가 혁명 투사의 길을 걸어갔듯이 김남주는 남민전(남조선민족해방전선)에 참가했다. 시인은 혁명 투쟁에 함께함으로써 가장 혁명적인 시를 쓸 수 있다는 믿음을 가지고 전위 조직의 일원으로 활동한 것이다. 김남주는 네루다의 삶과 시의 수용을 창조적인 활동으로 심화하고 확대했다. 김남주의 창조적 수용은 혁명을 추구하기 위한 실천 운동이었다. 김남주는 번역과 시 창작을 통해 역사적인 운동의 사상에 민중들의 구체적인 생활을 결합한 세계를 이루었다.

고명철 교수는 시인이 수행한 세계문학적 지평에 대하여 논의한다. 즉 '혁명전사—시인'으로서 김남주의 삶정치는 한국사회의 변혁을 대상으로 하고 있지만, 그의 혁명은 구미중심의 근대 국민국가—간(間) 세계체제를 대상으로 설정한 세계변혁 곧 세계혁명을 향한 세계의 민중과 함께 걷는 상상력의 연대를 수행하는 데 있다는 것이다. 이것이 바로 우리가 함께 새롭게 궁리해야 할 탈구미중심의 세계문학으로서 김남주 혁명의 진면목이다. 따라서 김남주가 온몸으로 밀어붙인 전망에의 의지와 수행은 구미중심의 근대가 내장한 일의적(一義的) 근대와 목적론적 역사에 충실한 그런 성격을 갖는 게 아니다. 김남주의 문학은 '대지'의 도저한 생명력에 바탕을 둔 '토착적 모더니티'의 활력과 율동, 그것의 탈식민의 가치와 삶정치를 공유(共有) 및 분유(分有)하는, 그래서 자본주의적 세계체제와 '또 다른' 세계를 지구별 사람들이 행복하게 사는 혁명의 문제의식에 맞닿아 있다. 이러한 세계문학과 '함께' 가는 길이 바로 '혁명전사—시인' 김남주가 '수행하는' 세계문학이다.

「김남주의 해남과 광주, 그리고 시집『농부의 밤』에서 정민구 교수는 시인의 생애와 연표에 대한 검토를 통해서 김남주 시인의 시 세계를 심도 있게 탐구한다. 시인에게 있어서 해남과 광주는 단순한 지리적 배경을 넘어, 정체성 형성과 정치적 실천을 이해하는 중요한 공간이 된다. 김남주는 두 공간을 오가며 시대적 현실과 맞서 싸우는 존재로 나아갔기 때문이다. 두 공간을 둘러싼 생애와 연표를 검토하는 과정에서, 기록으로 남아 있지 않은 김남주의 '어떤' 시집이 있음을 알게 된다. 시집『농부의 밤』이 그것이다. 해당 시집은 시인이자 농민, 전사로서의 김남주와 그의 시적 세계를 알게 하는 데 중요한 참조 자료가 될 수 있지만, 여전히 검토되지 않은 채로 남아 있다. 김남주의 생애와 연표를 기반으로 아직 연구되지 않은 자료에 대한 지속적인 연구가 요청되는 까닭이다.

최진석 교수는 전사의 시학에서 투사의 시학으로 이행하는 양상을 김남주의 삶과 문학에서 확인함으로써, 새로운 문학적 전망을 제시한다. 민주주의를 위한 전사, 민족해방의 시인, 민중적 리얼리스트 등등 김남주에게 붙여진 수많은 명칭은 그가 엄혹했던 1980년대를 통과한 신화적 영웅임을 시사한다. 사회적 발언이 금지되고 폭력과 고문이 일상화되었던 시대에 김남주는 시를 통해 독재와 싸웠고 민주화의 정신적 지평을 열었다. '전사의 시학'은 이 같은 문학적 이념이자 방법론을 가리키지만, 1994년 그의 갑작스런 죽음 이후 차츰 역사화된 느낌을 지울 수 없다. 소련의 해체와 지구화라는 세계사적 변화로 인해 그가 추구했던 의제들 역시 근대의 황혼에 묻혀버린 탓이다. 김남주 시학의 새로운 정립이 필요한 것은 아닌지 질문하는 가운데 우리의 문제의식은 시작된다. 절대불변하는 초월적 이념으로서 전사의 형상이 아니라 시인의 실존과 행위를 통해 형성되는 투사의 이미지야말로 새로운 시학의 출발점이 되어야 한다. 특히, 그것은 사회적 주체화라는 과정을 포함하는데, 시인은 혁명에 대한 경향적 추구를 통해 자신의 정체성을 계속 변화시킨다. 주체는 선험적 존재가 아니라 주체화의 과정을 통해 출현하는 상황적 실존이다. 이 사회적 과정을 담아내는 가운데 김남주의 문학은 다시 정초될 수 있다. 사회적 주체화를 담보함으로써 세계를 바꾸어가는 문학적 운동이 여기서 성립한다. 요컨대 '투사를 위한 시학'이야말로 김남주가 남긴 우리 시대의 문학적 과제인 셈이다.

　　책의 말미에는 전남대 인문대학에 건립된 김남주기념홀에 관한 사실적 기록과 함께 김남주 시인에 대한 연구사적인 문헌자료 목록이 정리되어 있다. 관심 있는 사람들에게 다소간 참고가 될 것으로 믿는다.

5.

지난해에 김형수 작가는 방대한 분량의 『김남주 평전』을 세상에 내놓았다. 5년의 긴 시간과 정성을 쏟았다고 한다. 그는 책의 마지막 문단에서 결론으로 이런 말을 꺼냈다. 김남주 시인은 "이웃들과 힘겨루기를 해야 하는 일상의 경쟁에서 언제나 '자발적 무능'의 길을 선택했다. 21세기의 인류는 타자 앞에서 무능하기 위해 뼈를 깎는 고통을 치러야 한다. 우리는 동물들 앞에서도, 저 말 없는 식물들 앞에서도 지금보다 훨씬 무능하기 위해 싸워야 한다. 그래서 세상의 누군가가 이 문명이 가져온 엄청난 손실을 감당할 내공을 기르지 않으면, 대지가 더는 인류를 받아주지 않을 것이다." 우리는 작가의 통찰력에 놀라지 않을 수 없다. 시인이 우리들에게 던진 삶의 메시지를 새롭게 음미해본다. 우리의 구체적인 삶의 태도와 실천을 다시 되돌아보게 된다.

2024년 9월 말에
용봉골에서
김양현 · 최창근

차례

2024 김남주론

김준태

- 시인의 사명은 귀향(歸鄕)이다. ──프리드리히 횔더린

- 시인은 그의 민족과 함께 울고 웃지 않으면 안 된다. ──가르시아 로르까

- 흙(혹은 대지)에서 발바닥을 뗀 문학은 힘이 없다. 아무리 힘센 거인이라도 땅에서 발이 떨어졌을 땐 힘없이 넘어지게 마련인 것처럼 문학도 그렇다.
  ──김남주

- 김남주는 한국의 마지막 농경사회 시인이며 나아가 통일시인이다.
  ──김준태

1. 조국은 하나다

"조국은 하나다"
이것이 나의 슬로건이다
꿈속에서가 아니라 이제는 생시에
남 모르게가 아니라 이제는 공공연하게
"조국은 하나다"
권력의 눈앞에서
양키 점령군의 총구 앞에서

자본과 개들의 이빨 앞에서
"조국은 하나다"
이것이 나의 슬로건이다

이제 나는 쓰리라
사람들이 오가는 모든 길 위에
조국은 하나다라고
오르막길 위에도 내리막길 위에도 쓰리라
사나운 바다의 뱃길 위에도 쓰고
바위로 험한 산길 위에도 쓰리라
밤길 위에도 쓰고 새벽길 위에도 쓰고
끊어진 남과 북의 철길 위에도 쓰리라
조국은 하나다 라고

나는 이제 쓰리라
인간의 눈이 닿는 모든 사물 위에
조국은 하나다 라고
눈을 뜨면 아침에 맨 처음 보게 되는 천장 위에 쓰리라
만인의 입으로 들어오는 밥 위에 쓰리라
쌀밥 위에도 보리밥 위에도 쓰리라

오 조국이여
세상에서도 가장 아름다운 꽃이여 이름이여
나는 또한 쓰리라
인간의 눈길이 닿는 모든 사물 위에
조국은 하나다라고
눈을 뜨면 아침에
당신이 맨 먼저 보게 되는 천장 위에도 쓰고
눈을 감으면 한밤에
맨 나중까지 떠 있는 샛별 위에도 쓰리라

조국은 하나다 라고
그리고 아침저녁으로 축복처럼
만인의 배에서 차오르는 겨레의 양식이여
나는 쓰리라 쌀밥 위에도 쓰고 보리밥 위에도 쓰리라
조국은 하나다 라고

바다에 가서 쓰리라 모래 위에
조국은 하나다 라고
파도가 와서 지워 버리면 그 이름
산에 가서 쓰리라 바위 위에
조국은 하나다 라고
세월이 와서 지워 버리면 그 이름
가슴에 내 가슴에 수놓으리라
아무리 사나운 자연의 폭력도
아무리 사나운 인간의 폭력도
감히 어쩌지 못하도록
누이의 붉은 마음의 실로
조국은 하나다 라고
그리하여 마침내 나는 외치리라

인간이 세워놓은 모든 벽에 대고
조국은 하나다 라고
아메리카 카우보이와 자본가의 국경
삼팔선에 대고 외치리라
조국은 하나다 라고
식민지의 낮과 밤이 쌓아 올린
분단의 벽에 대고 나는 외치리라
조국은 하나다 라고
압제와 착취가 날조해낸 허위의 벽
반공 이데올로기에 대고 나는 외치리라

조국은 하나다 라고

그리하여 마침내 나는 내걸리라
지상에 깃대를 세워 하늘 높이에
나의 슬로건 "조국은 하나다"를
키가 장대 같다는 양키의 손가락 끝도
가난의 등에 주춧돌을 올려놓고 그 위에
거재를 쌓아 올린 부자들의 빌딩도
언제고 끝내는 가진 자들의 형제였던 교회의 첨탑도
감히 범접을 못하도록
최후의 깃발처럼 내걸리라
자유를 사랑하고 민중의 해방을 꿈꾸는
식민지 모든 인민이 우러러볼 수 있도록
남과 북의 슬로건"조국은 하나다"를!

—「조국은 하나다」 전문

김남주(1946~1994) 시인. 그는 지금 광주시 망월동 '5 · 18 옛 묘역'에 잠들어 있다. 살아생전 그가 그렇게 열렬하게 노래했던 '오월영령과 통일운동가들' 곁에. 그가 어머니 이상으로 사랑했던 흙의 대지의 품안에 깊숙이 누워 하늘의 초롱초롱한 별들을 헤아리고 있다. 가을밤이면 떼를 지어 우는 풀벌레 울음소리를 벗 삼아 듣고, 겨울이면 포근하게 내려 쌓이는 하얀 눈의 속삭임을 듣는다. 그리고 봄이 오면 이 땅을 지키는 파수꾼 같은 연초록 풀잎들을 그의 무덤 밖으로 솟구치듯 올려놓는다.

사람들은 지금도 김남주를 싸우는 '전사'라고 '혁명시인'이라고 말한다. 저 1970~80년대의 폭압정치의 시절, 10년 가까이 옥고를 치르면서도 당당한 목소리로 노래한 시인이었기 때문이다. 그의 시는 관념적 추상적 어휘들

22 　　　　　　　　　　　　　　　　　　　　　　　김남주 시인의 삶과 문학 정신

을 거부한다. 보다 구체적이고 역사이며 현실적인 행동미학으로 거듭난다. 따라서 그의 사상과 운동, 여기에서 생산되는 시는 그가 고향에서 체득한 농민들의 삶과 흙에 기저한 '대지정신'에 힘입은 바 크다.

장시 「조국은 하나다」가 대표적이다. 정직하고 솔직하고 당당한 목소리, 예컨대 숙명적으로 운명적으로 우리 민족의 절대 지상명령일 수밖에 없는 "조국은 하나다!"라는 슬로건을 내건 그의 시가 메마르지 않고 강물처럼 넘실거리고 있음은 바로 흙의 혹은 저 드넓은 논밭의 대지에 뿌리를 내리고 있다 함일 것이다. 일찍이 그가 말했듯이 "대지에서 발바닥을 뗀 문학은 힘이 없다. 아무리 힘센 거인이라도 땅에서 발이 1mm라도 떨어졌을 땐 힘없이 넘어지게 마련인 것처럼 문학도 그렇다."가 바로 그의 시의 중심부를 관통, 힘찬 노래의 빛살을 내뿜는다.

김남주는 알제리 독립투쟁을 이끈 사상가이자 혁명가인 프란츠 파농 (1925~1961)과 같은 행동적 지식인과 궤를 같이한다. 그가 번역한 책 [자기의 땅에서 유배당한 자들]에 이런 대목이 나온다. "진정한 예술작품을 창작하고자 하는 식민지 지식인은 민족의 현실이 바로 당면한 현실임을 깨달아야 한다. 그는 미래에 대한 지식이 창출되어 나오는 용광로를 발견하기까지 전진하지 않으면 안 된다."

물론 프란츠 파농 이전에 김남주에게 가장 많은 유전자적 영향을 끼친 사람은 갑오농민전쟁(갑오동학혁명)의 선봉에 섰던 전봉준 장군이다. 김남주 시인에게 역사의식을 갖게 하고 현실인식을 가져다준 동학혁명의 정신은 시 「돌과 낫과 창과」 「노래」(죽창가)로 재생산된다. 시 「노래」는 광주비엔날레공원에 시비로 세워져 봄여름가을겨울 언제나 방문객들을 기다린다.

갑오농민에게 소중했던 것 그것은 / 한 술의 밥이었던가 아니다 /
구차한 목숨이었던가 아니다 / 다 빼앗기고 양반과 부호들에게 /
더는 잃을 것이 없는 우리 농민들에게 소중했던 것 / 그것은 /
돌이었다 낫이었다 창이었다 // 돌은 / 낫을 갈아 창을 깎기 위해 /
낫은 / 양반과 부호들의 머리를 베기 위해 창은 / 외적의 무리를
무찌르기 위해 / 소중했던 것이다

—「돌과 낫과 창과」 전문

이 두메는 날라와 더불어 / 꽃이 되자 하네 꽃이 / 피어 눈물로
고여 발등에서 갈라지는 / 녹두꽃이 되자 하네 // 이 산골은 날라와
더불어 / 새가 되자 하네 새가 / 아랫녘 웃녘에서 울어예는 파랑새가
되자 하네 // 이 들판은 날라와 더불어 / 불이 되자 하네 불이 /
타는 들녘 어둠을 사르는 / 들불이 되자 하네 // 되자 하네 되고자 하네 /
다시 한 번 이 고을은 / 반란이 되자 하네 / 청송녹죽(靑松綠竹) 가슴으로
꽂히는 / 죽창이 되자 하네 죽창이

—「노래」 전문

자아, 이제 그럼 김남주 시인의 고향으로 얘기를 돌려보자. 그로 하여금 흙의 혹은 '대지정신' 바닥에 깔고 북소리 같은 심장으로 조국통일 노래를 하게 한 시정신의 모태지—한반도의 땅끝마을이 바로 '해남'이다. 광주에서 삼백 리 길, 서울에서 천 리 길인 한반도의 남녘땅 해남. 일찍이 서산대사께서 "내가 열반에 들거든 내 유품들을 저 해남 대흥사에 모셔라. 해남 땅은 삼재(三災 : 전쟁·전염병·흉년의 재앙)를 면할 수 있는 천하의 명당이니라."라고 말한 곳이 바로 여기였다.

해남읍에서 남쪽으로 4km 지점에 위치한 삼산면 봉학리. 완도로 가는 국도에서 조금 비껴 서면 남녘 땅 전형적인 소나무 숲 사이로 김남주의 고향

이 달려 나온다. 그의 시와 사상과 행동을 지배한 '흙 알갱이들'이 촉촉하고 풍성하게 숨쉬면서 찾아간 방문객의 가슴을 울렁거리게 혹은 설레이게 만든다. 다음은 그가 생전에 필자와 나눈 대화 한 토막이다.

　　－김남주 시인, 우리에게 있어 시인은 누구이고 무엇일까요?
　　"시인은 우선 민족문제를 비켜가서는 안됩니다. 그래서 나의 경우, 시인은 싸우는 사람(전사)과 동의어라고 생각합니다. 물론 자신과도 끊임없이 싸워야 하는…"
　　－이제 감옥에서 나왔으니 시인께선 앞으로 생활을 어디에서 할 예정입니까?
　　"고향에 내려가서 흙의 노동을 할 것입니다. 건강과 시를 보살피기 위해서도 그렇습니다. 문학의 힘은 노동과 자기와의 부단한 투쟁을 통하여 솟구치는 것이기도 한데 그것은 민중의 생활과 직결된 것이지요. 대지에서 발바닥을 뗀 문학은 힘이 없습니다. 헤라클레스라도 땅에서 발이 떨어졌을 땐 힘없이 넘어지게 마련입니다."

　역시 김남주의 모든 시편들은 대지의 흙을 바탕에 깔고 씌어진다. 자유와 투쟁을 노래한 시이든, 통일을 노래한 시이든, 민중과 민족을 노래한 시이든, 광주학살에 분노한 시이든, 자기변혁을 노래한 시이든, 고향의 풀꽃들을 노래하는 서정시이든—그의 모든 시편들은 흙과 대지 위에 분명히 자신이 두 다리를 탄탄하게 세우고 있다는 사실이다. 말하자면 김남주의 시적 상상력 하며 언어들은 거의 대부분이 그의 고향 해남의 논과 밭에서 산과 들판에서, 그리고 거기에 사는 농민들의 삶 속에서 생산된 것들이다. 그래서 그의 시는 메마르지 않고 생경하지도 않고 촉촉이 물기를 내뿜는다.
　거칠게 쏟아대는, 메시지가 강한, 정치현실을 질타하는 시에서도 그의 시편들은 방금 쟁기로 갈아 엎어놓은 흙 알갱이처럼 햇빛을 받아 반짝반짝 빛나다가 마침내 우리의 가슴을 깊숙이 적시거나 흔들거나 파고든다. 또 한 편으로는 그는 '한국의 마지막 농촌시인(혹은 농민시인)'이란 레테르를 자신의 이름 앞에 또 하나 더 붙여놓아도 좋을 그런 시인이다.

유신독재에 정면으로 항거한 지하유인물 '함성'지 '고발'지 사건(1972.1973년)과 '남민전(1979년)' 사건 등으로 10여 년을 옥살이한 김남주. 그러나 그는 오히려 '착한 마음과 정직한 행동'을 가진 시인으로도 많이 알려져 있다. "시인은 현실에 굳건히 발을 딛고 시대의 중대한 문제와 싸우는 해방전사와 같은 사람"이어야 한다고 행동으로 외치다가 오랜 감옥생활에서 얻은 옥독으로 마흔여덟의 짧은 생을 마쳤지만 그가 즐겨 부른 노래들은 전투적인 혹은 선언(manifesto)적인 노래만이 있는 게 아니다.

> 아기무덤 고와서 / 꼭 / 안아 주고 싶고 // 어미무덤 포근해서 / 꼭 안기고 싶고 // 나는 몰랐네 예전에 / 우리나라 무덤이 이렇게 / 곱고 포근한 줄을 / 나이 들어 애기 낳고 / 추운 날 / 양지바른 / 산에 들에 가서야 알았네
>
> —「무덤」 전문

> 찬서리 / 나무 끝을 나는 까치를 위해 /
> 홍시 하나 남겨둘 줄 아는 / 조선의 마음이여
>
> —「옛 마을을 지나며」 전문

> 대지에 뿌리를 내리고 / 해를 향해 / 사방팔방으로 팔을 뻗고 있는 저 나무를 보라 / 주름살 투성이 얼굴과 / 상처 자국으로 / 벌집이 된 몸의 이곳저곳을 보라 / 나도 저러고 싶다 한 오백 년 / 쉽게 살고 싶지 않다 저 나무처럼 / 길손의 그늘이라도 되고 싶다.
>
> —「고목」 전문

시 「무덤」과 「옛 마을을 지나며」 「고목」을 읽노라면 어느새 우리는 김남주

김남주 시인의 삶과 문학 정신

시인의 고향마을 가까이에 와 있음을 알게 된다. 아니 우리들 모두가 저마다 자신들의 고향 산모롱이쯤에 닿아 있음을 고요히 느끼는 것이다. 그렇게 멀지 않은 옛날, 적어도 김남주가 어린 시절을 보냈던 그 시절만 하더라도 고향 마을로 가는 양지바른 산비탈에는 아기무덤과 어미무덤이 함께 누워 있는 것을 흔히 볼 수 있었다. 어디서 날아온 것인지는 몰라도 손에 쥐듯 제비꽃 몇 송이를 피우며 누워 있는 아기무덤과 어미무덤―그 모습이 하염없이 예쁘다며 시인은 "아기무덤 고와서 꼭 안아주고 싶고 어미 무덤 포근해서 꼭 안기고 싶"다고 말한 뒤 "우리나라 무덤 이렇게 곱고 포근한 줄을 … 추운 날 양지바른 산에 들에 가서야 알았"노라고 노래한다. 아마도 한국 서정시 중에서 가장 예쁘고 감동이 깊은 시가 아닐까 싶다.

시인은 「옛 마을을 지나며」에서도 예사롭지 않게 새로운 발견을 하고 환희에 젖는다. "찬서리 나무 끝을 나는 까치를 위해" 홍시 하나쯤은 남겨두는 우리네 농촌 사람들의 마음을 "조선의 마음"이라고 크게 비유하며 추켜올려 세운다. 가지 끝에 매달려 있는 홍시(까치밥) 하나에서 우리 민족의 '여유'를 발견한 이 시는 김남주가 애타게 바라던 우리 민족의 '희망' 그것을 의미하기도 한다. 여유가 없으면 희망이 없고 희망이 없으면 통일할 수 있는 여유도 또한 마련되지 않기 때문이리라.

"시인은 자신의 민족과 함께 울고 웃지 않으면 안된다"(스페인 시인 가르시아 로르까)는 말처럼 김남주는 자신의 고향과 수천 년 내려온 민족정서를 통해서 줄기차게 통일시를 노래하다 지상을 떠난 사람이다. 그런 점에서 "대지에 뿌리박은 문학(시)이야말로 쉽게 넘어지지 않는다"라는 김남주의 살아생전 주장과 실천은 미래의 한반도 통일문학에도 가장 바람직한 전범(典範)이 될 것으로 예언할 수 있겠다. ("조국은 하나다" / 이것이 나의 슬로건이다 / 꿈속에서가 아니라 이제는 생시에 / 남 모르게가 아니라 이제는 공공연하게) 그의 목소리와 노래(시)는 오늘에 회자됨은 물론 내일에도 이어져가고 있는 것이다.

2. 김남주는 '大地의 시인'이었다

우리가 어떤 한 시인을 만나려 할 때, 항용 여러 가지 방법이 따르게 마련인데 이를테면 언어적인 측면, 사상적인 측면, 생애적인 측면, 행동적인 측면 등이 있다. 또 그것이 편리한 방법으로 오늘날까지 많이 활용되고 있는 터이다. 그러나 지금 우리가 만나려는 혹은 접근해 보려는 김남주에겐, 그 어떤 부분적인 측면으로만 이해되어서는 안 될, 그런 전체적인 시각과 접근 태도를 요구한다.

"시인의 사명은 고향이다"라고 하이데거는 말했다. 휠더린의 시 '귀향'을 말하는 자리에서, 시인은 귀향을 통하여 고향 사람들의 인사를 받고, 근원과 본질에서의 접근을 시도하게 된다고 말했다. 아울러 역사적 본질과도 대면할 수 있는 곳이 바로 고향이라고, 그리하여 하이데거는 휠더린의 시구로 "그대가 찾는 것, 그것은 가까이 있고 이미 그대와 마주치고 있다"고 의미의 부여를 하고 있는 것이다. 그러나 김남주의 고향은 아프다. 달이 떠오르면 울려퍼지던 강강술래도, 알고보면 저 임진왜란(1592년) 무렵에 왜구와의 싸움에서 생겨난 달밤놀이, 즉 전술적인 민속놀이가 아니었던가. 삼포왜란 등에서도 우리가 익히 알아낼 수 있듯이, 남녘의 바닷가 마을들은 얼마나 많이 왜구의 발톱이 할퀴고 할퀴어 갔던 곳이었던가. 황현 선생의 『매천야록(梅泉野錄)』에 의하면, 동학농민전쟁(1894년) 당시 패퇴한 동학군들이 마지막으로 탈출한 곳이 해남의 바닷가였고, 그러다가 더 이상 물러날 수 없어 저

시퍼런 바다 속으로 뛰어들어 숨겨간 곳이, 바로 해남땅이었다. 그리고 김남주에게 있어서 고향은 오랜 수배와 검거, 투옥으로 이어진 곳이어서 언제나 '숨어서 찾아간 곳'이었다. 시 '달도 부끄러워'가 그의 도피생활과 당시의 암담한 상황을 보여준다.

> 차마 부끄러워
> 밤으로 찾아든 고향
> 보이는 것은 어둠뿐
> 들판도 그대로 어둠으로 깔리고
> 어둠으로 보이는 것은 농민의
> 농민에 의한 농민을 위한
> 허수아비뿐이다
>
> —「달도 부끄러워」 부분

김남주가 대학을 들어가던 때는 1960년대 초중반기였다. 1960년대는 동학농민전쟁과 3 · 1운동 이후 최대의 시민봉기(학생봉기)를 가져온, 저 이름하여 이 한반도에 시민혁명의 민주혁명의 자리잡기를 가져다 준 4월혁명(1960. 4. 19)부터 막을 올렸다. 그러나 이듬해엔 5 · 16(1961)이 터지고, 이 땅에 군사정치 · 군사문화가 나팔을 불어대기 시작한다. 그리하여 최고회의 중앙정보부법이 공포되고, 동아 · 조선일보의 군정연장항의(1963. 3. 17), 제3공화국 탄생(1963), 연이은 비상계엄선포가 자행되었다. 뒤이어 국군월남파병(1965), 한일협정조인(1965), 한미행정협정 발표(1967), 3선개헌안 국민투표(1969) 등의 이루 헤아릴 수 없는 대형조치와 사건들이 한반도 전역을 흔들었다. 그러다가 1972년엔 저 어마어마한 유신시대 · 긴급조치시대가 한반도의 파고를 높이는가 하더니 나중에는 대량 검거사건이 속출하였다. 그런 가운데 김남주는 고향으로 돌아가 그의 아버지 어머니와 '농삿일'을 했다.

영국의 존 러스킨이 말했던가. "모든 예술은 경작하는 길로 통한다"고. 은 거의 김남주는 고향에 돌아가 낮에는 김을 매고 씨를 뿌리고, 거두고, 삽질과 괭이질을 하고, 밤에는 글을 읽거나 쓰고 그리고 번역하는 일로 나날을 보낸다. 60년대 이후 해마다 100만명 이상씩이나 농촌인구가 도시로 흡입되어 가버리고, 전국은 어느 사이 도시화만이 잘사는 길인 양 착각에 빠져들 때, 김남주는 저 일본제국주의 시대로까지 연구해 들어간다. 우리의 어머니요 대지의 중심인 농촌! 일제가 소위 동양척식주식회사를 차려 조선의 농토와 농민을 소작화로 전락시켜 나갔을 때, 1943년 경우엔 자작겸 소작농이 전체 국민의 81.4%이었고 소작료는 그때 5·6할이었다.

그들 일제는 전 농토의 2분의 1을 착취하고 전 임야 역시 81.3%나 가로챘으니 그 실상이 가히 짐작이 가고도 남는다. 그 후 8·15해방이 되었지만 1950년 농지개혁이 실패하고, 백성들의 농토는 독점자본체제로 흘러들어가 결국은 반봉건적 생산관계의 벽이 두껍게 세워지더니, 1981년엔 부재지주가 급증하여 전국의 각 농가호당 1정보(3,000평) 미만의 경지면적이 68.7%나 되어버리고, 소작농은 예의 부재지주와 비례하여 전 농가의 46.2%를 기록하였다. 식량자립도야말로 국가안보와 국민경제의 핵심적인 요소인데, 1981년 말엔 그것이 43.2%까지 떨어져 한때(1981년) 미국을 상대로 한 식량수입국으로선 5위를 차지했을 정도이다. 경자유전(耕者有田)의 원칙이 세워지지 못하고, 경자무전의 처지에 놓여버린 오늘의 농촌, 80년대 초반만 하더라도 농가 가구원 1인당 소득원이 도시근로자의 60.1%밖에 되지 않아 도시·농촌의 불균형을 너무 크게 가져와 버렸다.

20세기의 독일의 실존주의 철학자 하이데거는 "귀향은 발견이다"고 말했다. 따라서 "귀향은 고향에의 발견일 뿐만 아니라, 민족과 세계에로의 발견

김남주 시인의 삶과 문학 정신

이다"라고 말할 수 있겠다. 고향의 창문을 통하여, 민족경제와 민족역사와 민족본질의 산실인 농촌의 창문을 통하여, 김남주는 여기 이 땅을 들여다볼 수 있는 시각을 찾아내고 얻어낸 것이다. 고향에서의 주경야독의 생활 속에서, 김남주는 그의 사랑의 대상 · 행동의 대상 · 사상의 대상 · 그리움의 대상 · 미래에 대한 성찰의 대상을 붙들게 된 것이다.

> 나는 역사의 포로가 아니다. 나는 역사 속에서 나의 운명의 의미를 찾으려 해서는 안 된다. 진정한 도약은 실존 속에 새로운 것을 탄생시키는 데 있다는 것을 부단히 상기해야 한다. 내가 걷고 있는 세계 속에서 나는 끝없이 나 자신을 창조하여 가고 있다. 나는 나 자신을 얼마만큼 뛰어넘는가에 따라 그만큼 절대존재(an Absolute Being)의 한 부분이 된다.
>
> 진정한 예술작품을 창작하고자 하는 식민지 지식인은, 민족의 현실이란 바로 당면한 현실임을 깨달아야 한다. 그는 미래에 대한 지식이 창출되어 나오는 용광로를 발견하기까지 전진하지 않으면 안 된다. 식민지 문화인은 자신이 어느 수준에서 투쟁할 것인가, 어느 부문에서 민족투쟁을 하기로 결심할 것인가를 고려해서는 안 된다. 민족문화를 위한 투쟁은 무엇보다도 우선 민족의 해방을 위해, 즉 문화건설을 가능케 하는 물질적 모태의 해방을 위해 싸우는 것이다. 민중적 투쟁으로부터 분리되어 전개될 수 있는 다른 어떤 문화적 투쟁도 존재하지 않는다.
>
> —「프란츠 파농」 중에서

> 만인을 위해 내가 일할 때 나는 자유
> 땀 흘려 힘껏 일하지 않고서야
> 어찌 나는 자유이다라고 말할 수 있으랴
>
> 만인을 위해 내가 싸울 때 나는 자유
> 피 흘려 함께 싸우지 않고서야
> 어찌 나는 자유이다라고 말할 수 있으랴

만인을 위해 내가 몸부림칠 때 나는 자유
피와 땀과 눈물을 나눠 흘리지 않고서야
어찌 나는 자유이다라고 말할 수 있으랴

—「자유」부분

김남주는 드디어 대지와의 몸부림 속에서, 역사와의 자기투쟁 속에서, 현실과의 부단한 '내다봄을 위한 싸움' 속에서, 저 1894년의 고향을 만나고, 토지의 힘과 탄력성을 만나고, 민중의 힘을 만나고, 녹두장군 전봉준을 만난다. 백산(白山)의 정상에 서 있는, 혹은 황토현 고갯마루나 우금치를 뒤덮는 하얀 눈보라의 아우성소리 속에서, 저 동학군 대장 전봉준 장군의 '백성사랑' '나라사랑'을 만나고, 드디어는 이 한반도에 겹겹이 얼어붙는 외세(外勢)의 검은 안개와 총탄 퍼붓는 소리를 들었다.

민중 · 민족을 향한 그 몸부림과 미학의 방법론과 그 행위는 보다 선명해지고, 그것은 마침내 비장미의 극치를 이루기도 한다. 독일의 시인인 프리드리히 쉴러가 18세기 말엽(1795~96)에 선언했던 것처럼, 그의 비장미는 훨씬 소박함과 단순함(naive and simple)의 미학과 행동을 지향한다. 훌륭하고 진정한, 진솔한 예술일수록 거기에 있음을 자각한다. 그 단순함과 소박함은 이성과 자유의 지평선에 뿌리를 내리거나 뻗어가고 있기 때문이다. 우리가 톨스토이나 빅톨 위고, 그리고 수많은 고전적 작가나 시인들에게서 볼 수 있듯이, 김남주는 그가 초기에 영향을 받은 60 · 70년대의 모더니스트와 쉬르레알리스트들의 작희(作戲)를 과감하게 벗어난다. 그리하여 그의 시는 민중 · 민족 · 현실 · 미래와 일치한다.

프리츠 슈트리히가 문학론의 이론전개에서 골격으로 드러낸 것들이 한결같이 김남주의 시에선 '소박함과 단순함의 미학'으로 확산되어 나간다. 가

령 ①근본개념→ ②인간→ ③대상→ ④언어→ ⑤리듬과 운율→ ⑥내부
형식→ ⑦비극과 희극→ ⑧통합성을 고루 유지하고 있으며, 고전적이고
낭만적인 '혁명성 미학'을 예의 시정신으로 버티어 내는 것이다. 그것은 일
단 큰 성공을 이루고 있는데, 그가 쓴 많은 절창 중의 하나인「자유」란 시가
그것을 증명한다. 또한 단순함과 소박함의 미학이 절정을 보여주기도 하는
「돌과 낫과 창과」라는 시를 대할 때, 우리는 그가 한국 혁명시를 세계적인
수준으로 높이고 있음을 쉽게 짐작케 한다. 예의 표현의 간결성이 김남주의
시를 이끌어 올린다.

　이와 함께 김남주에 있어서 고향인 농촌은 혁명세계의 정서적 밭이랑이
요 저 동학농민전쟁의 전봉준 장군은 그와 거의 육친화된 스승이다. 아니
전봉준 장군이야말로 그의 동지이며 현실이다. 전봉준 장군이야말로 가장
현재적인 미래의 화신이다. 그래서 김남주는 1894년대의 당시의 동학군 농
민의식을 가리켜, "그것은 무슨 거창하고 알량한 주의나 사상도 아니며 구
체적이고 현실적인 자각"이라고 하면서, "그러므로 어느 배운 자식, 가진 자
의 뇌수와 책에서 나온 어떠한 정책보다도 과학적이고 탁월한 정치의식"이
아니었던가 하고 찬탄한다.

3. 김남주와 '1980년 5월의 광주'

　김남주에 있어서 문학과 행동이 1970년 초반기가 유신시대 혹은 긴급조
치시대로 명명되는 제1기였다면, 1970년 중반기 이후는 그가 동학농민전
쟁을 스스로 육화한 제2기였다. 그리고 마지막 1980년 5월(광주민중항쟁)부
터가 제3기에 해당한다. 제1기의 시들이 어딘가 모르게 낭만적 운동성이

강한 반면에, 제2기는 대지적인 동학혁명정신에 기초한 반봉건·반외세적인 경향의 시들이 그의 시정신과 행동에서 주축을 이룬다. 1980년 저 처절한 5월을 맞닥뜨리면서 그의 시와 정신은 보다 구체적으로 현실과 상황을 들춰낸다. 당시 한반도의 정치적 군사적 상황과 광주의 민중들을 뚜렷하게 조명한다.

아직도 다각도로 발견하지 못하는, 다각도로 나타나고 있지 않는 그것을, 김남주 시인은 아주 첨예한 과학적 시각으로 1980년 5월의 비극성과 광주 시민들의 정당성을 부각시킨다. 그의 역사의식의 애증성, 그의 사회과학적 역사의식의 접근성, 그의 제3세계 시인으로서의 당연한 자각성, 그리고 시적인 발전이 그것을 증거한다. 끝끝내 두려워할 줄 모르는, 끝끝내 밀어붙이는 그의 민중미학·민족미학은 그래서 오늘의 지식인 문학가들과 양심 세력들에게 경종이 되고 있다.

> 오월 어느날이었다
> 1980년 오월 어느날이었다
> 광주 1980년 오월 어느날 밤이었다
>
> 밤 12시 나는 보았다
> 경찰이 전투경찰로 교체되는 것을
> 밤 12시 나는 보았다
> 미국 민간인들이 도시를 빠져나가는 것을
> 밤 12시 나는 보았다
> 도시로 들어오는 모든 차량들이 차단되는 것을
>
> 아 얼마나 음산한 밤 12시였던가
> 아 얼마나 계획적인 밤 12시였던가
> (중략)

김남주 시인의 삶과 문학 정신

아 얼마나 끔찍한 밤 12시였던가
아 얼마나 조직적인 학살의 밤 12시였던가

—「학살 · 1」부분

2) 희망을 가지라 한다
시인은 서재에서 시를 쓰면서
이를테면 이렇게 쓰면서
시는 분노가 아니나니 신의 입김이나니.
희망을 가지라 한다
선생은 학교에서 군자를 가르치면서
이를테면 이렇게 가르치면서
수신제가하야 치국평천하고.
희망을 가지라 한다
목사는 교회에서 설교하면서
치마를 걷어올리거든 고쟁이까지 벗어줘라.
그러나 무슨 희망을 가져야 하나
살아 날뛰는 것은 사냥개뿐이고
살아 설치는 것은 총잡이뿐이고
세상이 온통 도살장이 되어 버린 이 땅에서.

—「희망에 대하여 · 1」부분

우리가 지켜야 할 땅이
남의 나라 군대의 발 아래 있다면
어머니 차라리 나는 그 아래 깔려
밟힐수록 팔팔하게 일어나는 보리밭이고 싶어요
날벼락 대포알에도 그 모가지 꺾이지 않아
남북으로 휘파람 날리는 버들피리이고 싶어요

우리가 걸어야 할 길이
남의 나라 병사의 군화 밑에 있다면

어머니 차라리 나는 그 밑에 밟혀
석삼년 가뭄에도 시들지 않는 풀잎이고 싶어요

우리가 이루어야 할 사랑이
남의 나라 돈의 무게 아래 있다면
어머니 차라리 나는 그 아래 깔려
가슴에 꽂히는 옛사랑의 무기이고 싶어요

우리가 지켜야 할 땅이 흰둥이 군대의 발아래 있고
우리가 걸어야 할 길이 깜둥이 병사의 발 밑에 있고
우리가 이루어야 할 사랑이 달러의 중압 아래 있고
마침내 우리가 불러야 할 자유의 노래가
점령군의 총검 아래서 숨쉬는 그림자라면
어머니 차라리 나는 차라리 나는
한 사람의 죽음이고 싶어요
천 사람 만 사람 일으키는 싸움이고 싶어요.

—「조국」 전문

1980년 광주의 5월은 밖에 있으나 안에 있으나, 감옥 안에 있으나, 거리에 있으나, 천둥소리였다, 벼락이었다, 죽음이었다, 쓰러짐이었다, 일어섬이었다, 부활이요 눈뜸이요 정신차림이요 깨우침이었다. 광주의 5월은 광주와 전남지역만을 뒤흔든 광주·전남지역의 민중사인 대항쟁이었을 뿐만이 아니라 이 땅 한반도 전체 민중사의 대항쟁이었다. 그 5월은 동학농민전쟁과 더불어 어쩌면 거의 같은 성격의 항쟁이었다. 반봉건·반외세의 싸움이었던 동학농민전쟁, 즉 동학혁명이 내전의 속성에다 외전의 속성을 겸비한 내·외전이었다면, 결코 외부로 그렇게까지 번지어 나가지는 않았지만 광주민중항쟁은 상기한 내부모순과 외부모순의 질곡 속에서 터뜨려진 그

김남주 시인의 삶과 문학 정신

런 싸움이요 횃불이었다.

요컨대 김남주의 그런 싸움의 한복판 그런 횃불의 한복판에 있었지만, 그렇게 갇혀 있었지만, 광주의 5월이 민족사의 동일한 운명이었음을 감지한 것이다. 1894년 이후 식민지의 반복현상이 하나도 달라진 것이 없이, 단지 기묘한 책략들이 방법과 형태상으로 달라졌을 뿐인 조국의 운명을, 김남주는 감옥 안에서 고통스럽게 깨닫기 시작한 것이다.

1894년, 그러니까 전봉준 장군이 손화중·김개남을 총관령으로 보좌시켜 농민군의 집강소에 들렸던 다음의 기강을 보라. 고부·태인의 농민봉기에 이어 백산으로서의 1만여 농민집결이 이루어질 때, 이미 지방분산적 민란의 한계를 넘어 봉건 아성의 심장부에 치명타를 가하려는 전반적인 농민전쟁으로 전환되었을 때, 바로 거기에 혁명적 이념을 제시한 다음의 기강이 어떠한가를 보라.

> 첫째, 사람을 죽이거나 재물을 해하지 않는다(下殺人 不毀物)
> 둘째, 충효를 오로지하여 제세안민한다(忠孝嚴全 濟世安民)
> 셋째, 왜이를 축멸하여 성도를 깨끗이 한다(逐滅倭夷 澄淸聖道)
> 넷째, 서울로 진격하여 권귀를 모두 멸한다(驅兵入京 盡滅權貴)

보국안민(輔國安民)·멸양척왜(滅洋斥倭)의 기치 아래 그리하여 포덕천하(布德天下)에 의한 광제창생(廣濟蒼生)을 꿈꾸었던, 실로 사람답게 살 수 있는 세상·백성 세상을 꿈꾸었던 동학농민군들의 변혁의지가 오늘에까지 사라지지 않고 오히려 커다란 설득력을 갖고 있음은 이 땅의 현실적 모순이 그대로 이어져 왔음을 예증하지 않는가 한다.

어쨌든 80년 5월의 광주는 한반도 모순의, 한반도 혁명성의, 한반도 문제의 총체적인 핵을 십자가로 짊어진 것이다. 그때 광주는, 그리고 그 이후도 광주는 동학농민전쟁이 그러하였듯이 이미 지방적·지역적인 한계를 훨씬 벗어난, 아니 그것을 타개하여 뚫고 나아가려는 민중적·민족적 에너지의 순결성·역동성 그것이었다. 바로 거기에서 김남주 혹은 김남주 시인은 가슴과 눈을 대고 '5월광주항쟁'의 유산인 과학성이 높은, 구체성이 뚜렷한 「학살 1·2·3·4·5·」를 썼던 것이다.

그의 「학살」 시편은, "밤 12시 나는 보았다/경찰이 전투경찰로 교체되는 것을 / 밤 12시 나는 보았다"고 호흡을 깊이 풀어가면서 "전투경찰이 군인으로 교체되는 것을" 그리고 "미국 민간인들이 도시를 빠져나가는 것을" 아주아주 숨막히게 보여준다. 그리고나서 이 시편은 광주의 5월이 "얼마나 음산한 밤"이었고, "얼마나 조직적인 학살의 밤"이었는가를 온몸에 소름이 끼치도록 전율케 하여 준다. 그의 시는 네루다나 혹은 제3세계 시인들이 보여주는 그런 간결성·단순성과 소박한 표현의 기법—기법이라, 사실 김남주에겐 '기법'이란 말들이 어울리지 않는다—이 쉴새 없이 가동·작동한다. 그의 시엔 모호성이 없다. 애매모호한 그런 그림자의 찌꺼기가 없다. 김남주 그의 시는 '맑은 물속에 가라앉은 칼날'처럼 선명하다. 그리고 시퍼렇다 못해, 그의 칼날인 그의 시는 물속을 뚫고 나와 사방 팔방에 번쩍번쩍거려 주는 '눈부심'으로 그 극치를 이룬다.

80년 5월 이후, 그의 말마따나 "음산하고" "계획적이고" "끔찍하고" "조직적인 학살의 밤"이 끝났을 때, 김남주는 다시 「학살」 시편의 호흡과는 다른 「희망에 대하여 1·2」를 전한다. 약간 시니시즘(냉소주의)적인 시풍으로, 그러나 그의 명료하고 직설적인 목소리로, 현실에 다시 순응해버리려는 우리들에게 질타를 가한다. 현실에 그냥 안주해버리려는 자들에게, 아니 '맹목적인 희망'을 퍼뜨리려는 사람들에게, 지식인들에게, 시인들에게, 종교인들에게, 교사 · 교수들에게, 저널리스트들에게 그들이 읊조리는 희망의 실체가 얼마나 무비판적이고 비인간적이고 현실 도피적인가를 각인시켜 준다.

"살아 날뛰는 것은 사냥개뿐이고 / 살아 설치는 것은 총잡이뿐"인 세상에서, 선생은 "수신제가하야 치국평천하" 하니 희망을 가지라 하고, 목사는 목사대로 설교만을 통하여 희망을 가지라 하니, 우리 민중과 이 땅은 "무슨 희망을 가져야 하나"라고 우리들 관념적 · 피상적 · 맹목적 · 현실도피적인 희망론을 꼬집는다. 도대체 '현실'이 빠져 나가버린 희망도 희망이냐고, 김남주는 비뚤어진 희망의 부정론을 펼친다. "능욕당한 도시 광주"가 우리들 곁에 있는 세상에서, 그런 "굴욕으로 도대체 무슨 희망을 가져야 하나" 하고 왜곡된 희망을 저주한다. 도무지 알아볼 수 없는, '거짓희망'을 향해 저주의 메시지를 던진다. 그리고 김남주는 80년 5월이 안겨준 분단에 대한 재인식, 우리의 처지에 대한 재인식, 미국에 대한 재인식을 갖도록 긴급한 목소리로 주사를 놓는다.

궁극으로 김남주의 시와 정신과 행동은 5000년의 우리 역사 속에서 우리 민족의 아름다움과 평화의 에너지를 발견하고 다져가는 그러함의 몸부림이었다. 이 글의 모두에서 올려놓은 김남주의 대표시 「조국은 하나다」에서 한 대목을 다시 불러와 읽는다. 김남주는 우리 시대의 마지막일 수 없는 영원한 민족시인요 통일시인이기 때문이다. 2024년 오늘 우리에게 있어서 김남주는 지금, 이곳에 서 있는 사람이며 민족과 통일에로의 시인이다. 우리 모두가 사는 사람됨의 세상, 생명과 평화와 하나됨의 세상을 준비하고 앞당기기 위해서 김남주의 시편들은 여전히 현존재(Dasein)일 수밖에 없으리라.

　　이제 나는 쓰리라
　　사람들이 주고받는 모든 언어 위에

조국은 하나다 라고
탄생의 말 응아응아로부터 시작하여
죽음의 말 아이고 아이고에 이르기까지
조국은 하나다 라고
갓난아기가 엄마로부터 배우는 최초의 말
엄마 엄마 위에도 쓰고
어린아이가 어른들로부터 배우는 최초의 행동
아장아장 걸음마 위에도 쓰리라
조국은 하나다 라고

나는 또한 쓰리라
사람들이 오고가는 모든 길 위에
조국은 하나다 라고
만나고 헤어지고 헤어지고 만나고
기쁨과 슬픔을 나눠 가지는 인간의 길
오르막길 위에도 쓰고
내리막길 위에도 쓰리라
조국은 하나다 라고
바위로 험한 산길 위에도 쓰고
파도로 사나운 뱃길 위에도 쓰고
끊어진 남과 북의 철길 위에도 쓰리라

김남주 시인의 문학적 연보는 1974년『창작과 비평』여름호에「잿더미」
등을 발표하면서 출발했다. 남긴 시집은「진혼가」「나의 칼 나의 피」「조국
은 하나다」「솔직히 말하자」「사상의 거처」등이다. 사후에 나온 시선집『꽃
속에 피가 흐른다』가 있으며 네루다, 하이네, 브레히트, 호치민 등의 시를
번역한 시선집『아침저녁으로 읽기 위하여』와 프란츠 파농의『자기의 땅에
서 유배당한 자들』등을 우리말로 옮겨 펴냈다.

프로메테우스의 모험과 부끄럼의 힘

—김남주 초기 시세계를 중심으로

임동확

1. 서론

지난 1974년 계간『창작과 비평』여름호로 등단한 이래 20여 년간 활동한 바 있는 김남주 시인의 시세계를 범박하게 분류해 본다면, 단연 7년여 간의 옥중 생활을 전후로 그 이전과 이후로 나눠 볼 수 있다. 그가 생전에 남긴 5백여 편의 시들 가운데 360여 편의 시들이 10여년에 가까운 감옥 체험과 밀접하게 관련되어 있다는 점이 그 좋은 예이다. 어떤 식으로든 김남주의 시세계에서 옥중생활과 체험이 그의 시세계를 가늠해보는 중요한 기준점이자 분기점이라고 할 만하다.[1]

그래서일까. 그의 대한 기존의 연구가 시기구분이나 내용상의 분류 없이

---

[1]　김남주 시인 20주기에 즈음하여 창비에서 간행된『김남주 시전집』(염무웅·임홍배 편)의 편자들은 전집을 엮는 가장 중요한 기준으로 ① 1979년 투옥 이전의 시, ② 옥중시 ③ 출옥 후의 시로 크게 나누고 있다. 그리는 이는 김남주의 경우 특별히 집필 시기와 그 내용이 밀접한 상관관계를 갖고 있다는 점에서 충분히 납득할 만하다고 할 것이다.

이른바 옥중 체험에 기반한 옥중 시나 석방된 이후의 시에 편중되고 집중된 인상이다. 반면에 이른바 '남민전 사건'으로 투옥되기 이전, 불과 5년여에 불과한 초기 시에 대한 관심이 조명이 상대적으로 소홀한 느낌이다. 하지만 그의 초기 시들은 첫시집 『진혼가』(1984)가 보여주고 있듯이 7년여 간의 옥중 생활과 석방되는 이후의 작품 활동의 원형적 모태였다는 것이 확인된다. 특히 그가 세계를 어떻게 인식하고 있으며, 또 어떻게 그에 대해 반응하고 있는가를 살펴볼 수 있다.

일단 "시인으로서는" "모색기이자" "습작기"[2]였다고 할 수 있는 그의 초기 시들의 의의는 여기에 있다. 결과적으로 28편의 그의 초기 시들 속엔 마치 그가 시인으로서 자신의 운명을 예견하고 있는 것처럼 향후 그가 행한 언행과 작품 세계에 대한 실마리가 담겨있다. 비록 서툴고 미완성의 형태나마 향후 작품 세계를 열어가는 의미의 씨앗 내지 지배정서의 원형질이 들어 있으며, 향후 15년여 간 그가 펼쳐낸 시 세계들의 확장이자 심화라고 할 만큼 작품과 세계관의 시원이 들어 있는 게 그의 초기 시세계다.

전반적으로 김남주의 시가 주는 강렬한 인상과 그에 따른 일반적인 평가와 달리, 이러한 김남주의 초기 시는 먼저 일종의 자기 처벌적인 '부끄럼'에 기반하고 있다. 표면적으로 볼 때 시대의 부조리함 또는 부당함을 바로 잡으려는 데서 오는 분노의 감정이 앞서 있는 것처럼 보이지만, 오히려 자신의 공격적 소망이 행여 타인에게 위해(危害)를 준 것은 아닌지, 망설이고 고민하는 모습이 자리하고 있다. 특히 타인들의 권리를 인정하는데 그치지 않고 기꺼이 자신의 요구를 제한하면서 자신의 잘못을 바로 잡으려는 움직임

---

2   김남주, 「책머리에」, 염무웅 · 임홍배 편, 『김남주 시전집』, 창비, 2014, 5~6쪽. 특별한 경우를 제외하고 여기에 인용된 시는 그의 사후 20주년 발간된 시들을 인용하는 것을 원칙함을 밝혀둔다.

김남주 시인의 삶과 문학 정신

으로써 부끄럼이 그의 초기시의 지배정서로 나타나고 있다.

두 번째로 뚜렷한 특징의 하나는 그의 삶과 문학행위가 자의든 타의든 스스로를 희생 제물로 삼는 일종의 영웅적 서사를 닮아 있다는 점이다. 동시에 그의 행적이 시대적이고 역사적 부름을 통한 분리와 시련의 길로서 감옥행, 그리고 전혀 다른 사람으로 귀환하는 영웅의 여정과 크게 다르지 않다는 점이다. 그리고 그게 프로메테우스의 신화에 대한 유난한 집착으로 나타나고 있다는 점이다. 사회에 혁신적인 변화를 일으키는 생산적인 파괴자이자 다른 한편으로 반사회적이고 반도덕적인 윤리를 모색하고 탐구하기 위한 일종의 출사표에 해당한 것이 그의 초기 시세계였던 셈이다.[3]

그런 김남주의 일생은 어쩌면 이와 같은 시인과 전사 사이의 거리와 갈등을 의식하고 검증하여 가장 직선적인 해결책을 찾으려 한 여정이었다고 할 수 있다. 하지만 영웅으로서 전사가 외부대상의 결핍을 현실에 찾는 외향화를 지향한다면, 시인의 경우 그 대체물을 그 심혼에서 찾으려는 내향화를 지향한다는 점에서 서로 양립하기 어렵다. 따라서 특히 후기 시에 갈수록 그 대립점을 가능한 한 단축시키거나 무화시키려는 초조감과 강박관념이 배어 있다는 점인데, 무엇보다도 그에 대한 고뇌와 갈등이 첨예하게 나타나고 있다는 점이 그의 세 번째 특징을 이루고 있다.

따라서 여기서는 먼저 김남주의 초기 시의 지배정서로서 부끄럼과 양심의 관계를 살펴보고 그것들이 어떻게 투쟁의 원동력이 되고 있는가를 살펴

3　김남주 시인에게 직간접적으로 영향을 미친 국내 시인으로 김지하, 김준태 등이 있다. 또한 외국 시인으로 네루다를 비롯해 브레히트, 하이네, 아라공, 마야꼽스끼 등이 있다. 하지만 여기서 그것들을 초기 시세계와 연결시켜 살펴보지 못한 것은 매우 큰 유감이다. 이에 대한 눈 밝은 후학들의 연구를 기대하는 바이다. 김남주, 「암울한 대학생활을 비춘 시적 충격」, 『불씨 하나가 광야를 태우리라』, 시와사회사, 1994, 22~49쪽 참조.

보고자 한다. 두 번째로 그의 시와 삶 자체가 일종의 영웅서사를 닮아 있다는 점에서 영웅신화로서 프로메테우스와 불의 상상력의 상관관계를 살펴보고자 한다. 그러면서 전사와 시인 사이의 좁혀질 수 없는 거리와 그에 대한 일치와 불일치를 시적 자양으로 삼은 그의 문학세계를 조명해보고자 한다.

2. 지배정서로서 부끄럼과 양심의 소리

사전적으로 형용사 '부끄럽다'는 양심에 거리낌이 있어 남을 대할 면목이 없다는 것이 의미한다. 누가 뭐라고 하기 이전에 스스로를 돌이켜 볼 때 께름칙한 마음 상태에서 일어나는 감정 중의 하나가 부끄럼(shyness)이다. 이와 달리, 수치심(shame)은 사회규범이나 타인의 눈을 의식하는데 기반을 두고 있는 감정으로제 내면적 양심의 판단을 중시하는 부끄럼과 달리 대사회적 차원의 체면 손상 여부를 더 중시한다. 순전히 제 양심의 규율에 따라 자신의 행위를 반추하는 데서 일어나는 감정이 부끄러움이라면 그보다는 공적인 윤리도덕의 위반 여부에 좌우되는 것이 수치의 감정이다.

올바른 의미의 시인들은, 그런 면에서 가상의 인격이라고 할 수 있는 수치심보다 전적으로 자신의 내면에 관계하는 부끄러움에 제 시의 시적 기반을 둔다. 마치 제 얼굴이나 표정을 들키지 않으려는 가면 같은 사회적 체면 손상이나 비방에서 오는 치욕이나 모욕감보다는 제 양심의 명령과 그 움직임에 더 민감하다. 고상한 이상이나 진지한 규범과 연관되어 있는 관계로 도덕적인 수치보다는 독립적이고 자주적인 존재로서 자기 징벌 또는 내적 나침판으로서 부끄럼을 더 우선시한다.

초기 시의 하나인 그의 시「달도 부끄러워」가 그 한 증거다. 거기서 그는 어쩌다 "고향" 가는 길, "차마 부끄러워" "밤"의 "어둠"을 택한다. 그러면서 어둔 그 밤길을 밝히는 "달"조차 "부끄러"워 하며 고향집 "사립문"을 "도둑처럼 밀어"(「달도 부끄러워」) 연다. 또한 그는 "대학까지 구경하고도/그도 모자라/감옥까지 구경하고 이제 돌아와" "고질"적으로 "탄식"을 쏟아내는 자신을 바라보는 동생 "덕종"에게 지레 자신의 몰골이 "우습지 않으냐"(「우습지 않으냐」)고 반문하며 부끄러워한다. 부모형제들과 이웃들의 기대와 달리, '함성'지 사건 등으로 낙향한 후에 고향에서 생활하면서 타인들이 "나를 무어라고 할까", "뭐라고 할까" 반복하며 매우 "부끄러워"(「고구마 퐁」) 하는 모습을 보여주고 있다.

하지만 "논밭 팔아/대학까지 갈쳐논께/들쑥날쑥 경찰이나 불러들이고/허구헌날 방구석에 처박혀/그 알량한 글이나 나부랑거리면/뭣한디요 뭣한디요 뭣한디요" 항변하는 "아우"를 "차마 바로는 보지 못하고/밥상 너머로 훔쳐보아야만 했던" 것을 단지 부끄럼의 감정으로만 환원할 수 없다. 그 부끄럼의 감정 속엔 "돈벌이를 한답시고" "새벽부터 일어나 짚을 추리"며 "새끼"를 꼬며 "돈" "계산"(「아우를 위하여」)에 몰두하는 자신의 무능력으로 인한 자기비하 또는 자기풍자가 들어 있다. 또한 자신의 신념과 상관없이 "호랑이" 같은 강압적인 존재 "앞에서 굽신굽신 절"할 때 오는 창피함 또는 모욕감, 혹은 "먹어선 안 될 것을 먹었다든지" "하여선 안 될 일을 하였다든지"(「동물원에서」)하는 데서 오는 자기 모멸감 내지 굴욕감 등의 감정이 복합적으로 개입되어 있다.[4] 그뿐 아니다. 그의 부끄럼의 감정 속엔 제법 강한 척하지

---

4 예컨대 누군가 공원에서 소변을 보고 있는데 타인이 그걸 보고 있다는 사실을 알았을 때 당혹감을 느끼지만, 이와 달리 누군가 낯선 사람들 앞에서 공개적으로 오줌을 누도록 강요한다면 우린 모독감을 느낀다고 할 것이다. 마사 너스바움, 『혐오와 수

만 어떤 위기나 직접적인 시련이 닥쳐오면 마치 "모기"나 "파리"처럼 "단 한 방에 떨어지고 마는"(「솔직히 말해 나는」) 데서 오는 무력감 또는 자신의 판단 오류에서 죄책감이 스며 있다. 또한 동시에 고문으로 "갈라진 입술"과 "뭉개져내린 콧날"을 한 "친구"(「한입의 아우성으로」)에 대한 미안함과 이를 바로 바로 잡으려는 분노감 또는 정의감 등이 뒤섞여 있다.

하지만 혁명가적 이상을 품은 자로선 어떤 식으로든 내키지 않았을 그의 부끄럼은, 그러나 단지 한 인간의 한계성 내지 유한성을 토로하는데 그치지 않는다. 이른바 "자유와 정의의 원칙에 따라" 능동적으로 "진실"의 "말"(「어둠 속에서」)로 승화시키려는 저항의식과 더불어 그에 대한 용기로 이어진다.

> 솔직히 말해서 나는
> 아무것도 아닌지 몰라
> 단 한방에 떨어지고 마는
> 모기인기도 몰라 파리인지도 몰라
> 뱅글뱅글 돌다가 스러지고 마는
> 그 목숨인지도 몰라
> 누군가 말하듯 나는
> 가련한 놈 그 신세인지도 몰라
> 아, 그러나 그러나 나는
> 꽃잎인지도 몰라라 꽃잎인지도
> 피기가 무섭게 싹둑 잘리고
> 바람에 맞아 갈라지고 터지고
> 피투성이로 문드러진
> 꽃잎인지도 몰라라 기어코
> 기다려 봄을 기다려

_____

치심』, 조계원 역, 민음사, 2018(7쇄), 376쪽 참조.

김남주 시인의 삶과 문학 정신

피어나고야 말 꽃인지도 몰라라

—「솔직히 말해서 나는」 부분

여기서의 "나"는 일찍부터 자신의 정체성을 혁명투사로 삼고, 또 외부적으로 그렇게 인정받고 있는 형편이다. 하지만 고문과 옥중 체험을 거치면서 실제로 스스로가 한낱 "파리"나 "모기"처럼 나약하고 허약한 실존을 가진 한 인간에 지나지 않다는 것을 느낀다. 내면적으로 불굴의 신념을 가졌다는 혁명가적 신념과 달리, 언제 어디서든 제 "목숨"이 사라질 수 있는 "가련한 놈"에 불과하다는 것을 깨닫는다. 폭력적인 국가기구와 그 집행자인 고문 세력과 직접 대면하면서 마치 "피기가 무섭게 싹둑 잘"리거나 "바람을 맞아" 짓이겨진 "꽃잎"처럼 언제든 희생될 수 있는 "가련한" "신세"라는 것을 절감한다.

하지만 올바른 의미의 저항이나 투쟁이 자신의 취약함이나 불리한 역관계를 인정하되 동의하지 않는 것을 의미한다면, 얼핏 자신이 "피투성이로 문드러진/꽃잎인지도 몰라"라는 혼잣말은 단지 체념이나 자기부정의 포즈가 아니다. "기어코" "봄을 기다려/피어나고야 말 꽃"이 보여주듯이 자신의 불리함이나 열세에도 불구하고 "나"의 패배를 끝까지 자인(自認)하지 않기 위한 성격이 강하다. 비록 육체적이고 물리적인 실패와 굴욕에도 그것들이 도덕적이고 패주로 변질되는 것을 가로막고 있으며, 자기 존엄에 가해진 상처와 분노를 능동적으로 바꿔가려는 의지가 들어 있는 게 부끄럼인 셈이다.

그럼에도 불구하고 그의 부끄럼은 그의 초기 시「진혼가」가 보여주듯이 국가권력기구의 직접적인 고문을 거치면서 처음부터 혁명투사이고자 했던 스스로의 다짐이나 맹서를 부정할 만큼 혹독한 시험대에 오른다. 특히 그 속에서 그동안 자신 안에 감춰두었던 인간적인 비겁함과 동물적인 나약함을 처절하게 경험한다.

1
총구가 나의 머리숲을 헤치는 순간
나의 양심은 혀가 되었다
허공에서 헐떡거렸다 똥개가 되라면
기꺼이 똥개가 되어 당신의
똥구멍이라도 싹싹 핥아 주겠노라
혓바닥을 내밀었다

나의 싸움은 허리가 되었다 당신의
배꼽에서 구부러졌다 노예가 되라면
기꺼이 노예가 되겠노라 당신의
발밑에서 무릎을 꿇었다

나의 신념 나의 싸움은 미궁이 되어
심연으로 떨어졌다
삽살개가 되라면 기꺼이 삽살개가 되어
당신의 발가락이라도 핥아주겠노라

더 이상 나의 육신을 학대 말라고
하찮은 것이지만
육신은 나의
유일의 확실성이라고
나는 혓바닥을 내밀었다
나는 무릎을 꿇었다
나는 손발을 비볐다

2
나는 지금 쓰고 있다
벽에 갇혀 쓰고 있다
여러 골이 쑥밭에 된 것도

여러 집이 발칵 뒤집힌 것도
서투른 나의 싸움 탓이라고
사랑했다는 탓으로 애인이 불려다니는 것도
숨겨줬다는 탓으로 친구가 직장을 잃은 것도
어설픈 나의 신념 탓이라고
모두가 모든 것이 나 때문이라고
……(하략)……
공포야말로 인간의 본성을 캐는 가장 좋은 무기라고

─「진혼가」 부분

 김남주의 후기 시에 따르면, 일반적으로 구체제를 뒤엎고 새 체제를 이끌어내는 영웅적 인물로서 '혁명가' 또는 '전사'는 기밀유지와 조직보호를 위해 "시간 엄수" 또는 "규율 엄수"를 기본 원칙으로 하는 사람이다. 동시에 그들은 "동지 위하기를 제 몸같이 하면서도" 외부를 향한 매서운 사회"비판"과 함께 "자기비판"에 "철두철미"하되 그 "비판"을 "무기"로 "동지"를 "공격"하지 않는 이들이다. 특히 "조직의 이익"을 위해 기꺼이 자신의 "사생활을 희생시"킬 줄 아는 헌신성과 "모두의 미래를 위"한 "전략과 전술"의 실천을 위한 "침착"함과 "기민함"(「전사 1」)을 갖춘 인물이다. 무엇보다도 "살을 도려내고 뼈를 깎아내는 지하의 고문실"에서도 "자기의 죽음이 헛되이 끝나지는 않을 것"라고 믿으며 내심으로 "자랑"과 "부끄"(「전사 2」)럼을 동시에 갖고 있는 이를 가리킨다.
 하지만 내심 그러한 혁명가를 지향했던 "나"의 "신념"은 고문자의 "총구"가 자신의 "머리숲을 헤치는 순간" 마치 동물처럼 뭔가를 핥기 위한 본능적인 "혀"가 된다. 평소 고매한 이상과 철의 규율을 내세우며 혁명가적 자세로 살아왔지만 잔악무도한 고문 앞에서 한순간에 "똥개가 되라면 기꺼이 똥개가 되어" 고문자의 "똥구멍이라도 싹싹 핥아주겠노라"며 "혓바닥을 내"미는 치욕을 경험한다. 그럼에도 그치지 않는 고문에 "당신의 배꼽"에 "허리"를 수그리고 "당신의 발밑"에 "무릎을 꿇"은 채 "노예가 되라면 기꺼이 노예가 되겠노라"고 항복의 선언한다. 지금껏 스스로가 혁명가적 정신이나 관념을 중요시하며 "육신"의 "학대"를 "하찮은 것"으로 치부해왔지만, 무자비한 고문으로 인한 "육신"의 고통과 아픔 속에서 "나"는 한낱 무기력한 한낱 동물에 지나지 않다는 것을 뼈저리게 절감한다.

즉 극심한 육신의 고통과 밀려오는 실존적인 죽음의 공포 앞에서 그동안 "나"의 "신념"과 "싸움"은 서툴거나 "어설픈" 것에 불과하다. 특히 여태껏 확신해왔던 신념이나 투쟁심이 물리적 고문 앞에서 쉽게 무너지는 걸 체험하면서, 혁명가를 자처하는 과정에서 발생하는 일단의 부끄럼조차 지극히 감상적이고 표피적인 감정이었음을 느낀다. 자신이야말로 육신의 고통에 지극히 무기력한 한낱 '인간적 동물'에 지나지 않으며, 따라서 이 사실에 뿌리 내리지 않는 모든 혁명적 투쟁은 한낱 관념에 지나지 않는다는 것을 깨닫는다. 육체를 가진 한 인간에게 생명을 위협하는 실존적 "공포야말로 인간의 본성을 캐는 가장 좋은 무기이다"라는 뼈아픈 자기고백내지 자기각성에 이른다.

중요한 것은, 김남주 시의 초기 시에서 쉽게 확인되는 그런 부끄럼이나 저항의식이 다름 아닌 어떠한 거짓이나 허위의식도 용납하지 않으려는 양심과 연결되어 있다는 점이다. 즉 그의 초기 시에 배어 있는 부끄럼과 결코 정당화되지 않는 일체의 것들에 대한 거부감 내지 저항의식은 단지 그만의 시대정신이나 역사의식에서 오지 않는다. 또한 종교적이고 도덕적인 가치를 개입시켜 옳고 그름, 또는 선과 악을 판단하는 의식으로서 양심에서 오지 않는다. 일종의 당위나 의무로서가 아니라 스스로의 거울에 비춰 부끄럽지 않으려는 마음 또는 심령의 움직임으로서 양심의 치열성에서 시작된다.

김남주의 데뷔작 가운데 하나인 「진혼가」가 그 증거이다.[5] 그러니까 "피"와 "불을 닮"기를 바랐던 "신념"과 "싸움"이 실패나 패배로 이어진 것은, 단지 혁명투사로서 그의 전략의 부재나 신중하지 못한 처사 때문만이 아니다. 육신과 영혼의 결합으로서 "자유"와 그걸 실천하려는 결단으로서 "온몸으로 죽음"을 넉넉히 "포용"하거나 극복할 수 있는 마음의 근원으로서 "양심" 차원에 이르는 철저한 자기점검이 결여되어 있었던 탓이다. 일체의 후회나 오류 없이 "칼자루를 잡는 행복" 속에서 "피"와 "불", 육신과 영혼의 일치로서 " "꽃을 닮아 있"는 "자유"를 획득하기 위한 자기 내면의 욕구나 명령으로서 '나'의 양심이 제대로 작동하지 않은 까닭이다.

하지만 그의 양심은 모든 고난과 고통의 극대화를 이겨낸 "바위의 얼굴"로 결정화되거나 "철의 무기"로 단련하지 못한 채 성급하게 "나"의 "신념"을 내세우고 혁명적 "싸움"(「진혼가」)을 전개한 것에 대한 철저한 자기반성이나 극심한 자책감에 그치지 않는다. 누가 강요하거나 떠민 것이 아닌 순수한 자기 내면의 욕구나 명령으로서 그의 양심"은 급기야 실정법 위반과 그에

---

5 『김남주 시전집』(창비, 2014)과 첫 시집 『진혼가』(청사, 1984)에 실려 있는 시 「진혼가」 사이엔 차이가 있는데, 대표적인 것이 "신념"과 "양심"으로 문제로 첫 시집에서 "총구가 나의 머리숲을 헤치는 순간/나의 양심은 혀가 되었다"가 "총구가 내 머리숲을 헤치는 순간/나의 신념은 혀가 되었다"라는 구절이다. 아마도 후일 본인이 주로 행갈이와 더불어 내용적으로 '양심'을 '신념'으로 개작하는 등 단어 교체가 보이는데, 특히 그 가운데서도 그가 처음 '신념'보다 '양심'이라는 단어를 썼다는 것 그 자체의 의미가 적지 않다는 생각이다. 따라서 여기서는 특별히 첫시집을 텍스트로 그의 부끄럼이나 저항정신의 근원으로서 '양심'의 문제를 다루고자 한다. 참고로 첫 시집에서 그는 "참기로 했다/어설픈 나의 신념과 나의 싸움을 참기로 했다/신념이 피를 닮고/싸움이 불을 닮고/자유가 피같은 불같은 꽃을 닮고 있다는 것을 알 때까지는/온몸으로 온몸으로 죽음을 포용할 수 있을 때까지는/칼자루를 잡는 행복으로 자유를 잡을 수 있을 때까지는/참기로 했다//어설픈 나의 양심/미지근한 나의 싸움/양심아 싸움아 너는 참아라//신념이 바위의 얼굴을 닮을 때까지는/싸움이 철의 무기로 달구어질 때까지는"(김남주, 「진혼가」 부분)이라고 했다.

대한 도전으로 이어진다.

즉 김남주는 후기에 올수록 그런 관점에서 "법이니까 지켜야 한다"(「아나
법」)는 일반적인 상식부터 의문시한다. 모든 이들에게 공평하다는 "법"은 실
상 "부자들에게는 목걸이가 되고/가난뱅이들에게는 밧줄"(「법 좋아하네」)일
뿐이라고 말하고 있다. 특히 그에게 민주주의 체제의 근간이라는 "선거"와
"선거의 자유라는 것을 통해 독재정권이 민주정권으로 교체된다는 것은 불
가능"(「환상이었다 그것은」)하다. 실정법의 위반에서 오는 모든 고통과 압박을
감수하면서라도, 정권유지의 수단으로 악용되어온 "반공의 벽을 무너뜨"(「환
상이었다 그것은」)리려는 했듯이 그는 처음부터 자신의 양심에 기초하여 자신의
사상과 신념을 방해하는 일체의 법이나 금기 자체를 인정하지 않으려는 일
관된 태도를 보여주고 있었던 것이다.[6]

3. 영웅신화로서 프로메테우스와 불의 연금술

김남주에게 시인은 싸우는 사람과 동의어이며, 글과 노래로서만이 아니
라 두말없이 민족해방과 민주주의 투쟁에 몸소 뛰어들어야하는 의무를 지

---

6 예컨대 "남조선민족해방전선"의 일원이 되어 "모 재벌 집을 습격"한 것에 대한 자기
   변호가 이를 잘 보여준다. 즉 그가 재벌 집에 침투한 것은 한낱 재물을 훔치기 위한
   "파렴치한"으로서가 "아니"다. 어디까지나 압박받는 민중과 세상의 구원을 위한 "해
   방 전사"의 자격으로 갔으며, 그러기에 후일의 "역사"가 "논개를 평가할 때"처럼 자
   신들의 "도덕적인 순결"또는 양심의 결단에서 비롯된 자신들의 행동들 역시 시간이
   지나면 달리 "해석"(「역사」)될 수 있다고 관점을 보여주고 있다. 또한 그는 한 대담을
   통해 자신을 긴 감옥 생활로 이끌었던 '남조선 민족 해방전선 준비위원회'의 성격과
   조직, 사건의 전말과 의의에 대해 얘기하고 있다. 김남주, 「노동해방과 문학이라는
   무기」, 『불씨 하나가 광야를 태우리라』, 시와사회, 1994, 255~256쪽 참조 바람.

닌 자다. 어디까지나 시인은 인간적인 삶과 정치적인 자유 확보를 앞장서야
하는 임무를 갖고 있으며, 이때 시는 어디까지나 현실변혁과 직접적으로 관
계되어 있다. 특히 우리가 지켜야 할 땅과 자유가 외세의 지배하에 있을 때
혁명을 위한 싸움에 앞장서는 자이며, 무엇보다도 인간다운 삶을 살 수 있
는 세계를 건설하는 일에 동참해야할 무한의 의무와 책임이 있는 자들이 또
한 시인이다.

그래서일까. 생전에 그는 자신이 시인보다 혁명가로 불리기를 원했다.
누가 혁명가의 길을 가라고 하지 않았지만, 늘 '행동의 결단을 요구하는 역
사의 목소리'(「길2」) 속에서 그는 늘 '혁명가로서 자기 자신을 잊은 적이 없
었'(「전사 1」)다고 고백하고 있다. 특히 그래서 그는 비록 영어(囹圄)의 몸속에
서도 자신의 페르소나로 삼은 혁명가로서의 역할과 의무를 다하기 위해 '건
강'과 '방심'을 '최악의 적'(「건강만세 1」)으로 삼으면서 혁명가적 임무와 자세
를 위해 끊임없이 학습하고 실천하는 모습을 보여주고 있다.

김남주는 그런 면에서 원시적 형태의 민주국가에서 국가형태의 계급사회
로 전이되는 단계에 출현하는 영웅을 모습을 하고 있다. 특히 그는 자기 자
신의 미래적 삶에 대한 성찰과 더불어 새로운 성장 가능성의 모색과 연결되
어 있다는 점에서 그의 일생은 고대 신화의 영웅과 닮아 있다. 무엇보다도
미구에 닥칠 혁명의 성공과 조국해방을 위해 기꺼이 모든 사생활을 공적인
'철의 규율'에 종속시키고, 그걸 지켜가는 '불굴의 의지'(「투쟁의 그날그날」)를
혁명가이고자 했던 그의 모든 언행과 실천은 스스로를 낯설고 위험한 환경
에 내던지는 영웅적인 결단에 속한다.

예컨대 전사적이고 영웅적 인물로서 김남주에게 감옥은 단지 억압과 구
속, 감시와 처벌의 장소만이 아니다. 단연 영웅적 인물로서 그에게 감옥은
잠시나마 모든 인간적 허위와 위선, 고문과 죽음의 공포로부터 해방되는 거

점이다. 비록 천장이 썩거나 비가 샐 만큼 열악한 환경 속에서 놓여 있을지라도, 그러나 때로 감옥은 싸움의 전선에서 잠시 물러나 '전사의 휴식처'(『권력의 담』)에 지나지 않는다. 그야말로 팔과 머리의 긴장이 잠시 쉬었다 가는 휴식처이자 '세상에서 가장 완벽한 독서실'이면서 '정신의 연병장'(『정치범들』)일 뿐이다.

그러니까 그가 불과 지혜를 훔쳐 인간에게 전해준 죄로 코카서스산에 결박된 채 간이 쪼이는 형벌을 받게 된 프로메테우스를 자처하는 것은 결코 우연이 아니다. 처음부터 그는 마치 "신으로부터 불을 훔쳐 인류에게 선사했던 프로메테우스"처럼 그는 "부자들로부터 재산을 훔쳐 민중에게 선사"(『나 자신을 노래한다』) 영웅이고자 했다. 특히 '신들의 제왕'인 제우스부터 불을 달라고 무릎 꿇고 구걸하지 않은 프로메테우스처럼 아주 당당하게 민중의 편에 서는 고난과 모험의 길을 선택한 시인이고자 했다.

김남주에게 '불'의 이미지는 단순히 개인적인 정화(淨火)나 영적인 힘을 나타내지 않는다. 단적으로 '민중의 자랑'이고자 했던 '불'은 그에게 국가적이고 사회적인 단위의 억압과 예속에 대한 직접적이고 구체적인 저항과 봉기와 연결되어 있다. 그러니까 비록 자신의 삶이 큰 강물 위에 작은 파문 하나 내고 이내 가라앉고 말 돌멩이 같은 것일지라도, 김남주는 그 성공 여부와 관계없이 자신이 타오르는 혁명의 불씨 하나가 되기를 꿈꾸었다. 특히 한 치의 타협도 없이 타오르는 불꽃같은 정신 때문에 최후의 순간까지 고난이 지속되거나 막상 그 때문에 죽어간다고 해도 후회하지 않는, (불)가능한 삶의 좌표와 시적 출사표를 던지고 출발한 시인이 김남주다.

불이 아니면 안된다고 자못
핏대를 올리는 녀석들이 있다

놈들을 조심하라 그들은 적당한
아주 적당한 간격을 두고
불앞에서 불과 타협한다

불을 노래하는 녀석들이 있다
놈들의 주둥이를 비틀어라 그들의 눈은
사슬에 묶인 시인의 간과 닮고 있지 않다.

김남주에게 '불'은 일단 그리스 철학자 헤라클레이토스(Heraclitos)처럼 근본적인 차원에서 서로 반대되는 것들이 협력하거나 공존관계에 있는 것이 아니다. 세계는 한 방향의 변화와 그와 대응하는 다른 방향의 변화가 궁극적으로 균형을 이루는 정합적인 체계로 존재하기보다 선과 악, 참과 거짓 등이 서로 갈라져 결코 화해할 수 없는 대립상태에 있다. 특히 그 '불'과 적당한 간격이란 있을 수 없다. 전적으로 해롭거나 전적으로 이로운 양자택일이 있을 뿐이며, 따라서 그밖에 선택지는 '불'의 단일성 혹은 순수성을 해치는 타협이자 기만일 뿐이다. 행여 단지 입으로만 '불'의 위대성과 비타협성을 찬양하는 시인들 역시, 그러므로 주둥이로 떠드는 불의 위선자 또는 가련한 휴머니스트에 불과하다.

이런 김남주의 시 세계는 그런 면에서 "Yes냐 No냐" "어느 쪽이건 분명히 하"(『여자는』, 71)는, 즉 대상 전체를 둘로 나누는 이분법적 논리에 입각해 있다. 특히 후기 시에 이를수록 어떠한 중간이나 예외도 인정하지 않은 채 "승리 아니면 죽음"일 뿐인 "양자택일"의 "해방 투쟁"(『혁명은 패배로 끝나고』)이 있을 뿐이다. 이른바 '보수와 진보', '우익과 좌익', '매국노와 애국자'(『어머님께』)로 분류하는 이분법적 세계인식을 작품 도처에서 쉽게 확인할 수 있다.

그렇다고 물론 이러한 이분법적 태도가 마냥 부정적인 것은 아니다. 크게 자본가와 노동자로 구성된 자본주의 사회 속에서 억압하는 자와 억압당하는 자, 착취하는 자와 착취당하는 자 사이의 갈등과 대립관계를 조명하는데 효과적이다. 솔직히 그 한계와 오류의 위험성에도 불구하고 억압적이고 불평등한 사회 속에서 투쟁의 주체와 투쟁의 대상을 명확하게 하는 장점이 있다. 그리고 그럼으로써 거대한 사회악과 대결하는 시대 속에서 그 전선을 더욱 뚜렷하게 가시화하거나 전면화하는데 기여한다.[7]

그렇다고 김남주가 초기 시부터 적과 동지, 선과 악을 분명하게 구분하는 이분법적 태도를 취했던 것은 아니다. 복합적이고 다양한 세계에 주목하면서 그 일치의 가능성을 매우 치열하게 탐색하고 있다.

꽃이다 피다
피다 꽃이다
꽃이 보이지 않는다
피가 보이지 않는다
꽃은 어디에 있는가
피는 어디에 있는가
꽃 속에 피가 잠자는가
핏속에 꽃이 잠자는가

꽃이다 영혼이다
피다 육신이다

---

7   김남주 시의 상당 부분을 차지하는 풍자시가 여기에 관련되어 있다. 적과 동지, 선과 악을 분명하게 구분하는 장점을 지니고 있을 뿐만 아니라 적을 공격하거나 우습게 만드는 데 가장 효과적인 양식의 하나가 풍자다. 풍자의 대상보다 도덕적으로나 지적으로나 더욱 우월한 지위에 서서 상대방을 공격하거나 비판하는 장점을 갖고 있는 게 풍자시며, 당대 사회의 모순이나 불합리를 다양한 방식으로 날카롭게 폭로하고 비웃을 수 있는 게 풍자시의 도저한 매력이라고 할 것이다.

영혼이 보이지 않는다
육신이 보이지 않는다
꽃의 영혼은 어디에 있는가
피의 육신은 어디에 있는가
꽃 속에 육신이 깃드는가
영혼이 꽃을 키우는가
핏속에 육신이 흐르는가
영혼이 꽃을 키우는가
육신이 피를 흘리는가
꽃이여 영혼이여
피여 육신이여

그대가 타오르는 불길에
영혼을 던져보았는가
그대는 바다의 심연에
육신을 던져보았는가
죽음의 불길 속에서
영혼은 어떻게 꽃을 태우는가
파도의 심연에서
육신은 어떻게 피를 흘리는가

꽃이다 피다
육신이다 영혼이다
그대는 영혼의 왕국에서
육신을 어떻게 다루었는가
그대는 피의 꽃밭에서
영혼을 어떻게 다루었는가
파도의 침묵 불의 노래
영혼과 육신은 어떻게 만나
꽃과 함께 피와 함께 합창하던가

숯덩이처럼 검게 타버리고
잿더미와 함께 사라지던가

그대는
새벽을 출발하여
폐허를 가로질러
황혼을 만나보았는가
황혼의 언덕에서 그대는
무엇을 보았는가
난파선의 침몰을 보았는가
승천하는 불기둥을 보았는가
침몰과 불기둥은 무엇을 닮고 있던가
꽃을 닮고 있던가
피를 닮고 있던가
죽음을 닮고 있던가
그대는
황혼의 언덕을 내려오다
폐허가 가로질러 또 하나의
새벽을 기다려보았는가 그때
동천에서 태양이 타오르자
서천으로 사라지는 달을 보았는가
죽어버린 별
죽으러 가는 별
죽음을 기다리는 별
그대는 달과 별의 부활을 위해
새벽의 언덕에서 기도를 드려보았는가

아는가 그대는
봄을 잉태한 겨울밤의
진통이 얼마나 끈질긴가를

그대는 아는가
육신이 어떻게 피를 흘리고
영혼이 어떻게 꽃을 키우고
육신과 영혼이 어떻게 만나
꽃과 함께 피와 함께 합창하는가를

꽃이여 피여
피여 꽃이여
꽃 속에 피가 흐른다
핏속에 꽃이 보인다
꽃 속에 육신이 보인다
핏속에 영혼이 흐른다
꽃이다 피다
피다 꽃이다
그것이다!

—「잿더미」 부분

김남주에게 시는 일단 "꽃"은 "영혼", "피"는 "육신"과 관계가 되어 있다. 그리고 특히 피와 꽃, 육신과 영혼 사이엔 일단 엄연한 경계가 존재한다. 하지만 문제는 "어디에 있는가"란 반복된 질문이 보여주듯이 그 꽃이나 피가 "보이지 않는" 성질을 지니고 있는 것이다. 달리 말해, 궁극적으로 " 꽃 속의 피" 또는 "핏속"의 "꽃"을 꿈꾸지만, 둘 사이의 분리 또는 대립의 극복은커녕 이 상황이 전혀 극복되지 않는 채 팽팽한ㄴ 평행상태를 이루고 있다. 그야말로 "꽃 속에 영혼이 깃"든다거나 "핏속에 육신 흐"른다는 전제와 믿음은 수없이 반복되는 의문 속에서 쉽게 확신으로 변하지 못하고 있는 실정이다.

그런 진퇴양난의 상황 속에서 타오르는 불길"이나 "죽음의 불길"은 그런

'영혼'의 실체를 확인하기 위한 시도다. 그리고 세차게 타오르는 불꽃 속에 자신을 던지거나 내맡기는 가운데서 "영혼"이 하나의 실체로 드러나면서 "꽃"을 태운다. 반면에 "육신"의 경우, "바다의 심연" 또는 "파도의 심연"에 대한 투신을 통해 "육신"은 그 증거로서 "피"를 흘린다. 쉽게 그 실마리가 잡히는 않는 영혼 또는 육신의 실체는, 타오르는 불길로 대변되는 수직적 정신과 바다 또는 파도의 심연으로 상징되는 고통과 시련을 통해 그 존재를 드러낸다.

그럼에도 불구하고 "영혼의 왕국"에서 "육신을 어떻게 다루었"으며 또 "피의 꽃밭"에서 "영혼을 어떻게" 규정해왔던가는 여전히 의문으로 남는다. 특히 "파도의 침묵"과 "불의 노래"를 통한 인내와 단련을 통해서도 "영혼과 육신" 사이의 거리 또는 "꽃"과 "피"의 "합창"은 쉽게 극복되지 않는다. 불길의 연소 또는 물의 정화를 통해서도 둘 사이의 이원성이 해결되지 않는 채 한낱 물질덩어리인 "숯덩이"나 "잿더미" 되지 않았나하는 우려와 의문이 뒤따라 붙고 있다.

여기서 한 가지 분명한 것은, 쉽게 해소될 것 같지 않는 영혼 육신, 피와 꽃 사이의 갈등과 대립을 극복할 매개점이 바로 불과 물이라는 점이다. 특히 그것들이 육신과 영혼, 삶과 죽음사의 이원론적 상황을 극복하고 그 문제를 개방적이고 가능태로 만들어 둘 사이에 명확했던 단층선을 희미하게 만든다는 점이다. 즉 난파선의 침몰" 또는 "승천하는 불기둥"과 같은 통과의례를 통해 그것들과 "닮"아 있는 "꽃"과 "피"와 "죽음"의 실체와 마주한다. 무엇보다도 그 과정을 통해 "황혼"과 "새벽", "태양"과 "달"이 서로 밀접한 관계 속에서 서로 변화하면서 모든 것들은 마치 창공의 "별"처럼 "죽음"과 동시에 갱생을 품는다.

하지만 그럼에도 불구하고 그의 투쟁 또는 "싸움"은 단연 "불을 닮"("진혼가」, 31)기를 원하며 프로메테우스를 지향했던 시인답게 그는 '물'보다 '불'을 더 큰 비중으로 매개점으로 삼는다. 예컨대 그는 사랑하는 여인의 "훔"칠 때는 "불을 훔치듯"(「여자는」)해야 한다고 말한다. 또한 그는 설령 "표독한/야수의 발톱에 떨어진" 채 "내일"을 "예측할 수 없는" "지하의 시간" 속에서도 "꺼져가는/마지막 불씨를 부둥켜안고" "살아남아야 한다고 강조한다. 무엇보다도 종국엔 스스로를 가둔 "어둠을/불살라야한다"(「눈을 모아 창살에 뿌려도」)고 말하고 있듯이, 타락한 세상의 질서나 오염, 또는 악을 정화하기 위한 불의 상상력이 우세하게 나타난다.

> 불의 위선자들이여 가련한 휴머니스트여
> 머리가 덜 깬 친구여 오 불행한 천사여
> 제발 순조로워라 열기 속에서
> 타오르는 시인의 가슴속에서
> 불은 산이 되어 너를 기다린다
> 불은 바위가 되어 너를 기다린다
> 불은 거꾸로 활자가 되어 너를 기다린다
> 불은 비뚤어진 꽃잎이 되어 너를 기다린다
> 불은 불결한 나체가 되어 너를 기다린다
> 불은 노동자의 절단난 팔이 되어 너를 기다린다
> 불은 겨울의 이빨이 되어 너를 기다린다
> 불은 약탈이 되어 너를 기다린다
> 불은 끝나지 않는 고난이 되어
> 죽음으로써만 끝장이 나는
> 신화가 되어 너를 기다린다.
>
> ―「불」 부분

먼저 여기서 "불의 위선자"는 '불'이 지닌 절대적 비타협성 또는 연소성을 외면한 채 적당히 '타협'하거나 그걸 흉내 내는 "가련한 휴머니스트"들을 가리킨다. 타오르는 불길처럼 생의 자발적인 "열기"와 참된 "시인의 가슴 속에서" "불이 산"과 "바위가 되"도록 충분한 시간을 갖고 "기다"리지 못한 채 성급하게 '불'을 노래하는 이들은 또한 "머리가 덜 깬 친구"들이자 "불행한 천사"다. 막연한 기대와 달리 "거꾸로 걷는 활자"와 "비뚤어진 꽃잎", "불결한 나체"와 "노동자의 절단난 팔이 되어" "너를 기다"리는 불은 다름 아닌 영웅적인 참을성을 선행적으로 요구하는 상징물인 까닭이다.

달리 말해, 때로 "겨울의 이빨이 되"기도 하고 "끝나지 않는 고난이 되어" 나타나기도 하는 "불"이 진정한 혁명의 빛으로 점화하기 위해선 정체된 기다림에서 오는 무수한 시련과 좌절을 이겨내는 끈질기고 집요한 기다림이 요구된다. 그리고 "죽음으로써만이 끝장이 나는/신화가 되어 너를 기다"리는 "불"은, 그때서야 사회를 상호의존적 유기체로 유지시켜주는 통합적 기능을 한다. 죽음의 제의적 과정을 통해 죽음에 의해 유지되는 생명의 신비나 역설을 드러내는데 그치지 않고, 나아가 혁명에 대한 두려움과 희망을 결합시킬 가능성을 탐색하고 모색하는 것이 '불'이다.

그런 만큼 그의 시 제목의 하나이기도 한 '잿더미'는 그런 점에서 폐허나 존재의 무화를 의미하지 않는다. 쉽게 극복되지 않는 "꽃"과 "피", "영혼"과 "육신"의 반대일치 또는 연금술적 변용은 뜨거운 불에 의해 "검게 타버"린 "숯덩이"나 아예 아무것도 남지 않는 "잿더미"('잿더미」)가 될 때 가능하다. 마치 "자신의 신앙을 꽃을 피우기 위해/주민들로 하여금 장작더미를 쌓도록" 해 스스로 "화형"당한 중세의 "저명한 성직자 조르다노 브르노"처럼 기꺼이 "잿더미"로 상징되는 존재의 무화 또는 " 죽음을 통해 서로 다른 둘 사이의 통합 또는 일치를 꿈꾸었던 시인이 바로 김남주였던 것이다.

4. 순환론적 세계인식과 농경민적 혁명의식

다시 강조하지만, 김남주에게 "시인은 해방 전사와 동의어"다. 특히 그 가운데 '행동'은 역사를 직접적으로 개조하고 뒤바꾸려는 인간의 의지와 노력을 포함한다. 무엇보다도 "피지배 계급"에 대한 "지배계급"의 "죄악상을 폭로하는 것"에 그치는 것이 아니라 "의식화된 대중을 조직으로 묶어세우는 데까지 기여"[8] 하는 것이 올바른 '행동'의 의미이다.

그의 문학론 또는 예술론 역시 이와 무관하지 않다. 대체로 그에겐 역사적인 발전단계에 따라 그 과정에 있는 현실과 그 진실을 충실하고 구체적으로 표현하는 것이 중요하다. 예술적 묘사가 갖는 진실함과 역사적 구체성은 혁명적인 정신과 그 비전 속에서 확보되며, 이를 통해 현실변혁의 의식과 실천 방안을 모색할 수 있는 까닭이다. 문학예술은 "특정한 발전 국면 속에서 현실을 반영해 주는 특정한 형태"로서 나타나며, 그때 시는 혁명을 이데올로기적으로 준비하는 수단이라고 말하는 것을 주저하지 않는다. 어디까지나 김남주에게 문학은 단지 주관적인 것이 아니라 인간과 사회의 발전법칙과 함께하는 것이며, 특히 비인간적인 자본주의 사회 속에서는 그것과의 전면적 투쟁만이 진정한 의미의 '행동'이다.

내심 시인보다 혁명전사이기를 바랐던 김남주의 속내는 이와 무관하지 않다. 궁극적으로 그는 대중 운동을 통한 권력의 헤게모니 장악을 통해 노동자 중심의 국가를 건설하는 것을 그 목표로 한다. 그러면서 그는 자신의 시와 산문을 통해 노동자의 중심의 혁명을 노래한 바 있다. 하지만 그런 의미의 혁명을 모색하는 가운데서도 스스로를 "대지의 자식"으로서 그의 투

---

8   김남주, 「나의 창작습관과 창작태도」, 『불씨 하나가 광야를 태우리라』, 241쪽.

쟁이 "빼앗긴 자유를 위한 대지와 인간의 싸움"(『자유에 대하여』)으로 규정하고 있는 것이 흥미롭다. 특히 농민들의 아픔과 슬픔이 주류를 이루고 있는 초기시의 경우, 미약하나마 미래의 사회 변화를 주도할 잠재적 주체로서 농민과 농경민적 세계관에 주목하고 있는 것이 눈에 띤다

> 그들은 누구와 함께 자고 있는가/달과 함께 별처럼 자고 있는가/바람과 함께 문풍지처럼 자고 있는가/웃목에서 하품이나 하는 요강과 함께 자고 있는가//그들은 누구와 함께 자고 있는가/부러진 다리 수수밭의/병아리와 함께 자고 있는가/빈 독을 엿보고 문턱을 갉는/쥐새끼와 함께 자고 있는가/엿장수 가위소리에 눌린/고무신짝과 함께 자고 있는가/파리와 함께 모기와 함께 자고 있는가//내가 그들을 본 것은 장날이었다/개똥비누 하나에서 단돈/일원을 깎아내려고 그들은/장바닥을 온통 뒤지고 장거리의 풀빵/타는 냄새에 군침만 흘리는 내가/그들을 본 것은 국도연변/술파는 담배가게였다 그들은/은하수 아래 청자 밑의 새마을에/눌린 한 봉지 풍년초를 사내려고/별의별 수작을 다 떨었다/빈손으로 술잔이나 비워주기도 하고/씁쓸한 소주잔에 없는 미소를 지어 뵈기도 하고/곰보딱지 주모를 꼬시기도 하고//내가 그들은 본 적은 툇마루였다/툇마루에 놓인 밥상 위의 툭사발/속의 둥둥 떠로른 멸치/고기를 낚으려고 가로세로 다투는/네 개의 젓가락//아 그들은 누구와 함께 자고 있는가/디룩디룩 배 불러터진/거머리와 함께 자고 있는가/대창에 찔린 개구리/피와 함께 자고 있는가 고달프고/애절한 사랑과 함께 자고 있는가
> ─「그들은 누구와 함께 자고 있는가」 전문

여기에 등장하는 "그들"은 먼저 농민들로 아직 깨어나지 못하거나 조직화되기 이전의 민중을 상징한다. 특히 그들은 급속한 근대화 또는 산업화의 진행에 따른 농촌경제의 파산과 소외의 심화에도 그와 무관한 "달" "별", "바람"과 "문풍지처럼" 자신들의 가난과 피해에 대해 각성하기보다 잠들어 있는 상태다. 또한 "그들"은 농촌 공동체를 벗어나는 어떤 문제에도 관심을

확산하지 못한 채 "요강"과 "병아리", "쥐새끼"와 "고무신짝", "파리"와 "모기" 등 생리적 욕구와 일상적 생활영역을 벗어나지 못하면서 국가 관료기구의 직접적인 통제에 그저 순응하는 신세일 뿐이다

그 가운데서 "내가" "장날"에 처음 "본" "그들"은 "개똥비누 하나에서 단돈/일원을 깎아내려고" "장바닥은 온통 뒤지"는 등 매우 생활력이 강한 존재다. 또한 "국도 연변/술파는 담배가게"에서 당시 가장 값싼 담배인 "풍년초를 사내려고/별의별 수작"을 "떨"거나 "툇마루에 놓인 밥상 위의 툭사발/속"에 "둥둥둥 떠오른 멸치"를 서로 먹으려고 "다투는" 등 자신의 이해관계나 이익을 관철하기 위해서라면 무엇이든지 하는 존재다. 자본과 거리가 먼 농민이자 어떤 권력에서도 서로 분리된 채 조직도 없고, 단합된 행동 능력도 없는 소외된 피지배계층이자 어떤 권력이나 자본에도 거리가 먼 농민들이 바로 "그들"인 셈이다. [9]

얼핏 보면, 그런 점에서 이러한 농민들의 경우 그는 원하는 조직적인 혁명주체가 아니다. 하지만 그럼에도 불구하고 그는 그의 작품 속에서 이러한 정치적으로 활성화될 잠재력을 지닌 존재로서 농민들의 가능성을 외면하기보다는 그들에 대한 무한한 신뢰와 연대의식을 거두지 않는다. 특히 그 중에서도 농경민적 사유의 가장 중요한 신화적 테마인 자연 순환을 통해 온갖 대립을 극복하고 해결할 수 있는 실천 방안을 모색하고 있는 점이 주요한 특징의 하나로 작용하고 있다.

---

9 먼저 이는 1970년대 전후 한국인구의 대다수가 농업에 종사하는 전형적인 농촌사회였다는 사실과 무관하지 않을 것이다. 참고로 당시 취업자구성을 살펴보면, 전체 취업자 중 자본주의 부문 임노동자가 혹은 자본가를 포함한 인구가 15%, 농어업이 50%, 어업이 11%, 나머지 26%가 도시 비자본주의 부문에 종사했다. 김동춘, 「1960, 70년대 민주화운동 세력의 대항이데올로기」, 『한국정치의 지배이데올로기와 대항이데올로기』, 역사비평사, 1994, 219~220쪽 참조.

그대는 겨울을
겨울답게 살아보았는가
그대는 봄다운
봄을 맞이하여보았는가
겨울은 어떻게 피를 흘리고
동토를 녹이던가
봄은 어떻게 폐허에서
꽃을 키우던가 겨울과
봄의 중턱에서
보리는 무엇을 위해 이마를 맞대고
눈 속에서 속삭이던가
보리는 왜 밟아줘야 더
팔팔하게 솟아나던가
잡초는 어떻게 뿌리를 박고
박토(薄土)에서 군거(群居)하던가
찔레꽃은 어떻게 바위를 뚫고
가시처럼 번식하던가
곰팡이는 왜 암실에서 생명을 키우며
누룩처럼 몰래몰래 번성하던가
죽순은 땅속에서 무엇을 준비하던가
뱀과 함께 하늘을 찌르려고
죽창을 깎고 있던가

—「잿더미」부분

　혹독한 시련의 "겨울"이 "동토(凍土)를 녹이"고 "폐허에서/꽃을 키우"는
"봄다운/봄"이 가능한 것은 다른 이유 때문이 아니다. 마치 "겨울과 봄의 중
턱에서/보리"가 "눈" 속에서 인내하거나 "밟아"줄수록 "더/팔팔하게 솟아"나
는 것처럼 자연의 순환관계 속에서 그 연속성을 갖기 때문이다. 즉 서로 단
절된 것처럼 보이는 "잡초"와 "박토", "찔레꽃"과 "바위", "곰팡이"와 "생명"

　　　　　　　　　　　　　　김남주 시인의 삶과 문학 정신

은 그런 연속성과 상호 전환을 통해 긴밀하게 연결된다. 마치 한 알이 씨앗이 "땅속"에 떨어져 죽어 "죽순"으로 솟아날 수 있듯이 세상에 존재하는 것들은 동면하는 "뱀"처럼 자연이치의 "끈질긴" "진통"과 인내를 통해 "무엇"인가로의 변신을 "준비"할 수 있다. 마침내 "꽃 속에 피가 흐" 르고 "핏속에 영혼이 흐르"는 "봄"의 "잉태"와 더불어 "육신과 영혼"이 "꽃과 함께 피와 함께 합창"하는 날들은 삶과 죽음의 단층선을 이어지는 자연의 이치 또는 생명계의 순환을 통해 가능해진다.

그의 초기 시들에서 유달리 많이 등장하는 '죽음의식'은 그 연장선상에 놓여 있다. 그리고 이는 이른바 농경민의 순환론적 상상력에도 좀처럼 가시지 않는 죽음의 불안과 공포를 극복하려는 움직임을 내포한다.

> 그러나 그들의 죽음은
> 지나간 추억이 아니다
> 그러나 그들의 죽음은
> 부질없는 눈물이 아니다
> 그들은 오로지 굶주림의 한계를 알고 싶었을 뿐
> 그들은 오로지
> 어둠의 깊이를 보고 싶었을 뿐
> 결코 죽음으로 간 것은 아니다
> 결코 죽음으로 간 것은 아니다
> 그렇듯이 모든 것이 혁명도 그렇듯이
> 한 나무의 열매가
> 한 종자의 묻힘에서 비롯되었듯이
> 그들의 죽음 또한
> 그들의 죽음 또한 열매를 위하여
> 하나의 씨앗이 되고자 했을 뿐
> 한 나무의 생명을 키워주는

재가 되고 거름이 되고자 했을 뿐
한 나무의 성장을 지속시켜주는
피가 되고 살이 되고자 했을 뿐

뿌리가 되고자 했을 뿐

그렇다
그들의 분신(焚身)은
존재를 향한 모험이었고
그들의 할복(割腹)은
칼로 깎아 세운 자유의 성채였다
　　　　　　　—「그들의 죽음은 지나간 추억이 아니다」 부분(밑줄 필자)

　필시 전태일(1970.11.13)의 '분신'과 김상진 열사(1975.4.12.)의 '할복자살'과
관련되어 위 시에서 "그들의 죽음"은 한낱 추모나 애도의 대상이 아니다. 전
태일의 고통스런 죽음의 선택 속엔 열악한 노동조건과 사회적 불평등 속에
서 굶주림의 한계"에 대한 도전의 성격을 지니고 있는 까닭이다. 또한 김상
진의 죽음 속엔 반민주적인 유신체제가 낳은 폭압정치 속에서 "어둠의 깊
이"를 "알고 싶"거나 "보고 싶"은 숭고한 열망이 작동하고 있었기 때문이다.
　물론 그렇다고 그가 그들의 죽음을 무조건 옹호하거나 근거 없이 영웅화
하고 있다고 보는 것은 오산이다. 그렇지만 순환론적인 관점에서 보면 모든
죽음은 "한 나무의 열매"처럼 "한 종자의 묻힘"에 비유할 수 있다. 특히 "그
들의 죽음 또한/한 나무의 열매를 위한" "씨앗"에 불과하다. 무엇보다도 관
계론적인 관점에서 보면, 그들의 죽음 역시 "한 나무의 생명을 키워주는/재
가 되고 거름이 되고" "뿌리가 되고자 했을 뿐"이며, 나아가 "한 나무의 성장
을 지속시켜주는/피"와 "살"로 변용되어 있는 것에 불과하다. 그러니까 모

든 형태의 죽음을 실존의 중단으로서가 아니라 그 하나의 순환이자 그 연장으로서 받아들일 수 있을 때 "그들의 분신은/존재를 향한 모험"이 되거나 "그들의 할복은/칼로 깎아 세운 자유의 성채"가 될 수 있다.

하지만 이처럼 죽음과 삶이 되풀이되는 생을 영위하는 한 가운데서 죽음 행위 자체가 삶의 신비한 역설로서 재생 또는 불멸과 깊게 연결시키는 그의 농경민적 상상력은 그치지 않는다. 자신도 모르게 체화되어 있었을 농경민적 사유를 통해, 그는 온갖 대립을 극복하고 해결할 수 있는 사유와 그 실천 방안을 모색한다. 특히 사회변화에 그치지 않고 그 변혁을 주도하는 주체로서 농민의 가능성과 잠재성에 먼저 주목하고 있다.

동학 혁명에 대한 전폭적인 신뢰와 이 운동을 주도한 전봉준 장군에 대한 찬양이 그렇다. 전봉준이라는 역사적이고 영웅적인 인물을 통해 농경민적 혁명의 미래상을 펼친다.

한 시대의
불행한 아들로 태어나
고독과 공포에 결코 굴하지 않았던 사람!
암울한 시대 한 가운데
말뚝처럼 햇불처럼 우뚝 서서
한 시대의 아픔을
온 몸으로 한 몸으로 껴안고
피투성이로 싸웠던 사람!
뒤따라오는 세대를 위하여
승리 없는 투쟁
어떤 불행도 어떤 고통도
결코 두려워하지 않았던 사람
누구보다도 자기 시대를
가장 격정적으로 노래하고 싸우고

한 시대와 더불어 사라지는데
기꺼이 동의했던 사람!

보아 다오 보아다오
이 사람을 보아다오
이 민중의 지도자는
학정과 가렴주구에 시달린
만백성을 일으켜세워
눈을 뜨게 하고
손과 손을 맞잡게 하여
싸움의 주먹이 되게 하고
소리와 소리를 합하게 하여
대지의 힘찬 목소리가 되게 하였다
그들 만백성들은
이 위대한 혁명가의 가르침으로
미처 알지 못한 사람들과
형제가 되었을 뿐만 아니라
새 세상을 겨냥한 동지가 되었을 뿐 아니라
외롭고 가난한 사람들이
아직까지 한 번도 맛보지 못한
자유를 알게 되었을 뿐만 아니라
적과 동지를 분간하여
농민의 민중의 해방을 위하여
전투에 가담할 줄 알게 되었으니

보아 다오 보아다오
새로 태어난 이 민중을
이 민중의 강인한 투지를!
굶주림과 추위와
투쟁 속에서 더욱 튼튼하게 단결된

이 용감한 조직을 보아다오

　　　　　　　—「황토현에 부치는 노래 — 녹두장군을 추모하면서」 부분

　김남주는 생전에 그가 숭앙했을 전봉준장군을 두고 "한 시대의/불행한 아들로 태어나/고독과 공포에 결코 굴하지 않았던 사람"이라고 노래한다. 또한 한 치의 부끄럼도 허용하지 않은 채 "암울한 시대 한 가운데/말뚝처럼 횃불처럼 우뚝 서서/한 시대의 아픔을/온몸으로 한 몸으로 껴안고/피투성이로 싸"우다 역사의 뒷전으로 기꺼이 사라져 갔던 위인으로 평가한 바 있다. 특히 그에게 반봉건 구국투쟁에 앞장섰던 전봉준은 "뒤따라오는 세대를 위하여/승리 없는 투쟁/어떤 불행 어떤 고통도/결코 두려워하지 않았던 사람"이다. 또한 그 어떤 "누구보다도 자기 시대를/가장 정열적으로 사랑하고/누구보다도 자기 시대를/가장 격정적으로 노래하고 싸우고/한 시대와 더불어 사라지는 데/기꺼이 동의했던 사람"이다.

　김남주가 이런 전봉준이라는 "민중의 지도자"를 반복적으로 "보아다오"라고 말하고 있다. 그러면서 전봉준이라는 역사적 인물이 여전히 또 다른 형태의 "학정과 가렴주구에 시달"리는 당대의 "민중"들에게 "만백성을 일으켜 세워/눈을 뜨게 하고" 모래알같이 흩어진 민중들이 서로의 "손과 손을 맞잡게 하"였다고 강조하고 있다. 비조직적이고 무각성한 민중으로서 농민들을 직접적인 투쟁과 "싸움의 주먹이 되게 하"고 각기 다른 자신들의 요구가 담긴 "소리와 소리"를 하나로 만들어 "대지의 힘찬 목소리가 되게" 한 인물이 전봉준이었던 것이다.

　달리 말해, 김남주가 볼 때 자신의 모범이자 분신인 "이 위대한 혁명가의 가르침"은 전통적 가치와 규율과 지혜를 통한 역사적 특수성의 실현에 그치지 않는다. 서로 다른 삶의 현장에 있던 "사람들과 형제"애와 "동지"애

를 맺게 했을 뿐만 아니라 영광된 과거로서 "대지"에 뿌리박은 "힘찬 목소리"의 투쟁과 영광의 환기에 있다. "뿐만 아니라" "외롭고 가난한 사람들이" "적과 동지를 분간"해내면서 사회변혁의 주체로서 다름 아닌 "농민"을 비롯한 일단의 "민중" "해방을 위"한 "전투"에 직접 "가담"하거나 혁명전사로 거듭나게 했던 것을 새삼 기억하고자 함에 있다. 그에게 뛰어난 지도력과 결단성으로 동학혁명을 이끈 전봉준이야말로 프로메테우스를 대체하는 인물로서 그가 본받으며 따라야할 "민중"과 거듭 "새로 태어난" 진정한 영웅이었던 셈이다.

5. 결론

다시 강조하지만, 대사회적인 관계에 더 중점을 두는 '수치'와 달리 부끄럼은 자신의 지키고자 했던 원칙이나 삶의 기본 태도의 상실과 관련되어 있다. 어떤 경우라도 그걸 지켜야 하느냐, 그렇지 않느냐 사이에서 오는 마음의 갈등과 혼란이 부끄럼의 감정을 부른다. 특히 한 인간의 부끄럼은 자신의 행동이 타인으로부터 비난을 받거나 스스로가 설정한 삶의 목표나 이상을 잘 지켜내지 못하고 있다고 생각할 때 발생한다. 당장의 이해관계에 따라 행동할 것이냐, 아니면 비록 죽음을 불사할지라도 한 인간으로서의 위엄과 품위를 지켜나갈 것인가를 고민하고 주저하는 가운데 일어나는 감정 중의 하나가 부끄럼의 감정이다.[10]

---

10 아리스토텔레스는 부끄럼(수치)은 불명예에 대한 공포로서 일종의 정념에 해당한다고 보고 있다(아리스토텔레스 지음, 『니코마코스 윤리학』, 최명관 역, 서광사, 2002년, 140~141쪽). 또한 스피노자 역시 부끄럼(치욕)이 타인의 비난을 의식하는 데서

김남주 시에 곧잘 드러나는 부끄럼의식 역시 이와 무관하지 않다. 그의 부끄럼은 한 사회 내부의 관습적 질서와 상관없이 발생하는 스스로가 입법한 양심의 괴로움 또는 결단과 맞물려 있다. 특히 그것은 제 스스로가 세우고 지키려 했던 한 제 마음속의 도덕률 또는 양심의 요청으로서 자기규율에 가깝다. 한 인간이자 한 시인으로 올바르게 성장하는 과정에서 필연적으로 부닥칠 수밖에 없는 중요한 감정의 하나가 부끄럼이었으며, 그 부끄럼의 호명에 자발적으로 응한 시인이 바로 김남주였던 셈이다.

결코 순탄치만은 하지 않는 혁명가적 시인으로서 프로테우스적인 영웅적 모험은, 따라서 단지 "투쟁 속에서만이 인간은 순간마다 새롭게 태어"나며 "혁명은 실천 속에서만이 제 갈 길을 바로 간다"(「벗에게」)는 그의 당위론적 명제 속에서 나오지 않는다. 어쩌면 그것은 지극히 자연스런 "인간적인 의무"감과 "용기"(「그러나 나는」)의 근원인 부끄럼의 감정 또는 양심의 명령에서 나온다. 어디까지나 한 치의 거짓이나 오류도 허용하지 않으려는 부끄럼의 감정에 기반한다. 일체의 가식이나 허위를 용납하지 않으려는, 거의 자기학대에 가까운 결벽성과 단호함의 태도에서 그의 삶과 시적 도덕성이 확보된다.

초기 시부터 지속적으로 나타나는 죽음의 의식 역시 그렇다. 먼저 그는 자신의 삶 한 복판에서 죽음을 자신의 본질로서 받아들이면서 "온몸으로 온몸으로 죽음을 포옹할 수 있는"(「진혼가」) 혁명가적 시인이기를 꿈꾼 바 있다. 또한 동시에 자신의 죽음을 적대자가 아닌 동반자로서 수용함으로서 자

오는 슬픔의 일종으로 보고 있다(B. 스피노자, 『에티카』, 강영계 역, 서광사, 2004(11쇄), 198쪽). 하지만 여기서 보여주듯이 이들은 공통적으로 개인 내면의 율법에 기반한 부끄럼과 대사회적인 체면이나 위신과 관계되어 있는 수치심을 구별하지 않고 있다는 것을 알 수 있다.

신의 삶과 민족, 민중과 세계와의 일체감 형성을 위한 지난한 고투(苦鬪)에서 승리자가 되고자 했다. 그야말로 그는 다름 아닌 자신의 삶에 강렬성을 부여하는 '불'을 통한 죽음의 제의(祭義) 혹은 '잿더미'를 자청하는 통과의례를 통해 민족해방과 민중혁명에 대한 그의 염원의 당위성과 진정성을 확보할 수 있었던 시인이 바로 김남주였다고 할 수 있다.

올해로 사후 30주년을 맞는 김남주의 문학과 삶은 그렇다. 마치 잿더미속에서 날아오르는 불새 피닉스처럼 그는 사회적 불평등과 위기가 고조될수록 더욱 가까이 날아오르는 구원과 해방의 상수(常數)로 살아 있다. 그러면서 인간다운 자유로운 삶과 더불어 가난하고 박해받는 자들의 정당한 권리와 평등을 고민하는 이들에게 여전히 근원적인 질문과 구원을 다시 찾게하고 있다. 비록 그의 소망과 달리, 아이러니하게도 사회적 불평등과 개인적 부자유가 전면화하는 불행한 시대일수록 말이다. 김남주는 그런 점에서여전히 죽어서도 죽지 않은 불사신의 일종이며, 더욱이 그리기에 앞으로도 우리 앞을 가로 막는 양심의 수호자이자 나아가 사회구조를 바꾸는 혁명가로 우뚝 서 있을 것이다.

김남주 시의 '상속'에 관하여

유희석

1. 서론

10년쯤 전에 상속이라는 단어를 떠올리면서 황석영의 중단편을 대만의 한 작가와 비교하면서 읽은 적이 있다.[1] 하지만 문학작품의 상속에서 당연히 고려해야 할 점을 제대로 다루지는 못했다. 독자가 소비자로 존재하는 출판시장에서 사고 팔리는 한 작품도 엄연히 하나의 상품이지만 그렇다고 그것을 소비재로 취급할 수 없다는 사실의 간단치 않은 함의를 숙고하지 않은 것이다. 최근에 다시 황석영의 장편을 베트남 소설가들의 작품과 견주면서 살폈는데, 정작 상속이라는 말을 재차 떠올린 것은 김남주 30주기를 맞아서였다. 그가 남긴 유산이 노년에도 왕성하게 활동하면서 그에 합당한 주목을 받는 황석영보다 (어떤 면에서) 더 살뜰한 보살핌이 필요하겠다는 생각이 들어서 그랬는지 모르겠다. 아무튼 이런 생각도 김남주를 "남도의 동백

---

1   졸고, 「'상속행위'로서의 비평 황석영의 중단편과 동아시아 문학의 연대」, 『비교한국학』 23권 1호, 2015 참조.

꽃"에 빗댄 황석영 자신의 후배 사랑과 어긋나지 않으리라 믿는다.

2. 김남주 시의 상속과 독자

알다시피 책을 쓰면 저작재산권이 발생하고 그로써 작가는 생계를 꾸린다. 그러한 작품은 '재산'이다. 경우에 따라서 침해나 손해배상의 대상이 된다. 전자책이 무시못할 비중을 차지하는 시대에 재산 침해 문제는 불법 복제나 전산망 해킹 등으로 더 첨예해졌다. 저작재산권은 작가 사후에는 일정 기간(70년) 저작권법의 보호를 받고 양도가 가능하다. 그런 까닭에 저자의 사망 이후 작품의 법적 소유권을 둘러싸고 친족 간 분쟁이 발생하면서 소송으로 비화한다. 베스트셀러를 두고 특히 그렇다. 상속법의 근거인 사유재산제가 작품에도 적용되는 것이다. 그런데 작품을 독자가 상속받는다는 발상에 비추면 전술한 모든 문장은 무의미하다. 상속은 읽고 생각하는 과정 자체인 터라 정신 차원의 수용이다. 그런 상속은 눈에 보이지 않고 손에 잡히는 것도 아니다. 상속 포기도 사람들이 더 이상 읽어주지 않음을 의미할 뿐이다. 이러한 상속은 작가 생전은 물론 사후에도 이뤄지는 행위다.

그중 사후 상속은 각별하다. 그것은 망자를 다시 살리는 동시에 작품에도 새로운 생명을 부여하는 일이기 때문이다. 따지고 보면 특정한 작가의 유고를 포함한 텍스트를 전집이나 선집 형태로 그러모으거나 가려 뽑아 세상에 내놓는 일도, 학술대회를 개최하여 작가를 기리는 모임도 후대의 지극한 살림 행위다. 그로써 문학작품이 작가 사후에 만인의 재산이 된다면 독자의 물려받음으로서의 읽기는 세상을 풍요롭게 하면서 작가와 작품의 현존을 증언하는 작업이 된다. 관건은 누구의 어떤 작품을 대상으로 어떻게 상속에

김남주 시인의 삶과 문학 정신

임해야 하는 것인가이다. 모든 작가의 작품을 다같이 지극정성으로 읽어야 하는 것은 아니고, 유한한 삶에서 그렇게 할 수도 없기 때문이다.

그런데 상속을 대하는 '자세'에서 주의해야 할 사항이 하나 있다. 즉, 작가마다 상속의 양상이나 방식은 천차만별이라는 사실이다. 한마디로 문학 공화국의 법전에는 모든 작가에 일률적으로 적용되는 상속법이 존재하지 않는다. 따라서 한국의 현대시에서 일제강점기의 한용운(韓龍雲, 1879~1944)이나 이상(李箱, 1910~1937), 분단 이후의 김수영(金洙暎, 1921~1968), 신동엽(申東曄, 1930~1969) 등의 작품을 상속하는 방식이 똑같을 수 없다. 아니, 똑같지 않은 정도가 아니라 때로 상속인들 사이에서 양립하기 힘든 견해차나 심지어 불화가 발생하는 것도 때로는 불가피할지 모른다. 단적으로 이광수(李光洙, 1892~1950)나 김동인(金東仁, 1900~1951)이 한국문학사에 중요한 족적을 남겼다는 데는 많은 사람들이 동의한다.

그러나 가야마 미츠로(香山光郎)와 히가시 후미히토(金東文仁)로서 그들이 남긴 글에 대해서까지 그렇게 평가하고 기려야 하는가? 그런 글조차 우리 근대문학의 엄연한 일부일지 모르지만 이들에 대한 진지한 연구와 작품 상속은 전혀 다른 차원의 쟁점이지 않은가? 더 구체적으로 『親日文學作品選集』(金炳傑 · 金奎東 編, 실천문학사, 1986)을 내고 숙고하는 연구는 오히려 과거사를 직시하고 불행한 과거의 유산에서 무엇을 거부하고 이어받을 것인가를 헤아려보기 위함이 아닐까? 이런 의문은 이들이 창씨개명 이전에 쓴 텍스트에까지 소급해서 던져볼 수도 있다. 이 의문은 단순히 친일문학상을 규탄하면서 친일이냐 반일이냐를 따져서는 결코 해소되지 않는다. 그런 식으로 따지려 드는 것 자체가 '역사의식'의 부재를 가리키는 징후인지도 모른다.[2] 그

---

2   소모적인 논쟁을 유발하기 십상인 반일과 친일의 구도보다 친일반민족행위자의 행

들의 문학 그 자체와 정면으로 대결하지 않은 한 20세기 한국의 식민지문학의 참다운 상속은 요원하다.

그렇다면 20세기에 명멸한 한국의 숱한 시인 중에서 김남주(金南柱, 1945.10.16.~1994. 2.13)는 어떨까? 인간 김남주에 관한 증언은 무수하고 어렵지 않게 그의 '인간성'을 확인할 수 있다.[3] 증언을 읽다 보면 해방둥이인 그가 일제강점기에 활동했다 해도 자신의 영혼을 일본 이름으로 세탁하지는 않았으리라는 확신이 생긴다. 그런데 엄밀하게 말해 우리가 상속받고자 하는 것이 김남주의 '인간성'이 아니다. 물론 창작자와 작품은 불가분이다. 하지만 이 경우에도 독자가 읽고 상속받는 것이 창작자라는 사람이 아니라 그의 작품임은 변치 않는 진실이다. 그리고 김남주의 경우 이런 진실도 편치만은 않다. 그의 작품을 정색하고 읽어본 독자라면 시에 대해 품어온 자신의 관념부터 의심해야 할지 모른다. 김남주의 시는 말씀 언(言)에 절사(寺)—관청 시로 새길 수도 있는 말—가 붙은 단어인 시의 통념과 때로는 거리가 아주 멀게 느껴진다.[4]

여기서 한 걸음 더 나아가 시가 혁명의 도구로 제작되었다는 인상을 받는다면, '이것도 시라고 할 수 있나?'라고 되묻는 독자가 적잖이 생길 법도 하

적을 철저하게 기록해두고 교육의 자료로 활용하는 일이 개인적으로 더 중요한 과제라고 생각한다. 그런데 이보다 더 까다로운 쟁점은 유력한 언론매체가 시행 주체인 친일문학상의 폐지일 것이다. 솔직히 말해 그런 문학상을 없애야 한다는 단호한 주장에는 머뭇거리는 나 자신을 발견한다. 그러면서 드는 상념 한 토막은, 어떻게 하면 만해문학상이나 이상문학상 같은 '권위'가 자연스럽게 친인문학상을 주변으로 확실하게 밀어낼 수 있을까 하는 것이다. 이는 모든 진지한 문학인이라면 좀더 치열하게 숙고해야 할 문제이리라 본다.

3   가령 황석영 외, 『내가 만난 김남주』, 이룸, 2000에 실린 글 참조.
4   본고에서 거론하는 김남주의 텍스트는 다음과 같다. 염무웅·임홍배 편, 『김남주 시 전집』, 창비, 2014 ; 맹문재 편, 『김남주 산문 전집』, 푸른사상사, 2015.

김남주 시인의 삶과 문학 정신

다. 반면에 김남주의 시를 읽으며 시와 혁명의 관계를 더 진지하게 성찰해 보려는 사람도 못지않게 있을 것이다. 나는 후자의 부류에 속한다. 하지만 혁명이든 진리든 뭐든 시를 도구적 관점으로 접근하는 자세는 적잖이 꺼림칙하다. 물론 그런 생각조차 어떤 선입견에 물들어 있을 수 있고, 만약 그렇다면 그것도 자기비판적으로 돌아볼 일이다. 그런데 나처럼 어쭙잖은 비평가 따위는 아랑곳없이 김남주는 사후 자신의 시의 운명에 대해 이렇게 읊었다.

> 아무래도 내 시는
> 죽어서나 먼 훗날 살아날지도 모른다.
> 김을 매는 아낙네의 호미에 긁혀
> 쟁기질하는 농부의 보습에 걸려
>
> 세월의 바람에 손발이 트고
> 먹고 입고 사는 일의 중압에 시달리느라
> 읽을 줄도 쓸 줄도 몰랐던 사람들
> 새 세상이 와서 새 세상에서
> 늘그막에 와서 까막눈이라도 뜨게 되면
> 화석이 된 내 시를 읽고 나를 발견할지도 모른다
>
> —「아무래도 내 시는」 부분

"김을 매는 아낙네"나 "쟁기질하는 농부"는 시인의 정서적 고향이 어디인가를 가리키고 있다. 농부의 호미와 보습은 비유가 아니다. 그런데 농촌에서 멀리 떨어진 도시의 아파트 방구석에서 컴퓨터 자판을 두드리는 내가 골똘해지는 것은 바로 그 "먼 훗날"이다. '오늘'은 아닌 것이 분명한 그날은 언제인가? 이런 물음 앞에서 그가 타계하고 30년이 지난 작금의 시단(詩壇)이 그의 시를 '화석'으로 만들어버린 것은 아닌지 자문한다. 혹시 화석이 되어버렸기 때문에 '고 김남주 30주년'이라는 제목을 달고 사람들이 거창하고도 부산하게 기념하는 일에 나선 것이 아닐까 의심이 들기도 한다. 하지만 그런 의심도 단견일 게다. 오히려 김남주 30주년이 다른 어떤 시인의 기일 못지않게 절실하게 다가오는 것은 아직도 그가 바란 "새 세상"이 전혀 오리무중이기 때문이 아닌가, 반문한다.

그가 살다 간 시대를 떠올리면 상전벽해라는 말이 실감날 정도로 정치와 미디어 환경이 변했고 화염병과 최루탄도 더 이상 거리에 나뒹굴지 않는다. 까막눈도 이제 거의 없다. 그럼에도 오늘날의 현실은 70~80년대에 김남주가 꿈꾸었던 세상과 거리가 멀다. 아니, 한결 높아진 시민의식과 제도화된 민주주의에도 불구하고 총칼로 권력 잡은 군부독재 시대보다 돈의 위세는 극렬해졌고 권세 있는 자들도 더 뻔뻔해졌다. 개인 미디어가 만개한 공론장 역시 극도로 분열된 상태다. 상극의 진영 대결이 일상화되었고 남과 북도 한겨레의 잠정적인 특수 관계가 아니라 아예 별개 국가의 길을 공언하는 중이다. 진보 보수를 막론하고 너무도 염치라는 것이 없어져서 각자의 마음에 혁명에 준하는 태세가 자리잡지 않고서는 타개의 실마리를 찾을 수 없는 세상이 되어버린 것 같다. 이런 판국에 「아무래도 내 시는」을 읽으면서 새삼 소중하게 보듬는 것은 "새 세상"을 향한 김남주의 염원이다.

그런 김남주가 남긴 작품을 온전히 되살리는 데 비평이 중요해지는 것은 그것이 작가의 시 세계로 들어가는 길잡이기 때문이 아니다. 한 작가와 작품이 후대에 살아 있음을 말하기 위해서는 비평도 그 자체로 자신의 동시대의 독자들과 함께 호흡하면서 열렬히 무사(無邪)해야만 한다. 지금 한국문학의 비평이 그렇다고 자신할 수 있을까? 대책 없이 거창한 이야기가 될 수 있지만 김남주의 시를 어떻게 상속해야 하는가를 고민하는 것은 우리시대의 비평이 비평으로서 과연 얼마나 제대로 시대적 책무를 떠맡고 있는가를 되묻는 일이기도 하다.

3. 김남주의 시와 카프의 계승

왕년에 김남주의 시를 읽지 않은 것은 아니지만 오랫동안 무심했다. 그가 남긴 935편의 시와 600쪽이 넘는 산문을 거의 한 달 동안 통독하고 나서는 잠시 숨을 고를 필요를 느꼈다. 일관(一貫)의 혁명적 열정이 지배하는 전집 전체에 대한 독서 실감을 되짚어보지 않고서는 그에 관한 온당한 평가도 힘들겠다는 생각이 강하게 일었다. 알다시피 김남주가 남긴 상당수 창작품은 옥중시다. 온전한 필기도구는커녕 최소한의 독서와 사색의 시간이 절대적으로 결여된 야만의 영어(囹圄) 속에서 꽃핀 작품들이다.[5] 유신 정권과 전두환 군사정부 치하에서 옥살이한 이들은 한둘이 아니지만 감방 안에서 김남주만큼 치열하게 시를 쓴 이가 우리의 현대 시사(詩史)에 있을까.『진혼가』 (청사, 1984)에 실린 일부 시들을 제외한다면 거의 모든 시가 '옥사의 어둠'을 뚫고 나왔다고 해도 과언이 아니다.

그의 시를 제대로 읽기 위해서는 시대의 어둠을 다시 생각해볼 필요도 있다. 그의 산문은 그 점에서 중요한 참조 문건이다. 시와 본질적으로 동일한 사유의 자장에 존재하는 그의 산문은 자신의 창작에 대한 김남주 나름의 비

5　「독거수」에서 김남주는 그 야만의 시간을 이렇게 직시한 바 있다. "한 사흘 콩밥을 씹다보면 깨우치리라/ 낫 놓고 ㄱ자도 모르는 순 무식쟁이든/ 모르는 것 빼놓고 다 아시는 도사든/ 둘러보아 사방 네 벽 감방에서/ 갖고 놀 만한 것이라고는 네 자지 말고 없다는 것을."

평적 해명이기도 하다. 시대의 현실과 정면으로 마주한 그의 단상들은 옥중시의 창작 배경에 관한 단순한 설명을 넘어서 자신의 시가 어떤 사상의 기반에 놓여 있는가를 해명한 성찰의 산물이다. 김남주의 산문은 그의 시가 즉흥적인 적개심이나 즉자적인 분노에서 발원하지 않았음을, 오랜 기간 치열한 독서와 사색, 생활 체험 끝에 나왔음을 말해준다. 그런데 독자에게 읽히는 시는 산문과는 또 다르다. 모든 시가 그렇다는 말은 과장이지만 그의 시는 산문으로는 온전히 포착하지 못한 사유의 해방적 지평을 담고 있다.

그러한 지평도 그가 살아간 시대와 무관치 않으니, 그 시절로 한번 거슬러 올라가 보자. 김남주가 '남민전 사건'으로 복역한 9년 3개월(1979. 10. 4~1988. 12.21)을 한국 정치사에서 가장 짙은 어둠이 깔린 새벽에 비유할 수 있을 것이다. 그가 시인으로서 줄곧 버티고 있던 자리는 박정희의 절대권력이 무너지면서 피바람이 불었던 광주의 한복판이었다. 그러므로 해방둥이로 전남 해남에서 출생한 김남주가 자본과 부르주아지, 국가, 국가의 폭력 기구에 복무하는 모든 권력/자들에 대해 철천의 증오와 적개심을 시의 이름을 빌려 적나라하게 분출한 것을 두고 '시대의 유감'이라고 한다면 그건 후대의 너무 말랑말랑한 평가일 것이다.

평전들이 다각도로 증언했듯이 김남주의 시는 그가 살아가려고 한 삶의 궤적을 정확히 반영한다.[6] 하지만 김남주 시의 현재성을 증언하는 일이 특히 세심해야 하는 것은, 앞서 언급했다시피, 그의 작품이 시에 관한 기존 통

---

6   내가 재직하는 전남대학교에도 생전의 김남주, 특히 그의 중고등학교와 대학 시절을 기억하는 분들이 드물지 않다. 나는 그들을 통해 그의 삶에 관해 전해 들었을 뿐인데, 지금까지 세 편의 평전이 나왔다. 강대석, 『김남주 평전』, 한얼미디어, 2004 ; 김상웅, 『김남주 평전 : 산이라면 넘어주고 강이라면 건너주고』, 꽃자리, 2016 ; 김형수, 『김남주 평전 : 그대는 타오르는 불길에 영혼을 던져보았는가』, 다산북스, 2022.

념을 깡그리 무시하는 일면이 있고, 시와 정치의 관계를 발본적으로 묻고 있기 때문이다. 김남주는 자타가 공인하다시피 혁명가로서의 시인이었지 시인으로서의 혁명가가 아니었다. 그는 철저하게 혁명에 기여하는 시를 지향했고, 그런 기여가 없거나 희미한 시에 대해서는—설령 그것이 '대가'의 것이라 하더라도—가차 없이 비판했다.

한국 현대시사(詩史)에서 김남주의 시적 좌표를 짐작해 보는 것도 그런 비판의 맥락에서다. 그의 자리를 정확히 어디에 마련해야 하는가는 평자마다 생각이 다를 수 있다. 하지만 어떤 경우든 김수영과 신동엽에서 아주 멀리 떨어지지는 않을 듯하다. 농본사회에 젖줄을 대고 민족신화적 상상력을 펼친 신동엽이나 다분히 도시적 감수성의 소유자로서 시를 통해 사상의 첨단을 개척한 김수영은 김남주가 선배로 모신 육친적 시인들이다.[7] 한국 현대시의 미답의 영역으로 나아간 두 시인의 작품을 김남주가 어떻게 자기 것으로 만들었는가를 생각하는 일은 우리 시사(詩史)에서 김남주가 뿌리내린 자리를 가꾸고 보존하는 작업이다.

그런데 그 자리를 들여다보면 김남주가 살아간 시대와 그의 혁명가적 삶에 대해—결코 단순해질 수 없는—상념이 일어난다. 식민지근대의 풍경이 압도적으로 떠오르기 때문이다. 당시 양서(洋書)의 보고인 미국 문화원과 일본의 출판사들을 경유하여 '입국'한 외국 시인들의 위세는 어떤 면에서

---

7   친연성도 더 연구해볼 문제지만 김수영의 흔적은 더 진하게 감지된다. 「우습지 않느냐」 같은 작품이 단적인 예다. 김남주가 김수영 시를 상속한 흔적은 곳곳에서 확인된다. 그러나 동시에 거의 한 세대가 차이 나는 연배가 말해주듯이 김남주가 김수영과는 다른 시대를 살다 갔고 시적 감수성도 사뭇 달랐다는 사실도 아울러 새겨둘 점이다. 김남주와 김수영, 신동엽의 영향 관계는 특히 이대성, 「김남주 시의 인유와 정동적 수행성: 김수영, 신동엽 시에 대한 성찰적, 통합적 인유」, 『비교문학』 제92집, 2024.2, 185~213쪽 참조.

는 일제 치하에서 활동했던 우리 작가들보다 더 컸다. 물론 그것도 식민지 근대가 남긴 문화적 풍경이었다. 게다가 한반도는 광복의 기쁨이 채 가시기도 전에 내전에 돌입했고 결국 분단으로 치달았다. 반공의 광풍이 불어닥친 '남측'에서의 후과는 학문 전반은 물론이고 문학의 영역에도 치명적으로 작용했다.

결과적으로 거의 한 세대 동안 월북한 대다수 시인들의 시집은 금서가 되었다. 극소수의 연구자들이나 몰래 돌려보던 상황이 계속 되었다. 반면에 아이러니하게도 외국의 혁명적 시인들은 어떤 면에서는 더 가깝고 친근하기까지 했다. 김남주를 시인으로 키워낸 시적 자양분이 문화적 식민현실에서 나왔다는 사실의 함의도 단순하지 않지만 그가 그런 현실의 '중력'을 얼마나 치열하게 의식했는가는 좀더 차분히 살펴볼 일이다. 가령 그가 하이네, 마야꼽스끼, 네루다, 브레히트, 아라공 등을 사사한 경험은 이렇게 나타나 있다.

> 희한한 일이다 그들의 시를 읽다보면
> 어딘가 닮은 데가 있다 많이 있다
> 나무로 말할 것 같으면 그 뿌리가 닮았다고나 할까
> 소금으로 말할 것 같으면 그 맛이 닮았다고나 할까
> 빛으로 말할 것 같으면 어둠을 밀어내는 그 모양이 닮았다고나 할까
> ─「그들의 시를 읽고」 부분

저항시·투쟁시로서 세계적 시야를 열어준 저들 외국 시인의 존재가 김남주의 사상과 시의 밑거름이 된 것은 어김없는 사실이다. 연구자들이 그 영향 관계의 양상을 살피는 것도 당연한 일이다.[8] 하지만 우리가 진정으로

---

8 이와 관련된 논의는 주로 염무웅·임홍배 편, 『김남주 문학의 세계』, 창비, 2014의

김남주 시인의 삶과 문학 정신

김남주 문학의 상속을 지향한다면 밖으로 향하는 시선을 이제는 안으로도 돌려야 한다. 김남주가 외국의 혁명 시인들에게서 받은 영향은 그것대로 감안하면서 한국 현대시사에 그의 온전한 자리를 찾아주려면 더욱이나 그렇다. 그러기 위해서 우리는 신동엽과 김수영을 염두에 두면서 대다수 독자들에게 원천적으로 봉쇄되어 있었고 따라서 김남주 자신도 영접할 수 없었던 존재들을 호출해야만 한다.

호출할 때 제기되는 물음은, 김남주 시의 뿌리와 맛과 모양이 진정으로 닮아 있는 시인들이 더 뚜렷하게 떠오른다. 그의 시에 이용악(李庸岳, 1914~1971)이나 백석(1912~1996)의 흔적도 없지 않고 그가 저항한 바로 그 제국주의와 식민주의에 맞섰던 민족의 선배 시인들이야말로 김남주 시의 전사(前史)이기 때문이다. 그럼에도 김남주의 진정한 시적 위상을 일제 강점기 카프(KARF ; 조선 프롤레타리아 예술가 동맹 ; 1925.8~1934)의 계승과 극복이라는 맥락에서 찾아야 한다는 주장은 찾아 보기 어렵다. 이것도 필자의 과문 탓이겠지만 그간 김남주의 번역시와 외국 시인들의 영향 관계를 관성적으로 연구하는 경향도 이제는 좀 바로잡아야 할 때가 되었다고 본다.

앞서 언급했다시피 '땅끝마을' 출신인 김남주의 시적 감수성은 농본(農本) 공동체의 그것이었고 그 자신의 삶도 '도시'와 연관된 거의 모든 것에 끝까지 적대적이었다. 그 속에서 싹튼―일체의 소시민성을 깨는―계급적 각성은 가령 김창술 · 권환 · 임화 · 박세영 · 악막 5인의 시가 실린 『카프 시인집』(집단사, 1931)과의 연관성을 짐작해볼 수 있는 중요한 참고사항이다. 농본의 정서에 뿌리내리고 부르주아지, 더 나아가 소시민근성에 대한 계급 적대를 치열하게 유지한 그의 시적 태도가 카프의 시인들에게서 그대로 발견

제4부에 실린 평문들 참조.

되는 현상도 우연으로 볼 수 없다.

소부르주아지들아
못나고 비겁한 소부르주아지들아
어서 가거라 너들 나라로
환멸의 나라로 타락의 나라로

소부르조아지들아
부르조아의 서자식(庶子息) 프로레타리아의 적인 소부르
주아지들아
어서 가거라 너 갈 데로 가거라
홍등(紅燈)이 달린 카페로

따뜻한 너의 집 안방구석에로
부드러운 보금자리 여편네 무릎 위로!
그래서 환멸의 나라 속에서
달고 단 낮잠이나 자거라

가거라 가 가 어서!
작은 새앙쥐 같은 소부르주아지들아
늙은 여우같은 소부르주아지들아
너의 가면 너의 야욕 너의 모든 지식의 껍질을 짊어지고
― 권환, 「가려거든 가거라 ― 우리 진영 안에 있는
소부르주아에게 주는 노래」 전문

김남주 자신이 썼다고 해도 전혀 이상하지 않을 시다. 박정희에서 전두환
으로 이어진 군부독재시절에 김남주가 적으로 간주했던 일체의 반(反)소시
민성은 식민 치하에서 활동한 권환(權煥, 본명, 權景完, 1903~1953)의 소부르
주아 비판과 정확하게 대응된다. 권환을 비롯한 카프 시인들과 김남주를 비

교해보면 일제 치하 카프의 시인들이 검열과 탄압의 제약 속에서 노래한 현장의 투쟁의식은 김남주의 시에서 한결 깊어지고 선명해진 느낌이다. 그런 선명함은 김남주가 해체 일로에 있던 농촌 공동체의 수탈과 가난에 대한 기억을 시로서 간직하면서 군부독재에 맞선 저항정신의 단련에서 얻어진 것이다. 단련의 과정을 헤아려보면 도시의 삶에 대한 그의 반감도 단순히 지방 의식의 발현으로 볼 것은 아니다. 그는 낭비와 위선, 부패가 판치는 곳으로 도시를 바라보고 있고, 그 시선에는 도시빈민으로 전락한 고향 사람들에 대한 애틋한 마음이 담겨 있다.

요컨대 농본의 세계와 강력한 친화성을 견지한 김남주와 카프의 관계에서 더 숙고해볼 문제는 일제에 의해 분쇄된 카프 시인들의 명맥을 김남주가 시로서 이었다는 사실 자체다. 그런데 혁명의 이상을 노래하면서 자본가계급에 대한 비타협적 적대로 일관한 그에게 '시의 문학성'을 들이대는 데 멈칫하는 것은 다른 이유가 아니다. 문학성이라는 것도 자명한 불변의 실체가 아님은 더 말할 나위 없다. 사상의 무기가 되기를 원한 김남주의 시가 여전히 독자의 심금을 울린다면 그 또한 문학성이라는 것과 분리될 수 없다.

그렇다면 문학성이나 예술성의 고답적인 관념에 얽매이지 않으면서 오늘의 현실에도 진정으로 살아 있는 작품을 읽어내는 것이 핵심이다. 김남주의 시는 70~80년대 문학에서 끈질기게 논제로 떠오른 '소시민성'의 자자분한 고민이나 번민을 깨끗하게 일소해 버리는 통렬함과 통쾌함을 선사한다. 해방 이후 한국 현대시사에 이런 시인 하나를 가진 것은 우리의 자랑이고 긍지가 아닐 수 없다.

> 이 두메는 날라와 더불어
> 꽃이 되자 하네 꽃이

피어 눈물로 고여 발등에서 갈라지는
녹두꽃이 되자 하네

이 산골은 날라와 더불어
새가 되자 하네 새가
아랫녘 윗녘에서 울어예는
파랑새가 되자 하네

이 들판은 날라와 더불어
불이 되자 하네 불이
타는 들녘 어둠을 사르는
들불이 되자 하네

되자 하네 되고자 하네
다시 한 번 이 고을은
반란이 되자 하네
청송녹죽(靑松綠竹) 가슴으로 꽂히는
죽창이 되자 하네 죽창이

—「노래」 전문

「노래」에는 「가려거든 가거라」와는 차원이 다른 저항정신이 숨 쉬고 있
다. 「노래」야말로 4월 혁명을 시로서 '결산'한 신동엽의 「껍데기는 가라」와
김수영의 「푸른 하늘」을 전혀 다른 역사적 국면에서 제대로 계승한 절창이
고, 김남주 자신의 시세계에서도 드문 시적 고지(高地)다. 이런 시를 목청으
로 휘발시키지 말자. 그 고지에 좀더 소박하고 고요하게 머물러볼 일이다.
김남주가 시에 담아낸 민중의 싸움이 이처럼 카프를 넘어 동학운동의 맥으
로까지 거슬러 올라간다는 것은 그의 시가 2024년의 오늘에 존재하면서 미
래로의 길을 열고 있다는 반증이다.

김남주 시인의 삶과 문학 정신

물론 혁명가로서의 김남주는 노동 대 자본이라는 대결 구도를 최대치로 끌어올리려고 했고, 그 과정에서 시가 격문으로 떨어지기도 했다. 통일의 당위성과 혁명의 정당성에 집착한 나머지 1980년대 시점에서 국제정세에 일정한 제약을 받는 남과 북의 복잡한 관계를 균형 있는 시각으로 통찰하지 못한 편향도 뚜렷하다. 여성의 질곡에 대한 인식도 미진한 바가 많다. 요컨대 그의 시가 80년대에 무수히 쏟아져 나온 저항시와 현장시의 상투성에서 자유롭지 못했다는 평가는 여전히 유효하다고 본다. 하지만 이러한 평가가 '그럼에도 불구하고 김 모 시인의 작품을 높이 사주어야 한다'는 식의 옹호로 이어지는 것은 맥 빠지는 일이다. 관건은 김남주의 시적 성취가 비평가들이 성토해온 그 "각박한 도식성"과[9] 분리해서는 온전히 해명하기 힘든 성질임을 엄정하고도 정확하게 인식하는 읽기이다.

그 점을 천착한 학술논문이나 저서의 형식으로 진행된 연구는 좋은 참고 사항이다.[10] 기존의 연구를 수용하면서 김남주 시를 '만인의 재산'으로 만들 수 있는 읽기에 좀더 공력이 들어가야 한다. 김남주의 시적 성취에 어찌하여 "각박한 도식성"이 따를 수밖에 없는가를 옹호하거나 변호하기보다 도식성의 뿌리 자체를 다시 사유하는 일이 앞서야 한다는 것이다. 김남주가 남긴 작품 가운데 시론(詩論)의 성격을 띠는 시를 집중적으로 읽어보는 것도 그런 사유의 연습이다.

---

9 이러한 도식성에 대한 지적에 김남주도 그 나름으로 답변한 바 있지만(『김남주 산문 전집』, 214~215쪽), 그 도식성의 문제를 지적하면서도 김남주 시를 탁월하게 해명한 연구자로는 역시 염무웅을 첫손 꼽아야 할 듯하다. 염무웅, 「역사에 바친 시혼 : 김남주를 다시 읽으며」, 『살아 있는 과거 : 한국문학의 어떤 맥락』, 창비, 2015, 79~102쪽 참조.
10 박종덕, 『김남주 시 연구』, 충남대학교출판문화원, 2019 참조.

4. 시론으로서의 시에 관하여

　김남주 시의 도식성은 시인의 관념이 아니라 시대의 시대적 현실에서 유래한다. 한마디로 그것은 1960년대에서 1980년대 말에 이르는 한국 민주주의 발전의 필연적인 산물이었다. 김남주가 시로써 생경하게 주창한 계급투쟁의 기원은 20세기 하반기에 가속이 붙은 소위 압축적 근대화에 있다. 전통 농경사회가 해체되고 도시의 공장지대로 흘러가 '산업예비군'으로 변모한 이들은 노동과 자본의 극렬한 대립속으로 빨려들어갔다.'각박한 도식성'이 바로 그런 대립의 과정에서 생겨난 것이다.

　여기서 시야를 좀더 넓힌다면 그것은 "냉전시대의 역사적 고정관념"[11]과도 연관된다. 사회주의 대 자본주의의 거대 구도 속에서 프롤레타리아 혁명 노선을 견지한 그는 그런 혁명의 관념에 어떤 문제가 내재해 있는지 충분히 숙고할 여유가 없었던 것으로 보인다. 적지 않은 비평가들이 다양한 논법으로 그 시의 "각박한 도식성"을 문제 삼은 데는 분명한 이유가 있었던 것인데. 다만 나라 안팎에서 찾아야 하는 도식성의 뿌리도 몇 마디 말로 간단히 해치울 것은 아니다. 사실 자신의 시에 스민 그런 각박한 도식성을 누구보다 예민하게 의식하고 비판적으로 성찰한 이는 다름 아닌 시인 자신이었다. 도식적이니 무조건 다 나쁘다는 식으로 치워버리지 않으면서[12] 시인의 그러한 성찰이 시로 나타난 양상을 좀더 차분히 살펴봐야 한다.

11　염무웅,『살아 있는 과거』, 96쪽.
12　그러한 비판에 대해 그는 이렇게 답하기도 했다. "창작 태도상의 내 단점이라면 시의 사회적 기능, 즉 변혁 운동의 이바지해야 한다는 생각에 너무 사로잡혀 있는 나머지 사고의 폭과 생활의 다양성에의 접근을 못하고 있다는 점이다." 김남주,「나의 창작 습관과 창작 태도」,『김남주 산문 전집』, 212쪽.

해방 이후에 나온 한국시를 읽노라면 노동시나 현장시라는 딱지가 붙지 않은 작품에도 고향을 등지는 자들의 회한과 향수, 낯선 도시에서의 고독과 소외감, 노동현장에서 겪는 차별과 수모의 감정 등은 거의 보편적으로 드러난다. 해방둥이로서 청년과 장년이 걸쳐 있는 그 30년의 세월을 담은 김남주의 시에도 그와 같은 정서는 두루 스며 있고 그 가운데서도 끝까지 견지하려는 순박한 마음이 살아 있다. 그런 마음이 현실의 모순과 첨예하게 맞서면서 각성으로 비약하면 '각박한 도식성'이 불가피하게 따른다.

그렇다면 물어야 할 것은 시와 그러한 도식의 관계이다. 시인의 사유가 도식에 묶여 있는 한 해방의 비전도 일정하게 제약받을 수밖에 없을 것이다. 자본의 타도라는 정치적 목적이 시의 사유를 압도하는 순간 시민−노동자의 존재적 차원은 사라진다. 그렇다고 김남주가 자본주의의 타도에 시를 도구로 사용했을 뿐이라는 주장이 자동적으로 성립하는 것은 아니다. 그런 주장보다는 그가 시를 어떻게 생각했는가도 구체적인 작품을 앞에 놓고 생각할 필요가 있다. 김남주는 시 창작의 동기에 대해 이렇게 시로 극화했다.

당신은 묻습니다
언제부터 시를 쓰게 되었느냐고
나는 이렇게 대답할 수밖에 없습니다
투쟁과 그날 그날이 내 시의 요람이라고

당신은 묻습니다
웬 놈의 시가 당신의 시는
땔나무꾼 장작 패듯 그렇게 우악스럽고 그렇게 사납냐고
나는 이렇게 반문할 수밖에 없습니다

싸움이란 게 다 그런 거 아니냐고

하다 보면 목청이 첨탑처럼 높아지기도 하고
그러다 보면 차마 입에 담지 못할 욕도 나오는 게 아니냐고
저쪽에서 칼을 들고 나오는 판인데
이쪽에서는 펜으로 무기삼아 대들어서는 안 되느냐고
세상에 어디 얌전한 싸움만 있기냐고
제기랄 시란 게 무슨 타고난 특권의 양반들 소일거리더냐고

당신은 묻습니다
시를 쓰게 된 별난 동기라도 있느냐고
나는 이렇게 말할 수밖에 없습니다
혁명이 나의 길이고 그 길을 가면서
부러진 낫 망치소리와 함께 가면서
첨으로 시라는 것을 써보게 되었다고
노동의 적과 싸우다 보니 농민과 함께 노동자와 함께
피흘리며 싸우다 보니
노래라는 것도 나오더라고 저절로 나오더라고
나는 책상머리에 앉아 시라는 것을 억지로 써본 적이 없다고
내 시의 요람은 안락의자가 아니고 투쟁이라고 그 속이라고
안락의자야말로 내 시의 무덤이라고
　　　　　　　　　　　　　　　　—「시의 요람 시의 무덤」 전문

　　마치 시란 무엇인가를 묻는 '심문관' 앞에서 진술한 자술서처럼 읽히는 시
이다. 당신이 던지는 물음은 그가 취조실에서 받았던 심문 형식을 시의 주
제로 변형한 느낌이라는 것이다. 답변의 어조는 무척이나 담담하다. 하지만
이 담담함에서 한 시인이 품은 시의 혁명적 열망이 어디에서 기원하는가를
읽어내는 것은 어렵지 않다.
　　자신의 시가 우왁스럽고 사납다는 저잣거리의 쑤군대는 소리에 대한 시
인의 항변에서 골똘해지는 대목은 싸우다 보니 노래가 저절로 나오더라는

말이다. 애초에 그에게 시는 단순히 혁명의 도구나 수단만이 아니었음이 분명해진다. 그에게 시는 노동과 함께 하는 노동요 같은 것이었다. 노동이 싸움으로 바뀌었을 뿐. 시는 그에게 전의(戰意)를 북돋는 신명, 말 그대로 흥으로서의 노래였다. 신명과 흥으로서의 노래—차라리 삶으로서의 노래라고 해야 할 그의 시가 끝끝내 '안락의자'의 정신주의를 거부했다는 점도 깊이 숙고해봐야 한다.[13] 이것이 김남주 시의 각박한 도식성에서 그 각박함만을 지적하고 끝내서는 안 되는 한가지 이유이다.

노동자와 자본가의 대립과 투쟁, 민족주의 대 제국주의의 대결의 구도에서 폭발적으로 분출되는 도식성을 한국 현대시사에 놓고 사유한다면 우리가 흔히 잊고 간과하는 사실이 하나 더 떠오른다. 즉 김남주의 도식성은 그의 뒤를 이으면서 제각기 걸출하게 노동시의 영역을 심화·확대하여 새로운 차원의 싸움으로 나아간 후배 시인들의 밑거름이라는 사실 말이다. 김남주가 시인으로서 견지한 '천편일률'의 싸움은 백무산(1955~) 박노해(1957~), 박영근(1958~2006)의 같은 걸출한 '노동 시인들'의 자산이 되었고, 이 목록에 송경동(1967~)의 시를 올려도 좋을 것이다. 서론에서 독자의 상속 운운했지만 상속은 시인들 사이에서도 발생했던 셈이다. 아무리 거칠고 척박하다 해도 김남주가 개척한 '도식성의 대지(大地)'가 없었던들 시민들과 함께 숨 쉬

---

13 3절에서 전문 인용한 「노래」에는 다음과 같은 시인의 소회가 붙어 있다. "농부들과 더불어 나아가 일하고 피와 땀과 눈물을 나눠 흘리다 보면 노래라는 것이 절로 나오지 않겠느냐 하는 제법 대단한 각오에서 시골로 내려왔다. 마을 사람들은 서투른 솜씨로 모를 심고 나락을 베고 지게질을 하니 신통하기도 하고 짠하다는 표정들이었다. 나 역시 좀 멋쩍은 느낌이 들었다. 그러나 한 일년 남짓 이들과 섞여 살을 부비며 얘기를 주고받는 가운데 이젠 정도 들고 서먹함도 가셔서 요즘은 농부들 측에서 오히려 내가 이곳에 온 것이 당연한 일로 생각할 정도이다. 즐거운 일이 아닐 수 없다."(『김남주 시전집』, 65쪽).

는 '참여시'도 그토록 강건하게 뿌리내리기는 어려웠으리라.

바로 그렇기 때문에 이 대목에서도 전사 김남주가 써내려 간 시가 정치적 투쟁인 동시에 진정 시로서의 싸움인가도 더 치열하게 물어야 한다. 그런 싸움의 현장에서 고뇌한 그의 시 한 편을 더 읽어보자.

> 그의 시를 읽고 어떤 이는
> 목소리가 너무 높다 핀잔이고 어떤 이는
> 목소리가 너무 낮다 불만이다
> 아직 목소리가 낮다 불만인 사람은
> 지금 싸움의 한가운데 있는 사람이고
> 너무 목소리가 높다 핀잔인 사람은
> 지금 안락의자 속에서 꿈을 꾸고 있는 사람이다
>
> 그의 행동을 놓고 어떤 이는
> 혁명 조급증에 걸린 놈이라고 타박이고 어떤 이는
> 혁명 느림보라 채찍질이다
> 조급증 환자라 타박인 사람은
> 지금 먹을 만큼은 먹고 사는 사람이고
> 느림보라고 채찍질인 사람은
> 당장에 주리고 있는 사람이다
>
> —「어느 장단에 춤을」전문

김남주가 쓴 시를 통틀어 '그'라는 3인칭을 써서 자신과 모종의 거리를 이렇게 유지하는 시는 「어느 장단에 춤을」이 유일하지 싶다. "어떤 이"는 그의 시를 읽는 독자임이 분명하다. 목소리의 높낮이를 흠잡는 두 부류의 독자는 시인 자신이 감옥 바깥에서 실제로 맞닥뜨렸을 사람으로 추정해도 무방할 듯하다. 또한 그들의 상반된 반응은 당대 정치의 풍경에 대한 이러쿵저러

쿵 관전평을 내놓은 속인(俗人)의 전형적인 태도이기도 했을 것이다. 이 시는 김남주가 '안락의자의 꿈'에서 벗어나 끝까지 사태의 한복판에 서 있고자 하는 속생각을 무덤덤하게 들려준다.

시인이 자신의 '바깥'으로 나아간 「어느 장단에 춤을」은 모든 싸움의 본질을 생각게 한다. 그는 너무 높은 목소리와 너무 낮은 목소리, 조급증과 느림보, 먹고살 만한 사람과 주리고 있는 사람의 대립의 극화하면서 그 양자의 긴장을 살린다. 그런데 낮은 목소리가 높은 목소리를 제압하거나 높은 목청이 낮은 목청에 지는 것이 삶의 얄궂은 이치요 역설이라면 어떨까? 그 높낮이를 우리는 어떻게 더 사유해야 하는가. 살아 있는 시의 세계에서는 그보다 더 기이한 현상도 벌어진다. 목소리가 아예 없는, 침묵으로서의 언어나 불립문자로서의 발화가 가능한 것도 시의 세계다. 그래서 침묵이 높고 낮은 모든 웅변을 무색하게 만들기도 한다. 우리는 「어느 장단에 춤을」이 그런 시적 침묵에 도달했는가도 물어야 한다.

혁명 조급증을 타박하는 것은 혁명 느림보를 질타하는 것과 본질적으로 동일한 행태의 양면이다. 김남주는 분명 전사로서는 혁명 조급주의자에 가까웠던 것 같다―사색과 성찰이 행동을 하염없이 뒤따라가는 행동주의자. 그러나 독자는 그렇게 비판하는 순간에도 시인으로서의 그가 혁명 조급주의자와 혁명 느림보 사이에서 고뇌를 거듭했음을 기억해야 한다. 그 고뇌가 현실사회주의가 무너지고 신자유주의라는 새로운 야만이 등장하던 역사의 새로운 국면에서 시로서 원숙하게 무르익은 것 같지는 않다. 그의 시가 모든 웅변을 압도하는 '침묵'에 도달하지 못한 것은 신자유주의의 야만이 새로운 양의 탈을 쓰고 역사의 무대를 장악하기 시작한 무렵에 시인이 기세했기 때문이다. 감옥의 그림자를 벗어나 그의 사유가 시로서 충분히 발효될 수 있는 시간이 그에게 주어지지 않았다.

그러나 만약 그가 더 살았다면 어떤 시적 세계를 창조했을지 짐작마저 할
수 없는 것은 아니다. 마지막으로 김남주가 1인칭 '나'를 내세워 자기를 고
백한 시를 읽어보자.

> 시골길이 처음이라는 내 친구는
> 흔해 빠진 아카시아 향기에도 넋을 잃고
> 촌뜨기 시인인 내 눈은
> 꽃그늘에 그늘진 농부의 주름살을 본다
>
> 바닷가가 처음이라는 내 친구는
> 낙조의 파도에 사로잡혀 몸 둘 바를 모르고
> 농부의 자식인 내 가슴은 제방 이쪽
> 가뭄에 오그라든 나락잎에서 애를 태운다
>
> 뿌리가 다르고 지향하는 바가 다른
> 가난한 시대의 가엾은 리얼리스트
> 나는 어쩔 수 없는 놈인가 구차한 삶을 떠나
> 밤별이 곱다고 노래할 수 없는 놈인가
>
> ─「가엾은 리얼리스트」 전문

"가난한 시대의 가엾은 리얼리스트"—시인이 짐짓 자신을 자조적으로 정
의할 때 우리는 이 표현을 액면 그대로 읽어야 한다. 자기 연민이 묻어 있는
'가엾은 리얼리스트'는 '궁핍한 사상의 시대'를 외면할 수 없었다. 그는 리얼
리스트가 아니고서는 자신의 존재 증명을 해낼 수가 없었다. 그러므로 이
시를 읽으면서 그는 결국 밤별이 곱다는 것을 몰랐던 혁명시인이라고 단정
하는 것도 짧은 생각이다. 더 나아가, 20세기를 넘겨서 살았다고 가정해도
김남주가 단순히 "밤별이 곱다고 노래" 하는 서정시인으로 남았으리라고

김남주 시인의 삶과 문학 정신

믿기는 더더욱 힘들다. 1935년 카프 해산 이후 '순수 서정'의 소소한 행복과 안락의자의 세계로 회귀한 권환의 시적 궤적 같은 것을[14] 김남주의 시세계에서는 상상하기 어렵다는 것이다.

　오히려 "뿌리가 다르고 지향하는 바가 다른" 뭇사람들의 열망을 "각박한 도식성"을 넘어서 좀더 원만구족한 인간해방을 향한 시적 염원으로 모아들이지 않았을까. 옥중에서 김남주가 목마르게 요청한 도서 목록들을 보면, 그리고 혁명가로서 "고운 밤별"의 아름다움을 노래할 수 없는 자신의 한계를 돌아본 그의 자기성찰에 비춰보면 "흔해 빠진 아카시아 향기에도 넋을" 잃으면서도 "꽃그늘에 그늘진 농부의 주름살"을 시로서 헤아려 살피는 작업을 더 치열하게 했으리라 본다.[15] 하지만 이는 짐작에 불과하고 나아감의 구체적인 모습은 그의 시를 물려받은 시인들이 그려야 하는 과제로 남았다.

5. 결어

　김남주가 우리 곁에 '문제적 시인'―말 그대로 "새 세상"을 향한 염원의 시인―으로 남아 있는 것은 독자에게 복이다. 시대의 엄혹함을 감당한 그의 시는 오늘날 비평의 깨어 있음도 생각하게 한다. 지난 세기의 우리 문학은 한문문학과의 극단적 단절을 겪으며 출범했고 그나마 모어(母語)를 빼앗

14　이에 관한 논의는 특히 金載弘, 『카프시인비평』, 서울대학교 출판부, 1990, 195~230쪽 참조.

15　김남주 전집을 여러 날에 걸쳐 통으로 읽는 느낌과 그중 '서정시'에 해당하는 55편을 뽑아 한데 모은 시집을―『옛 마을을 지나며』(문학동네, 1999)―한자리에서 읽은 실감은 또 달랐다. 그의 서정시를 훑어보면서 그를 따라다니는 고정관념인 혁명가로서의 시인에 대해서도 다시 생각한 바 있었다.

긴 상태에서 식민지문학으로 연명했다. 해방 후에는 동족상잔의 폐허 속에서 그야말로 간난신고로써 민족문학의 영토를 개척했다. 어느덧 'K-문학' 운운하는 세월이 되어버렸지만, 20세기의 그러한 유산을 알뜰하게 상속하지 않고서는 한국문학의 미래가 밝을 수 없다.

그러한 유산의 일부인 김남주의 작품이 한국 민주화운동에 대한 가장 뜨겁고 정직한 증언이기도 하다면 독자는 더 냉철하면서도 푸근하게 그의 시를 읽어볼 일이다. 사실 그의 전집 앞에서 한숨 돌리고 난 다음에 마음 한편을 맴돌았던 솔직한 생각 한 토막은 그가 남긴 수많은 시 가운데 덜어내고 남겨야 한다면 무엇을 덜고 남겨야 할까 하는 것이었다. 주옥은 언제나 드문 법이라는 식으로 정리가 될 수 없는 문제이기에 머리는 더 복잡해졌다. 그러나 이것도 식자우환인가.

> 낫 놓고 ㄱ자도 모른다고
> 주인이 종을 깔보자
> 종이 주인의 목을 베어버리더라
> 바로 그 낫으로
>
> —「종과 주인」 전문

김남주는 주인과 노예의 변증법 따위를 설하지 않았다. 그가 시로 노래한 혁명의 실상을 차분하게 관조하면 폭력이나 살벌, 혼란도 하나의 상(相)에 불과하다. 상을 걷어내면 그가 노래한 혁명에는 보통 사람들의 상식과 존엄이 있을 뿐이다. 후대 상속인의 '시적 재산'은 그가 써낸 상식과 존엄의 시로써 불어날 테고 그런 시는 양식으로서 우리 곁에 남을 것이다. 부역이나 훼절, 전향의 흠결이 전혀 없는 김남주의 시를 상속받는 일은 시민들의 상식과 존엄이 짓밟히고 있는 이 회색과 반동의 시대를 견디면서 극복하는 사유로서의 행동이다. 독자의 그런 행동 속에서만 김남주도 혁명적 시인으로서 우리 당대에 현존한다.

김남주의 산문에 나타난
파블로 네루다의 수용 과정

맹문재

1. 서론

이 논문에서는 김남주 시인이 파블로 네루다(Pablo Neruda)의 삶과 시를 수용한 과정을 그의 산문을 통해 살펴보고자 한다. 김남주는 하인리히 하이네(Heinrich Heine), 루이 아라공(Louis Aragon), 베르톨트 브레히트(Bertolt Brecht), 블라디미르 마야코프스키(Vladimir Mayakovsky) 등 외국 시인들 중에서 네루다에게 가장 많은 영향을 받았다. 네루다는 스페인어권에서 뿐만 아니라 국내에서도 많은 사랑을 받는 시인인데,[1] 김남주가 선구적으로 그의 시를 소개한 면을 주목할 필요가 있다. 그가 감옥에 있는 동안 네루다의 작품을 애독하고 정성을 다해 번역 및 출간함으로써 대중들에게 네루다가 알려지는 데 큰 역할을 한 것이다.

김남주는 1968년 『창작과비평』 여름호에서 김수영 시인이 번역 발표한

---

[1] 2024년 9월 10일 현재 국립중앙도서관 홈페이지에서 '파블로 네루다'와 관련된 도서가 56종 검색된다. 중복 도서를 고려해도 많은 작품이 번역되었음을 알 수 있다.

네루다의 시 「고양이의 꿈」, 「유성(遊星)」, 「야아, 얼마나 밑이 빠진 토요일이냐!」, 「도시로 돌아오다」, 「다문 입으로 파리가 들어온다」, 「말(馬)들」을 처음 읽었다. 김남주는 자신과 출생이며 성장 배경이며 감성이 사뭇 다른 네루다의 시를 좋아하는 이유를 정확하게 알 수 없었지만, 공감해서 외우기까지 했다. 방학이 되어 시골집으로 내려가 농사일을 돕거나 소를 먹이거나 땔감을 하러 산에 가서도 그의 시를 읽었다. 도시의 밤길을 걸으면서 흥얼거렸고, 집회장이나 강연장 같은 데서도 읽었다. 네루다의 시 내용과 정서, 현실에 대한 지향 등이 김남주에게 막연하게나마 공감을 준 것이었다.

김남주는 네루다의 시를 읽으면서 그에게 더욱 관심을 보이게 되었을 뿐만 아니라 한국시에 대해서도 다음과 같이 고민했다. 우리나라에서 쓰인 시들은 왜 압제와 착취에 적극적이고 직정적이고 전투적으로 대응하지 않는가? 왜 민중들의 삶과 정서를 소극적이고 방관자적이고 소시민적인 인식으로 지배 계급이 강요하는 민중의 슬픔과 한의 정서만 노래하는가? 민중의 격앙된 정서와 죽음을 불사하는 행동은 노래하지 않는가?

김남주는 고민 끝에 1970년 이전까지 쓰인 한국시는 민족적, 정치적, 사회적인 현실에 대한 대응이 너무나 소극적이었다고 판단했다. 김남주는 그 극복의 길을 네루다의 삶과 시에서 찾았다. 그와 같은 모습은 칠레의 어느 항만 노조에서 일어난 네루다의 일화를 소개한 데서 볼 수 있다. 네루다는 재정적으로 가장 어려운 칠레의 항만 노동조합에 강연 초청을 받아 『내 가슴속에 새겨진 스페인』이란 시집의 시를 읽었다. 네루다의 시를 들은 한 노동자는 "당신이 와주셔서 우리 같은 사람들에게 시를 읽어주셨습니다. 이렇게 비참하게 살아오면서 오늘처럼 강렬하게 마음이 흔들린 적은 지금까지 없었습니다."[2]

---

2   김남주, 「보리밥과 에그 후라이」, 맹문재 편, 『김남주 산문 전집』, 푸른사상사, 2015,

라고 감격해 소리 내어 울기 시작했다. 다른 노동자들도 서로 부둥켜안고 흐느꼈다. 네루다는 영원히 잊을 수 없는 그 장면을 앞에서 시에 대한 자신감을 가졌다. 자신을 동지라고 부르는 것이야말로 최대의 꽃다발이고 명예라고 여기고 시인의 길을 결심한 것이다. 김남주는 이 일화를 가슴에 새기고, 그 역시 세상에서 소외된 사람들의 가슴을 적시는 시를 써야겠다고 다짐했다.

　김남주는 네루다를 통해 자신이 처한 상황을 자각했다. 미국으로부터 지배받는 중남미의 식민지 상황이나 사회 계급의 상황이 한국과 유사하다고 깨달은 것이다. 그리하여 그 극복을 향한 네루다의 실천 행동에 강한 유대감을 가졌다. 이 논문에서는 김남주가 네루다의 시와 삶을 이해하고 수용해서 주체적으로 발전시켜 나간 과정을 살펴보고자 한다.

2. 자각적 수용

　김남주는 1972년 10월 중순 대학 생활에 실망하고 좌절해서 무작정 낙향했다. 대학을 보내놓고 아들의 졸업을 기다리는 아버지에 대한 죄송한 마음에 자신의 처지와 속마음을 털어놓을 기회를 엿보면서 낮에는 들에 나가 농사일을 거들어주고, 밤에는 작은 방에서 틈틈이 책을 읽었다. 특히 네루다가 노벨문학상을 받은 1971년 10월 남한에서는 처음으로 간행된 『네루다의 서정시집』(한얼문고)을 곁에 두고 읽었다.[3]

　　50쪽.
3　네루다가 스페인 내전 경험을 통해 본격적으로 정치 활동에 참여하고 참여문학 경향의 작품을 발표하자 사회주의 미학을 추구하던 북한이 먼저 그를 소개하기 시작

김남주의 눈길을 우선 끈 시는 "여자의 육체, 하얀 언덕, 하얀 허벅지,/몸을 맡기는 네 모습은 이 세계를 닮았다/거칠기 짝이 없는 농부의 육체가 너를 파헤쳐/땅속 저 깊은 곳에서 아이 하나 세차게 솟아나오게 한다"(「스무 편의 사랑의 시와 하나의 절망의 노래·1」)라고 노래 부른 사랑 시였다.[4] 육체적인 사랑의 경험이 없었던 김남주는 네루다의 시에 큰 충격을 받았다. 이전에 읽었던 사랑을 주제로 한 시들은 대체로 남녀의 신체를 떼어내고 이른바 정신적인 사랑의 지고함을 담았다. 육체적인 사랑을 다룬 시들도 비유의 표현으로 신비롭고 아름다웠지만, 감흥을 주지는 못했다. 그에 비해 네루다의 시들은 사랑의 구체성을 돋보이게 한 것이었다. 그뿐만 아니라 네루다는 미국의 식민지 지배로 인한 중남미 국가의 정치적 현실을 예리하게 비판하고 있었다.

> 코카콜라 아니콘다
> 포드모터스 그 외의 회사로
> 연합 청과물회사는
> 가장 비옥한 토지를 손에 넣었다
> 우리나라의 중부 연안 지방을
> 아메리카의 감미로운 허리 부분을
>
> 그들은 손에 넣은 토지를

했다. 네루다를 제일 먼저 알린 사람은 월북작가인 이태준이다. 그는 1951년 중국 베이징에서 열렸던 중화인민국 건국 2주년 기념대회에 북한을 대표해 참석했다가 중국을 방문한 네루다를 만나 감명받았다. 이기영 역시 그의 자서전 『태양을 따라서』에서 네루다를 높이 평가했다. 문학성보다는 반미, 제국주의 혁명 투사의 면모를 높이 평가했다. 황수현·장재원, 「김남주의 민중시에 나타난 파블로 네루다 수용 양상」, 『세계문학비교연구』 제78집, 2022년 봄호, 34쪽.

4 김남주, 「반유신 투쟁의 대열에 서서—나의 문학 체험 2」, 앞의 책, 68쪽.

새롭게 '파나나 공화국'이라 이름 붙였다
그리고 잠자고 있는 사자(死者)들 위에서
또는 제 조국의 위대함과 자유와 깃발을 쟁취하면서
편안하게 잠들 수 없는 영웅들 위에서
그들은 휘황찬란한 희극을 상연했다
그들은 기업정신을 부채질하여
독재자에게 월계관을 씌워주고
탐욕스럽게 이윤추구를 사주하여
파리 떼들의 왕국을 수립하였다
토르지로스 다코스
카리아스 마르티네스
그리고 우비코……

— 네루다, 「연합 청과물회사」 부분[5]

　위의 작품의 코카콜라, 아나콘다, 포드모터스, 연합 청과물회사 등은 미국의 다국적 기업들을 나타낸다. 토르지로스, 타코스, 카리아스, 마르티네스, 우비코 등은 미국의 손아귀에 놀아나며 자국의 민중 위에 군림하고 있는 중남미의 독재자들이다. 김남주는 위의 작품을 읽으면서 인도네시아의 수하르토, 필리핀의 마르코스, 남베트남의 티우, 한국의 박정희 등 당시 아시아 국가의 독재 대통령을 떠올렸다. 또한 제3세계의 국가에 주둔하고 있는 미군이 자유와 평화의 수호자로서 그 역할을 한다는 것이 허위라는 사실을 깨달았다. 오히려 자기들이 내세운 독재자를 매개로 하여 자국에서 생산한 상품을 팔아먹고, 자본을 투자하여 값싼 노동력으로 초과 이윤을 얻는다는 것을 알았다. 제3세계 국가의 민중들이 민족의 독립과 자주를 요구하면

5　위의 책, 70쪽.

잔인하게 짓밟아버리는 것도 확인했다.[6]

  김남주는 네루다의 시들을 읽고 미국에 의해 왜곡된 중남미의 정치 현실과 짓밟힌 민중들의 참담한 삶을 바라보면서 시의 형식과 내용에 대해 그 나름대로 원칙을 세웠다. 곧 세계와 인간을 계급적인 시각에서 바라보는 것이었다. 그리하여 시대가 요구하는 시의 내용으로 전투성과 대중성을, 시의 형식으로 민족 형식을 자각했다. "외국 문학을 번역함으로써 자기 민족 문제의 내용을 보다 구체적으로 알고 그 내용을 민족적 형식에 결합시키면 뛰어난 민족 문학이 될 수 있다"[7]는 것을 인식하고 작품을 쓴 것이었다.

  김남주가 네루다의 시들을 읽으면서 국내외 정세를 자각할 무렵, 그의 생애에서 큰 전환점이 일어났다. 1972년 10월 17일, 김남주는 식구들과 보리밭을 일구고 집에 와서 저녁밥을 먹다가 라디오에서 흘러나오는 박정희 대통령의 특별 선언을 들었다. 계엄령 선포, 국회 해산, 정당 및 정치 활동 금지 등이 포함된 유신헌법의 발표였다. 김남주는 정권의 부당성과 정치 잘못에 맞서고자 광주로 가서 친구 이강을 만나 유신헌법에 반대하는 유인물을 만들어 살포하기로 합의했다. 김남주는 그 과정에서 "어려운 시대에 한 인간에게 있어서 어떤 삶이 참다운 것이고 시는 또 어떻게 씌어져야 한다는 것을 내 나름으로 바르게 아는 계기가 되었다."[8]고 밝혔다. 그리고 네루다의 시를 읽은 뒤 혁명을 실천하는 길로 들어선 것이었다.

---

6 위의 책, 71쪽.
7 손지태, 「노동해방과 문학이라는 무기」, 위의 책, 582쪽.
8 김남주, 위의 책, 78쪽.

김남주 시인의 삶과 문학 정신

3. 실천적 수용

김남주는 「파블로 네루다의 시집을 읽고」라는 상당히 긴 글을 통해 네루다의 삶과 시 세계를 본격적으로 탐구했다. 네루다는 열세 살 때 칠레 남부에 있는 테무코 신문에 시를 발표했다. 아들이 의사나 건축가나 기술자 등으로 출세하기를 바란 그의 아버지는 네루다가 시를 긁적이는 것을 좋아하지 않았다. 그러므로 네루다는 아버지의 눈을 속여 작품들을 투고했다. 김남주 역시 궁색하게 살아가는 농민들의 생활을 담은 김준태의 「보리밥」 「산중가」 등을 읽어드리자 어머니는 "영락없이 꼭 우리 사는 꼬락서니를 써놨다이" 하면서 재미있어했지만, 아버지는 달랐다. "내가 너를 대학까장 가르치는 것은 이렇게 구차하고 고달픈 삶을 살지 않게 하기 위해서여. 나도 니가 대학 나와 관에 출입하게 됨으로써 내가 무슨 공문서 같은 것을 띠러 면이나 군청 같은 곳에 가게 되면 뉘 아부지 오셨습니까 하면서 관리들로부터 인사도 받고 의자에 앉아보는 그런 사람 대접 한 번 받고 사는 것이 소원인께."[9]라고 한 것이었다. 김남주는 자기의 시 쓰기가 아버지의 응원을 받지 못한 네루다의 경우와 같다고 여겼다.

네루다는 스페인 내란을 계기로 이전과는 다른 삶과 시 세계를 보였다. 가난하고 학대받는 민중들의 형제가 되었고, 저항을 포기하지 않는 전사들의 동지가 된 것이다. 네루다가 1934년에 마드리드 주재 영사로 부임한 무렵 스페인은 합법적인 선거로 공화정이 시작된 지 3년이 되었는데, 불만을 품은 왕당파들이 군부 장성, 가톨릭의 고위 성직자, 대지주, 자본가 등을 규

---

9   김남주, 「암울한 대학생활을 비춘 시적 충격—나의 문학 체험 1」, 위의 책, 56~57쪽.

합하여 1936년 반란을 일으켰다. 나라 밖으로부터는 히틀러와 무솔리니의
지원도 받았다. 네루다는 페데리코 가르시아 로르카, 미겔 에르난데스, 라
파엘 알베르티 등과 함께 시를 무기로 삼고 저항했다. 로르카가 전선에서
총살당하고, 에르난데스가 옥사하자 네루다는 피의 항전을 선택한 것이다.

> 그의 칼은 지상의 희망으로 부풀어 있다
> 그러니 벗어다오
> 당신들의 검은 상복을 벗어다오
> 당신들의 모든 눈물을 하나로 뭉쳐다오
> 그 눈물이 금속의 탄환이 될 때까지
> 그때 가서 우리들은 밤이고 낮이고 두들겨 패자
> 그때 가서 우리들은 밤이고 낮이고 짓밟아대자
> 그때 가서 우리들은 밤이고 낮이고 침을 뱉어주자
> — 네루다, 「죽은 의용병의 어머니들에게 바치는 노래」 부분[10]

스페인은 미국, 영국, 프랑스 등 제국주의 세력의 배신으로 패배했고, 네
루다는 스페인 인민전선을 지지했다는 이유로 칠레 본국으로 소환되었다.
그렇지만 네루다는 포기하지 않고 전국을 순회하면서 노동자, 광부, 어부,
농민들과 이야기를 나누고 시를 낭송했다. 그들과 만남으로 말미암아 네루
다는 새로운 시 세계를 발견했다.[11] 1945년의 총선에서 네루다는 칠레 공

---

10 김남주, 「파블로 네루다의 시집을 읽고」, 위의 책, 138쪽.
11 네루다가 그 무렵 체험했던 일화의 한 가지이다. "칠레의 어느 탄광에서 있었던 일
    이다. 한낮의 찌는 듯한 태양 아래서 수천 명의 광산노동자들이 세 시간이 넘게 조
    합의 활동가나 지도자의 연설을 듣고 있었다. 마침내 네루다가 연단에 오를 차례가
    되었다. 그 당시만 해도 그는 아직 시인으로서 오늘날처럼 명성이 자자했던 것도 아
    니고 더구나 산속에서 거의 유폐된 생활을 하고 있었던 광부들에게는 거의 이름조
    차 알려져 있지 않았던 상태였다. 다시 말해서 지금 네루다 앞에 앉아 있는 수천 명
    의 노동자들, 착취와 굶주림 그리고 어쩌면 읽을 줄도 쓸 줄도 모를 것 같은 이들 광

산당의 후보로 출마하여 상원의원에 당선되었다. 그때부터 네루다는 의회 연단에서 노동자의 권리를 옹호했고, 토지 개혁을 주장했으며, 민중들을 위해 자작시를 낭송했다. 1946년 칠레 대통령 선거에서 급진당의 후보 곤잘레스 비델라는 공산당의 지원에 힘입어 당선되었다. 그렇지만 비델라는 미국의 압력에 굴복해 세 명의 공산당 각료를 추방했고, 선거 공약으로 내걸었던 광산의 국유화를 취소시켰으며, 공산당을 불법 단체로 내몰았다. 1948년 1월 네루다는 상원에서 조국의 이익과 인민의 신뢰를 배신한 비델라를 고발하고 탄핵했다. 그러자 비델라는 네루다를 투옥하라는 체포 영장을 발부했다. 네루다는 지하로 잠적했는데, 그 생활에서도 시를 써서 경찰의 눈을 피해 칠레 곳곳에 뿌렸다.

> 민중 속에 서서 도끼를 휘둘러라
> 새로운 노예주의자를 향해
> 노예를 내리치는 채찍을 향해
> 독을 흩뿌리는 인쇄소를 향해
> 그들이 개척하려고 하는
> 피투성이의 시장을 향해
> 젊은 백인도 젊은 흑인도
> 노래하면서 미소 지으면서 전진하라
> ― 네루다, 「나무꾼이여 깨어나라」 부분[12]

부들 앞에서 네루다가 시를 낭송한다는 사회자의 소개가 있자 수천 명의 탄광 노동자들은 이글거리는 검은 태양 아래서 일제히 모자를 벗으며 일어나는 것이 아닌가. 그것은 지금까지 전례가 없었던 극히 새로운 감동적인 장면이었다. 즉 노동자들은 민중에게 봉사하는 새로운 시인과 시에 감사의 인사를 보냈던 것이다. 그리고 민중의 이 인사야말로 시인에게는 더없이 큰 기쁨이고 명예였던 것이다."(위의 책, 140쪽)

12 위의 책, 145쪽.

네루다는 3년 5개월 동안 망명 생활을 하다가 1952년 칠레로 돌아왔다. 그 뒤 소련, 쿠바, 이탈리아, 프랑스 등을 다니면서 자유와 평화를 열망하는 집회에 참석했다.『포도밭과 바람』,『기본적인 것에 대하여 노래함』,『항해와 귀환』 등의 시집도 간행했다. 1970년 선거에서 대통령에 당선된 살바도르 아옌데는 제국주의와 자본과 토지의 독점적 지배를 청산하기 위한 혁명 작업에 착수했다. 서방 제국주의의 지원을 받은 우익이 아옌데 정부를 공격하자 네루다는 연합정권의 위기를 인민들에게 호소했다. 그렇지만 1973년 아옌다 정권은 미국의 경제 봉쇄와 군부의 무력에 의해 붕괴했다. 네루다는 최후의 시집『닉슨의 대량 학살 권고와 칠레 혁명의 찬가』로 저항했다.

김남주는 네루다의 위와 같은 삶에 영향을 받고 그 실천 행동으로 남민전 (남조선민족해방전선)에 참가했다. "시인은 혁명 투쟁에 몸소 참가함으로써 가장 혁명적인 시를 쓸 수 있는 것"이라고, "시인이 혁명 투쟁에 깊이 관여하면 할수록 그가 쓰는 시는 그만큼 깊이가 있을 것이고 폭넓게 참가하면 할수록 그만큼 그가 쓴 시도 폭이 넓어"[13] 질 것이라고 단언했다. 그리고 소시민적 한계를 "대중적 조직적 전투적 운동에 참여할 때 벗어날 수 있"[14]다고 판단하고 실천 운동에 뛰어들었다.

김남주는 광주의 녹두서점에서 전남대학교 후배들에게『파리 코뮌』을 강독하다가 1978년 2월 중앙정보부의 수배령이 내려지자 서울로 피신했다. 4월 24일 서울 성공회 대강당에서 자유실천문인협의회와 백범사상연구소의 공동 주최로 열린 '민족문학의 밤' 행사장에 참석했다가 박석률과 상면했다. 그리고 그의 안내를 받고 9월 4일 한무성(韓茂成)이라는 조직명으로 남

---

13 김남주,「시와 혁명」, 위의 책, 111쪽.
14 김준태,「문학은 노동과 투쟁 속에서 솟구친다—김남주 시인과의 인터뷰」, 위의 책, 613쪽.

김남주 시인의 삶과 문학 정신

민전에 가입했다. 지하신문『민중의 소리(民聲)』편집자로 각종 유인물을 제작했고, 전위 조직의 일원으로 활약했다. 김남주는 1979년 10월 4일 체포되어 60일 동안 가혹한 고문 수사를 받은 뒤 1980년 12월 23일 대법원에서 징역 15년형 판결을 받았다.

4. 창조적 수용

김남주는 네루다의 삶과 시를 이해하고 수용해 혁명을 위한 실천 운동을 창조적인 활동으로 심화 및 확대했다. 그의 창조적 수용은 실천적 수용과 구분되거나 발전 과정의 단계로 분류되는 것이 아니라 서로 결합 관계에 있다. 그의 창조적 수용은 혁명을 지향한 실천 활동이고, 그의 실천적 수용은 적극적인 창조 활동인 것이다. 그의 창조적 수용은 번역 작업과 창작 작업으로 나누어볼 수 있다.

1) 번역 작업

김남주가 네루다의 시집을 본격적으로 번역하기 시작한 것은 남민전 사건으로 감옥 생활을 하면서부터였다. 감옥에서 글쓰기가 금지되어 종이와 연필을 갖지 못한 상황에서 네루다의 시들을 번역한 그의 열정은 대단한 것이었다. 그와 같은 모습은 그가 옥고를 치르는 동안 뒷바라지를 해준 연인이자 뒷날 아내가 되는 박광숙을 비롯해 지인에게 보낸 편지에서 여실히 볼 수 있다.

⑴ 종로 1가 소재 해외출판물 주식회사(일어 서점 : 광화문서점?)에 가서서『네

루다 시집』이 있으면 사서 보내주시면 고맙겠소. 전에는 있었소. 2층에 있소.
　　　　　　　　　　　　　　　　　　　　— 1980년 6월 21일. (288쪽)[15]

(2) 내가 부탁한 네루다(ネルダ) 시집은 찾아보았는지 알고 싶소. 없으면 주문이
　　라도 해서 꼭 구입하시오.　　　　　　　　　— 1980년 8월 14일. (295쪽)

(3) 서울구치소에서 찾아간 네루다(ネルダ) 책 중 시집만 한 권 부쳐주십시오.
　　　　　　　　　　　　　　　　　　　　— 1980년 10월 27일. (299쪽)

(4) 시인 이종욱 씨한테 네루다의 시집이 이것저것 있는 줄로 알고 있습니다.
　　그중에서 스페인어로 된『보편적인 노래(Canto General)』이 있으면 복사해서
　　넣어주십시오. 내 번역 작업에 도움이 될 것입니다.
　　　　　　　　　　　　　　　　　　　　— 1987년 8월 15일. (429쪽)

(5) 이종욱 형에게 부탁해서 네루다 시집 스페인어판『파블로 네루다 전집(Pablo
　　Nerud, Obras Completas)』를 복사해서 넣어주세요. 종욱형에게『네루다 최후
　　의 시집』이 있으면 그것도 좀 부탁해보세요.　　— 1988년 3월 12일. (436쪽)

(6) 오실 때 다음 책을 부탁합니다. 네루다의『전집(Obras Completas)』, 이종욱
　　시인에게 부탁해서 복사해야 할 것이오.　　　　— 1988년 4월 22일. (442쪽)

(7) 자네 덕분에 네루다의 시를 어느 정도 스페인어로 읽고 있고 있네만 네루다
　　시집도 어떤 국어로 된 것이든 모조리 구입해서 넣어주면 고맙겠네.
　　　　　　　　　　　　　　　　　　　　— 1985년 6월 22일. (515쪽)

(8) 백방으로 손을 써서 네루다의 시집을 있는 대로 구해보게. 특히『보편적인
　　노래(Canto General)』를 외대에 민용태 스페인어 교수가 있는데 그분한테 문

15　이하에서는 편의상『김남주 산문 전집』에 수록된 쪽수를 본문에 밝힌다.

　　　　　　　　　　　　　　김남주 시인의 삶과 문학 정신

의해보면 어떤 소득이 있을 것이네. 일어나 영어로 된 네루다의 시집도 어디 있나 탐색해보게.　　　　　　　　　　　　　—1985년 12월 29일. (526쪽)

(1)에서 (6)까지 박광숙에게 보낸 편지에서 볼 수 있듯이 김남주는 1980 년 6월 21일부터 1988년 4월 22일까지 네루다의 작품 번역에 매달렸다. (7) 에서 (8)까지의 편지는 김남주의 후배로서 뒷날 서울대학교 불어불문학과 교수가 되는 최권행에게 보낸 것이다. 김남주는 편지에서 보듯이 10년 이 상 네루다의 작품을 읽고 번역했다. 작품을 최대한 정확하게 번역하기 위해 일어판뿐만 아니라 영어판 및 스페인어판 네루다의 시집과 전집을 읽었다.

김남주가 네루다의 시를 특별히 좋아한 이유는 "참으로 소박하고 단순하 고 깨끗한 사람"이라고 여겼기 때문이다. 김남주에게 깨끗하고 소박하게 살아간 사람이란 "'용기 있게' 살다 간 사람"[16]을 의미했다. 다시 말해 "허위 는 복잡하고, 진실은 단순하다"[17]라는 세계관으로 정의와 진실을 위해 망설 이지 않고 행동한 네루다의 삶을 높게 평가한 것이었다.

김남주가 네루다의 시를 좋아한 또 다른 이유는 서로의 처한 상황이 비슷 하다고 여겼기 때문이다. 미국에 의해 짓밟힌 중남미의 정치 현실과 민중 들의 참담한 현실을 고발한 네루다의 시를 통해 한국의 정치 현실을 이해한 결과였다. 김남주는 "파시즘에 저항하는 전투적인 휴머니스트가 되어 자기 의 시를 무기로 삼아 스페인 인민의 자유와 평화를 지키는 전사가 된"[18] 네 루다를 따라 남민전에 가입했다. 그리고 혁명 전사로서 네루다의 시를 본격 적으로 번역했다.

16　김남주, 「용기 있게 살다 간 사람들」, 위의 책, 515쪽.
17　임화 시인의 말이라고 이기형 시인이 증언했다. 「통일의 노래를 부르다—이기형 시 인」, 맹문재, 『순명의 시인들』(대담집), 푸른사상사, 2014, 16쪽.
18　김남주, 「파블로 네루다의 시집을 읽고」, 위의 책, 137쪽.

(1) 틈을 노려서 그동안 하이네, 아라공, 브레히트, 네루다 등의 시를 한 백여 편 번역했습니다. 이것을 출판해 달라는 것입니다. (중략) 다른 사람의 이름으로 내도 좋고 내 이름으로 내도 좋은데 만약 후자로 할 경우면 제가 밖에 있을 때 번역해 놓은 걸로 하면 될 것입니다. 그것을 형에게 맡겨 두었다고요. 1978년 1월 무렵이라고 해두지요. 형님이 우리 집에 와서 이걸 출판했으면 쓰겠다 싶어 가져 갔다고요. 뭐 문제될 것도 없겠지만 만약의 경우에 항상 대비해 둬야 되겠기에 공연히 하는 말씀입니다. 그리고 번역에 오자가 있거나, 표현의 서투름, 문제점이 있으면 형이 적당히 고치십시오. 가령 '인민'을 '민중'으로 바꾼다거나 하는 것 말입니다.

— 1985년 9월 10일. (523~524쪽)

(2) 번역 시집의 이름을 『해방 시집 1』로 하고 '아침저녁으로 읽기 위하여'는 부제로 해주십시오. 앞으로 계속해서 외국시를 번역하여 『해방 시집』 1·2·3으로 엮어볼 생각입니다. (중략) 우리는 각자 처해 있는 조건에서 최선을 다해야 할 것입니다. 최선을 다하지 못하는 사람은 역사와 민중 앞에서 유죄입니다. 일상적으로 작은 일을 꾸준히 해내는 사람이야말로 변혁 운동에서 필요한 사람입니다.

—1988년 6월 18일. (540쪽)

(1)은 김남주가 황석영 소설가에게 보낸 편지이다. 편지의 내용은 감옥 생활을 하면서 네루다를 비롯한 하이네, 아라공, 브레히트 등의 시인들 작품을 100여 편 번역했으니 출판을 도와달라는 것이었다. 김남주는 번역 시집이 자신의 이름으로 출간되든 다른 사람의 이름으로 출간되든 상관없다고 했다. 번역의 목적이 자신의 이름을 알리거나 이익을 창출하기 위한 것이 아니라 작품을 대중들에게 알리려는 것이었기 때문이다. 번역 표현의 서투름이나 용어 사용 등의 수정을 황석영에게 허락한 이유도 마찬가지였다. 김남주가 감옥 생활을 하고 있어 번역 원고의 수정 작업은 실제로 불가능했다. 김남주는 번역 출간을 위해 일종의 알리바이까지 구상했다. 만약 김남

주의 이름으로 낸다면 감옥에 들어오기 전에 황석영이 출판하고 싶어 보관해 왔다고 하면 된다고 했다. 그만큼 김남주는 자신의 번역 작품이 대중들에게 읽히기를 바랐던 것이다.

⑵는 김남주가 도서출판 남풍의 정진백 대표에게 보낸 편지이다. 위의 편지를 보면 김남주의 번역 시집이 간행되는 것을 알 수 있다. 김남주는 번역 시집의 제목을『해방 시집 1』로 하고 '아침저녁으로 읽기 위하여'를 부제로 붙일 것을 출판사에 제안했다. 아울러 번역 시집을 두 권, 세 권 등 시리즈로 간행하는 구상도 밝혔다. 김남주는 네루다 등의 시를 번역하는 일이 역사와 민중을 위한 것이라고, 사회 변혁 운동에 필요한 것이라고 여겼다.

김남주의 번역 시집은 1988년 8월 25일 마침내 출간되었다. 옥중 시편을 묶은 제3시집『조국은 하나다』와 함께『아침저녁으로 읽기 위하여』라는 도서명으로 도서출판 남풍에서 나왔다. 자연 발생적으로 네루다의 시를 좋아하게 된 이후 오랫동안 애독하고 창조적으로 수용해 번역한 결과물이었다.

2) 창작 작업

김남주가 네루다의 시에 대한 창조적 수용으로 창작 작업을 한 것은 매우 중요하다. 애초에 시를 쓸 생각을 하지 않았던 그가 끝까지 혁명을 추구한 시인의 길을 걸어갔기 때문이다. 김남주는 민중들이 조직적으로 참가하는 역사적인 운동으로 새로운 세계를 이루는 데 이바지하는 시를 썼다. 역사적인 운동의 사상에 민중들의 구체적인 생활을 입혀 낡은 세계에 종지부를 찍으려고 한 것이었다.

> 네루다(주로 이들의 작품을 일어와 영어로 읽었지만)의 시작품을 통해서 저는 소위 시법이라는 것을 배웠습니다. 그것은 현실을 물질적인 관점에서 그것도 계

급적인 관점에서 묘사하는 것이었습니다. 저는 그들의 작품을 읽으면서 다음과 같은 생각을 가지게 되었습니다. "문학의 생명은 감동에 있다. 그런데 그 감동은 어디서 오는가? 그것은 진실에서 온다. 진실은 그러면 어디서 오는가? 적어도 계급 사회에서 그것은 계급적인 관점에서 인간과 사물을 읽었을 때이다."라고 말입니다. 문학의 예술성이 언어에 힘입은 바 절대하다 할 정도는 아니라도 대단하기는 하지만 그 언어 자체도 계급적인 각인이 찍혀 있는 것입니다. 그래서 저는 문학의 예술성에도 위의 제 생각이 일차적으로 적용되어서는 안 되는가 하고 생각합니다. 그리고 또 저는 외국어를 배우면서 우리의 현실을 잘 이해하게 되었고 이해된 현실을 잘 묘사할 수 있게 되었습니다. 여기서 잘 이해하고 잘 묘사할 수 있었다는 것은 바르게 이해하고 바르게 묘사했다는 뜻입니다. ─1988년 5월 23일. (538쪽)

위의 편지는 김남주가 염무웅에게 시집 발문을 부탁하면서 보낸 것이다. 김남주는 이 편지에서 네루다를 비롯해 외국 시인들의 시작품을 통해서 시 쓰는 법을 배웠다고 밝히고 있다. 그의 시법이란 다름 아니라 작품에서 담은 현실을 물질적이면서도 계급적인 관점으로 묘사하는 것이었다. 그와 같이 표현했을 때 작품은 진실성을 갖추게 되어 독자에게 감동을 준다고 보았다.

김남주의 시 쓰기에는 네루다를 비롯한 외국 시인들의 영향이 컸다. 외국 시를 읽으면서 한국의 현실을 이해하게 되었고, 그 상황을 잘 묘사할 수 있게 된 것이다. 김남주가 잘 이해하고 잘 묘사할 수 있었다는 것은 바르게 이해하고 바르게 묘사했다는 의미였다. 김남주는 창작 방법론을 다음과 같이 구체화했다.

첫째, 시와 혁명의 관계에서 시의 형식은 민족적인 형식을 취해야 한다는 것입니다. 이것은 혁명의 개념이라든가 내용과 성격 및 형식 그리고 혁명의 기본 문제 등이 교조주의적으로 고정되어 있는 것이 아니고 각 나라의 특수

한 역사적 구체성의 다름에 의하여 그것들도 다르게 적용되어야 하기 때문입니다. (중략)

둘째는 시 일반에도 적용되는 문제인데 특히 혁명적인 시에 있어서는 시가 그 생명으로 하고 있는 긴장과 압축을 잃어서는 안 되겠다는 것입니다. 이것은 혁명의 준비기 · 고양기 · 퇴락기 · 침체기 등과 관련지어서 고찰해야 할 문제로서, 때로는 시가 좀 느긋하고 길게 풀어지는 경향도 있을 수 있겠으나, 그러나 혁명 그 자체가 긴장과 시간의 압축을 의미하는 것이기 때문에 혁명적인 시 또한 거기에 의존할 수밖에 없습니다. (중략)

셋째는 혁명의 대중적 성격과 연관 지어서 생각해볼 문제로서 시의 난이도 문제입니다. (중략) 한마디로 말해서 자기와 이해관계가 있는 글은 표현이 낯설고 문장의 구성이 복잡해도 어렵지 않게 그것을 이해합니다. 그와 반대로 표현이 익숙한 것이고 문장 구성이 단순한 글일지라도 그 글의 내용이 자기와 어떤 이해관계도 없는 글은 쉽게 이해 안 되는 경우가 있는 것입니다.

— 김남주, 「시와 혁명」[19]

위의 글에서 김남주는 시의 형식이 민족적인 형식을 취해야 한다고 보았다. 민족적 정서, 문화유산, 사고, 관습 등을 비판적으로 계승하고 발전시켜야 한다는 것이었다. 아울러 김남주는 혁명기에 필요한 시 형식으로 긴장과 압축을 들었다. 지배 계급의 민중에 대한 착취와 탄압에 맞서는 노동 대중들의 궁핍한 시간을 고려해 시는 가능하면 짧고, 촌철살인의 풍자, 치고 달리는 유격전 형식이 필요하다는 것이었다. 또한 표현법이나 문장의 장단에 따라 시는 이해하기가 쉬운 것도 있고 어려운 것도 있지만, 시의 난이도는 자신의 이해관계에 있다고 보았다.

이와 같이 김남주는 시라는 무기를 통해 혁명의 이데올로기를 대중에게 전달하려고 노력했다. 대중에게 이데올로기를 전달하는 것을 시인의 임

---

19 위의 책, 109~110쪽.

무로 삼은 것이었다. 아울러 혁명 과정에는 농민운동 · 노동운동 · 학생운동 · 여성운동 · 인권운동 등 많은 운동이 전개되는데, 시인은 하나 또는 그 이상에 참가함으로써 전체 혁명 운동에 봉사한다고 보았다. 김남주는 사회 현실과 인간관계를 유물론적이고 계급적인 관점에서 바라보며 추구한 혁명 운동을 문학적으로 그려내는 기술을 알았다. 결국 소외되고 가난하고 학대받는 민중들의 형제가 되고 불굴의 전사가 된 것이다.

> 당신은 묻습니다
> 시를 쓰게 된 별난 동기라도 있느냐고
> 나는 이렇게 말할 수밖에 없습니다
> 혁명이 나의 길이고 그 길을 가면서
> 부러진 낫 망치 소리와 함께 가면서
> 첨으로 시라는 것을 써보게 되었고
> 노동의 적과 싸우다 보니 농민과 함께 노동자와 함께
> 피 흘리며 싸우다 보니
> 노래라는 것도 나오더라고 저절로 나오더라고
> 나는 책상머리에 앉아 시라는 것을 억지로 써본 적이 없다고
> 내 시의 요람은 안락의자가 아니고 투쟁이라고 그 속이라고
> 안락의자야말로 내 시의 무덤이라고
> ― 김남주, 「시의 요람 시의 무덤」 부분[20]

위의 작품에서 김남주는 시를 쓰게 된 동기가 혁명을 이루기 위한 것이라고 분명하게 밝히고 있다. 시를 혁명을 위한, 혁명의 목적에 봉사하는 수단으로 본 것이다. 물론 김남주는 "시와 혁명의 관계는 서로 자기의 독자성을 유지하면서도 밀접하게 상호 보완하는 선상에 있다"라고 했듯이 시가 혁

---

20 위의 책, 92쪽.

김남주 시인의 삶과 문학 정신

명의 수단이지만 혁명에 종속되는 것은 아니라는 것을 인식했다. 네루다가 "리얼리스트가 아닌 시인은 죽은 시인이다. 그러나 리얼리스트에 불과한 시인도 죽은 시인이다."[21]라고 기술한 것과 상통한다. 그렇지만 "시의 내용이 혁명의 내용을 규정하는 것이 아니고 혁명의 내용이 시의 내용을 규정한다"[22]라고 보았다. 시인으로서 혁명 투쟁에 적극적으로 나선 것이었다.

　김남주는 옥중 생활을 하면서 1984년 12월 10일 첫 시집 『진혼가』(청사), 1987년 11월 15일 제2시집 『나의 칼 나의 피』(인동)를 고은·양성우 편으로 출간했다. 1988년 8월 25일 제3시집 『조국은 하나다』(남풍)와 번역 시집 『아침저녁으로 읽기 위하여』(남풍)를 출간했다. 그리고 구속된 지 9년 3개월 만인 1988년 12월 21일 형집행 정지 조치로 전주교도소에서 석방되었다.[23]

5. 결론

　이 논문에서는 김남주 시인이 네루다의 삶과 시를 수용한 과정을 자각적 수용, 실천적 수용, 창조적 수용으로 구분해 살펴보았다. 김남주는 네루다의 시 6편을 1968년 『창작과비평』 여름호에 김수영 시인이 번역 발표한 것을 처음으로 읽었다. 김남주는 자기의 삶과 감성이 다른 데에도 불구하고 네루다의 시들을 좋아하게 된 이유를 정확하게 알 수 없었을 만큼 자연 발생적으로 수용한 것이었다.

21　파블로 네루다, 『파블로 네루다 자서전 : 사랑하고 노래하고 투쟁하다』, 박병규 역, 민음사, 2008, 394쪽.
22　『김남주 산문 전집』, 92쪽.
23　위의 책, 650~652쪽.

김남주는 네루다의 작품을 거듭 읽고 외우고 노래 부르면서 자각적인 수용의 단계에 들어섰다. 네루다의 삶과 시 세계에 더욱 관심을 보였고, 한국 시와 비교해 보기도 했다. 그 결과 한국에서 쓰인 시들은 네루다의 시와 비교했을 때 압제와 착취에 적극적이고 전투적으로 대응하지 않았고, 죽음을 불사하는 행동을 노래하지 않았다는 결론을 내렸다.

김남주는 한국시의 극복 방안으로 네루다의 시를 실천적으로 수용했다. 미국의 지배를 받는 중남미의 식민지나 사회 계급의 상황이 한국과 유사하다고 느끼고 그 극복을 추구한 것이다. 김남주는 네루다가 혁명 투사의 길을 걸어간 삶을 따라 남민전(남조선민족해방전선)에 참가했다. 시인은 혁명 투쟁에 함께함으로써 가장 혁명적인 시를 쓸 수 있다는 믿음을 가지고 전위 조직의 일원으로 활동한 것이다.

김남주는 네루다의 삶과 시를 수용해 그의 창조적인 활동으로 심화 및 확대했다. 실천적 수용을 창조적 수용과 결합해 혁명 투쟁을 지속한 것이다. 김남주의 창조적 수용은 혁명을 추구하기 위한 실천 운동이었는데, 그 우선 번역 작업을 들 수 있다. 남민전 사건으로 감옥 생활을 하면서부터 민중 혁명을 위한 일이라고 여기고 열정적으로 임했다. 김남주의 창작 작업은 시를 쓸 생각을 하지 않았던 그가 끝까지 혁명을 추구한 시인의 길을 걸어갔기에 의미가 크다. 김남주는 시 창작을 통해 역사적인 운동의 사상에 민중들의 구체적인 생활을 결합한 세계를 이루었다.

'혁명전사—시인' 김남주가 수행하는 세계문학

고명철

1. '밤길'을 함께 걷는 '혁명전사—시인'과 세계문학

김남주(1946~1994) 시인의 살아 생전 마지막 시집 『이 좋은 세상에』(한길사, 1992)에 실린 한 편의 시가 자꾸만 눈에 밟힌다.

　　밤이 깊어갈수록/별 하나 동편 하늘에서 더욱 빛나고/그 별 드높게 바라보며/가던 길 멈추지 않고 걷는 사람이 있다/거센 바람 나뭇가지 뒤흔들어도/험한 파도 뱃전에서 부서져도/자지 않고 깨어나 일어나/앞으로 앞으로 나아간다/어둠에 묻혀 사라진 길을 열고

　　앞으로 앞으로 나아간다/가야 할 길 먼 길/가지 않으면 병신 되는 길/역사와 함께 언젠가는/민중과 함께 누군가는/꼭 이르고야 말 그 길을/쓰러지고 쓰러지고 다시 일어나/전진하는 사람이 있다/밤이 깊어갈수록 더욱 빛나는/별 하나 드높게 우러러보며/혁명하는 사람이 그 사람이다

　　　　　　　　　　　　　　　　　　　　　　　　—「밤길」 전문[1]

1　　김남주, 『김남주 시전집』, 염무웅 · 임홍배 편, 창비, 2014, 841쪽. 김남주의 시를 인

「밤길」이 수록된 시집의 출간 시기를 염두에 둘 때, '혁명전사—시인'의 삶 정치를 벼려온 김남주는 '또 다른 혁명'을 준비한다. 그런데 매우 안타깝게도 그는 '또 다른 혁명'을 '혁명전사—시인'으로서 기획·수행하지 못한 채 암 투병 끝에 죽음을 맞이한다. '남민전'(남조선민족해방전선 준비위원회) 조직원으로 체포·구속·수감된 지 햇수로 10년(1979~1988)만에 출옥한 김남주에게 목도된 현실은 군부 독재의 시대가 마감하고 형식적 민주주의가 제도권화의 모습으로 가시화되기 시작하지만, 한국사회의 민족모순과 계급모순은 좀처럼 해결될 기미를 보이지 않을 뿐만 아니라 현실사회주의의 몰락이 미친 전 지구적 여파 속에서 미국 중심의 자본주의 세계체제가 더욱 공고해지는, 그래서 김남주가 출옥 후 마주한 현실에 대한 김남주만의 '또 다른 혁명'을 함께 할 수 없(었)기에 그의 죽음이 갖는 역사적 맥락을 곱씹지 않을 수 없다.

그래서일까. 「밤길」은 김남주의 죽음 무렵의 시대를 넘어 지금—여기에도 그 시적 전언과 이것의 안팎을 휘감는 시적 정동이 '혁명적 서정'으로 밀고 들어온다. 물론, 우리가 살고 있는 지금—여기에서 '혁명적 서정'의 감응이 대중적일 수 있는지 이에 대한 부정과 비판이 제기될 수 있다. '혁명'이 함의하듯, 낡고 구태의연한 모든 것에 대한 래디컬한 전복을 통해 말 그대로 정치경제적 새로운 체제를 실현하는 역사의 동력이 '혁명'의 고갱이인터에 작금의 한국사회에서 이러한 '혁명'이 대중적 차원에서 일어날 가능성이 있는가에 대해서는 지극히 회의적인 게 엄연한 현실임을 애써 부인할 수 없다.[2] 그럼에도 불구하고 「밤길」의 '혁명적 서정'의 감응을 전면 부정할 수 없

용할 때 각주 없이 창비에서 간행한 『김남주 시전집』에 수록된 것임을 밝혀둔다.
2   이와 관련하여, 김남주의 후배이자 '남민전' 조직원으로서 김남주와 함께 옥고를 치른 박석삼은 '촛불혁명'(2008) 이후 한국사회의 사회운동에 대해 최근 래디컬한 반

김남주 시인의 삶과 문학 정신

는 것은 무슨 이유일까. 기실, 이 글은 이에 대한 어떤 해답의 실마리를 찾아가는 것보다 이와 연관된 공부거리를 톺아보는 도정에 있는바, 김남주의 사후 30주기를 맞아 그동안 축적한 '혁명전사-시인' 김남주와 그의 문학이 보인 혁명적 분투의 세목과 그 유산에 대한 고고학적 접근[3]에 초점을 맞추지 않는다. 그보다 김남주의 혁명이 그렇듯이 그가 지닌 "견인불발(堅忍不拔)의 도덕적 열정과 현실적 역경에도 불구하고 자신의 논리를 견지해가는 정신의 힘과 그 진정성"[4]을 바탕으로, 민족해방과 계급해방을 동시에 사유하고 실천해온 탈식민의 혁명으로서 자본주의 근대의 극복을 추구해온,[5] 구미중심의 세계문학과 다르면서도 그것을 창조적으로 넘어서는 '또 다른' 세계문학의 대지를 객토하는 '혁명의 문학' 혹은 '문학의 혁명'을 향한 공부거리를 탐색하고자 한다.

이와 관련하여, 김남주의 혁명이 현실정치의 심급을 고려하여 신식민주의와 분단자본주의가 착종된 한국사회의 변혁을 목적으로 하듯, 기회가 있을 때마다 뚜렷이 밝혔던, 그의 시가 '혁명의 무기(칼)'의 소명을 수행하고자 전심전력한 것은 새삼 주목할 사안이 아니다. 그렇다면, 급변한 한국사회

성적 성찰을 보인다. "저는 2008년 촛불 시민항쟁, 2016년 촛불 국민행동이 역사의 흐름에 전진하지 못했다고 평가해요. 한 사람은 상황에 따라 민중, 노동자, 시민, 국민이 될 수 있는 다면적 존재이지요. 다시 말해 다양한 가능성을 가진 존재이지요. 그런데 역사의 진전은 민중이 이루는 것입니다. 촛불항쟁에서 민중이 시민으로, 시민이 국민으로 변하게 되었어요. 즉 민중의 정체성이 약화되면서 역사가 전진을 못하고 좌절하게 된 것이지요."(박석삼・맹문재, 「대담 : 김남주는 해방전사다」, 계간 『푸른사상』 2024년 여름호, 195쪽)

3 김남주와 그의 시에 대한 비평과 연구가 축적되고 있는데, 사후 20주기를 맞아 출간한 염무웅・임홍배 편, 『김남주 문학의 세계』, 창비, 2014와 김남주의 문학적 생애를 평전으로 집필한 김형수, 『김남주 평전』, 다산책방, 2022 참조.

4 김사인, 「김남주 시에 대한 몇 가지 생각」, 『김남주 문학의 세계』, 111쪽.

5 하정일, 「탈식민의 시인」, 『탈근대주의를 넘어서』, 역락, 2012.

안팎의 현실에서 김남주의 혁명과 이를 바탕으로 한 그의 시의 소명은 동시대의 문제성을 상실한 역사의 유산 및 화석의 가치로서만 유의미한 것일까. 그래서 김남주의 문학을 1970·80년대 한국문학사의 진보적 문학운동(사), 즉 민족문학이 일궈낸 가히 독보적 최량의 문학적 성취로 우뚝 자리매김한 것으로 자족해야 할까. 그러면서 그 맥락 아래 김남주의 문학을 자연스레 세계문학으로 논의하는 것은 합당할까.[6] 이에 대해 분명히 해두고 싶은 사안이 있다. 이후 내가 논의할 세계문학으로서 김남주의 혁명은 예의 민족문학을 포괄하여 한국문학 안팎으로 이식·모방·침투해온 구미중심의 근대문학을 내면화한 세계문학, 이를 바탕으로 한 논의와 다르다. 따라서 내 논의는 쟁점을 제기할 수밖에 없을 터이다. 비록 '혁명전사-시인'으로서 김남주의 삶정치가 한국사회의 변혁을 대상으로 하고 있지만, 그의 혁명은 구미중심의 근대 국민국가-간(間) 세계체제를 대상으로 설정한 세계변혁 곧 세계혁명을 향한 '밤길'을 세계의 민중과 함께 걷는 상상력의 연대를 기꺼이 감내하고 있기 때문이다. 이것이 바로 우리가 함께 새롭게 궁리해야 할 탈구미중심의 세계문학으로서 김남주 혁명의 진면목이다.

---

6 김경연은 최근 그의 「한국 여성문학과 세계문학(론)에 대한 단상」, 한국작가회의 창립 50주년 연속 심포지엄 자료집 『실천하는 한국문학에서 부상하는 세계문학으로』 (2024.6.21)에서 계간 『창비』(전신 『창작과 비평』)에서 담론화한 세계문학론이 종래 '창비' 에콜 및 민족문학 진영과의 계보학적 논의에 있음을 비판적으로 성찰한다. 나는 김경연의 비판적 논의가 매우 적실하다는 데 동의한다. '창비' 에콜의 세계문학론이 구미의 세계문학에 대한 비판적 논의를 제출하고 있지만, 그것은 어디까지나 구미중심의 (탈)근대문학의 프레임 안쪽에서 그것과의 긴장 국면을 탐색하는 것 이상도 이하도 아니기 때문이다. 이러한 세계문학 논의는 세계체제를 넘어 '또 다른' 세계를 과단성 있게 기획·욕망하는 상상력의 싱그러움이나 감응에 소홀하든지 둔감하든지 아예 외면하기 십상이다.

2. '대지의 염력'[7]과 혁명적 정동으로서 세계문학

우선, 자본주의적 세계체제에 대한 '혁명전사—시인' 김남주가 객토하고 일궈내는 세계문학의 바탕을 살펴보자. 이것은 또한 김남주의 삶정치의 정동을 쉼 없이 생성하는 그 무엇을 온전히 이해하기 위해서다.

> 보아다오, 그들은/강자의 발밑에 무릎을 꿇고/자유를 위해 구걸 따위는 하지 않았다/보아다오, 그들은/부호의 담벼락을 서성거리며/밥을 위해 땅을 위해/걸식 따위는 하지 않았다/보아다오, 그들은/판관의 턱을 쳐다보며 정의를 위해/기도 따위는 하지 않았다/보아다오, 그들은/성단의 탁자 앞에 무릎을 꿇고/선을 구걸하지도 않았고/돈뭉치로 선을 사지도 않았다/보아다오, 그들은/이빨 빠진 사자가 되어/허공에 허공에 허공에 대고/허망하게 으르렁거리지 않았다/보아다오, 그들은/만인을 위해/땅과 밥과 자유의 정복자로서/승리를 위해 노래하고 싸웠다/대나무로 창을 깎아/죽창이라고 불렀고 무기라 불렀고/괭이와 죽창과 돌멩이로 단결하여/탐학한 관리의 머리를 베고/양반과 부호의 다리를 꺾어/밥과 땅과 자유를 쟁취했다
> ─「황토현에 부치는 노래」 부분

> 자유를 내리소서 자유를 내리소서/십자가 밑에 무릎 꿇고 주문 외우며/기도 따위는 드리지 않을 것이다/적어도 대지의 자식인 나는

> 자유 좀 주세요 자유 좀 주세요/강자 앞에 허리 굽히고 애걸복걸하면서/동냥 따위는 하지 않을 것이다/적어도 직립의 인간인 나는

> 왜냐하면 자유는/하늘에서 내리는 자선냄비가 아니기 때문이다/왜냐하면 자유는/위엣놈들이 아랫것들에게 내리는 하사품이 아니기 때문이다/자유는

---

7   김형수, 『김남주 평전』, 102쪽.

인간의 노동과 투쟁이 깎아 세운 입상이기 때문이다/그것은 타는 입술을 적시
는 술과도 같은 것/그것은 허기진 배에서 차오르는 밥과도 같은 것/그것은 검
은 눈에서 빛나는 별과도 같은 것/선남선녀가 달무리의 원을 그리며/노래하고
춤추는 대지의 축제이기 때문이다

—「자유에 대하여」 부분

　김남주가 이들 시편을 쓴 구체적 시쓰기의 정황은 다르다. '남민전' 사건
이전 김남주의 고향 해남에서 농민운동의 일환으로 쓴 시가 「황토현에 부
치는 노래」이고, '남민전' 사건으로 옥중 수감의 고초를 겪으며 쓴 시가 「자
유에 대하여」이다. 그런데 이들 시가 통약하고 있는 소중한 문제의식이 있
다. 그것은 자유를 되찾는 일인데, "인간의 노동과 투쟁이 깎아 세운 입상"
으로서의 형상이 확연히 입증하듯, 자유가 자유의 참가치로서 내용형식을
보증하는 것은 바로 "직립의 인간인 나"가 대지에서 삶정치를 실행하기 때
문이다. 그래서 이 자유는 만인이 애초 만끽하는 것이며, 그 어떤 것도 이
만인의 자유를 이러저러한 삿된 목적으로 빼앗을 수 없으며, 이 자유의 성
격을 훼손해서 안 된다. 대지에 직립하는 만인이 인간으로서 당당히 누려야
할 가치가 자유일진대, 19세기 말 전 지구적으로 확산되는 제국주의의 침
탈은 동아시아의 조선에 대한 정치경제적 첨예한 이해관계의 대립 · 갈등
속에서 조선 민중의 자유를 위협하였다. 김남주의 고향 해남은 이러한 정세
국면 속에서 봉기한 동학농민혁명군이 정부의 토벌대에 의해 최종적으로
스러져간 역사의 현장이다. 하지만 김남주는 동학농민혁명군이 종적을 감
춘 해남 땅에서 그들이 앙가슴에 품고 목숨을 걸었던 동학농민혁명의 역사
적 진실과 그 숭고성을 주목한다. 그들은 제국의 "강자의 발밑에 무릎을 꿇
고/자유를 위해 구걸 따위는 하지 않았다"고, 왜냐하면 그들은 대지에 무릎
을 꿇는 노예의 비굴함으로 "땅과 밥과 자유"를 구걸하거나 제국의 근대문

　　　　　　　　　　　　　　　　　　　　김남주 시인의 삶과 문학 정신

명과 다른 타자의 삶과 문화를 미개로 치부하는 것도 모자라, 이 근대문명을 추동하는 종교와 학지(學知)를 절대선과 과학으로 강제하는 정치문화적 이데올로기에 맞서 조선 민중의 투쟁 방식("괭이와 죽창과 돌멩이로 단결하여")으로 혁명의 기치를 치켜들었기 때문이다.

기실, 김남주의 삶정치를 관통하고 있는 문제의식이 참다운 자유의 획득과 그 가치의 심화·확산에 있듯, 이것은 구체적 삶의 물질성과 거리를 둔 추상적 사유의 단련 과정으로는 이뤄지지 않는다. 대신, 농민의 아들로 태어난 김남주는 고향 해남 땅의 동학농민혁명과 폐쇄적 구속의 옥중 경험으로부터 '혁명전사─시인'의 삶정치를 벼린다. 그것은 '대지'가 함의한 만인을 위한 자유가 자연스레 거느리는 삶정치의 수행이며 실감으로서 혁명적 정동이다. 이것은 김남주를 총체적으로 파악하는 데 매우 중요한 대목이다. 뿐만 아니라 이것은 김남주의 혁명 도정에서 마주한 번역 작업에서 적극 섭취한 세계혁명의 문예적 성취에 대한 온전한 이해를 돕는 데도 매우 요긴한 바, 구미중심의 세계문학과 다른 차원에서 궁리하는 세계문학에 그의 문학도 연접하는 것을 주시해야 한다.

이렇듯이 '대지'와 김남주는 혼연일체다. 이 관계는 김남주가 이른바 '광주 르네상스'를 접하게 되면서 한층 더욱 그 밀도가 높아진다. "광주에서는 세상을 움직이는 거대한 매혹을 거느린 미덕의 대명사들이 시대와 국면이 바뀔 때마다 반복해서 출현"[8] 하는데, "토착적 정체성을 잃지 않고, 공동체에 헌신하면서도 이웃을 업신여기지 않고 국중 최고의 반열에 드높이 솟아버린 사람들"[9]의 학술문예적 및 사회운동적 정동을 김남주는 만난다. 말하

---

8 김형수, 『김남주 평전』, 102쪽.
9 위의 책, 108쪽.

자면, 김남주는 광주 · 호남 지역의 문예-학지와 사회운동의 대지의 한복판에서 '혁명전사-시인'으로 거듭나는 피와 살과 뼈대를 만들기 시작한다. 두루 알듯이, 그는 광주제일고와 전남대 시절을 보내면서 박정희의 유신독재에 대한 투쟁의 일환으로 지하신문『함성』지 제작 · 유포 활동으로 반공법과 국가보안법 위반 혐의로 광주교도소에서 수감되는가 하면(1973), 출옥 후 해남——지역문화운동의 일환으로 제1회 해남농민잔치를 개최했는데(1977) 그곳에서 김남주는「황토현에 부치는 노래」를 낭송한다.——과 광주를 오고 가면서 '대지'와 함께 하는 크고 작은 운동을 혁명의 정동으로 실천한다. 그 중 광주에서 김남주는 사회과학 전문서점 '카프카'를 운영(1975~1976)한 바, 이것은 김남주를 비롯한 광주 · 호남의 지역운동사에서 간과해서 안 될 보루이며 진지 역할을 담당한다. 그리하여 '카프카' 서점은 가히 '광주학파'[10]의 토양으로, '카프카' 서점을 들고나는 광주 · 호남의 숱한 진보적 운동 주체들의 운동 역량의 지반을 형성해주고, 그 운동의 대지에 활명수를 공급해주는 저수지 몫을 수행함으로써 김남주에게는 유신체제에 대한 '남민전'의 혁명전사를 채비하고, 그의 선후배 동지들로 하여금 광주를 중심으로 한 1980년대 신군부 독재에 대한 가열찬 투쟁에 나서도록 한다. '카프카' 서점은 그러므로 말 그대로 암흑의 사위를 일소해내기 위한 혁명의 주체를 숙성시키고 그 혁명적 정동의 불꽃을 틔운 성속이 버무려진 '대지' 자체다.

　해남 땅과 '카프카' 서점 중심의 광주와 고립된 유폐의 감옥은 그 표면적 물성이 다를 뿐 '혁명전사-시인'을 키우고 거듭나도록 한 싱그럽고 약동적

10　김남주의 평전을 집필한 김형수는 김남주의 생애에서 도시 광주야말로 광주 · 호남 지역의 학술문예와 사회운동의 총체적 역량이 경이롭게 개진된 '토착적 모더니티'의 온상으로서 이를 '광주학파'로 명기하여 이것의 대지적 실재를 웅숭깊게 드러낸다. 위의 책, 248~255쪽 참조.

인 정동을 발산시키는 '대지'인 셈이다. 이들 장소와 물성이 공유하는 '대지'는 그의 빼어난 번역으로 조우한 네루다와 하이네에 대한 언급에서도 확인된다. 가령, 네루다에 대해서는 여타의 번역 대상들보다 상대적으로 자주 언급하는데, '신동엽창작기금'(1991)을 수혜하면서 김남주는 네루다가 항만 노조로부터 강연초청을 받고 자신의 시를 낭송한 데 감동한 노동자들에 에워싸인 경이로운 장면을 경험한 것을 계기로 그의 시가 노동자와 함께하는 노동의 대지에 뿌리내려야 하듯, 김남주의 "시도 생활에 뿌리를 박고 그 뿌리가 세상의 무관심 속에 방치된 채 외롭고 힘겹게 노동하며 살아가는 사람들의 가슴을 적시는 이슬이 되어야 할 것 같습니다."[11]는 소감을 대미로 맺는다.

　기실, 김남주의 네루다에 대한 전폭적 관심은 그의 「파블로 네루다의 시집을 읽고」[12]란 산문에서, 네루다의 문학에 대한 단독 비평이라 해도 손색이 없을 만큼 그의 조국 칠레에 국한된 게 아니라 라틴아메리카의 대지의 삶을 유린한 유럽과 미국의 제국주의 지배의 리얼한 실상과 그에 대한 네루다의 혁명적 저항의 삶과 문학을 예리하게 짚어내는 데서 여실히 드러난다. 김남주에게 네루다로 접속하는 라틴아메리카는 분명 (동)아시아와 다른 역사 문화를 지닌 곳이지만, 구미중심의 근대성-식민성이 포개지는 탈식민주의 혁명의 주체들이 연대하고 그 지혜와 혁명의 실재가 그들 역사의 대지에 창조적으로 뿌리내려야 하듯, 네루다의 문학이 구미중심의 세계문학과 '또 다른' 세계문학의 차원에서 궁리하는 것과 마찬가지로 '혁명전사-시인' 김남주의 문학 또한 네루다와 연접하는 세계문학의 속성을 지닌다.

11　김남주, 「보리밥과 에그 후라이」, 맹문재 편, 『김남주 산문전집』, 푸른사상사, 2015, 50쪽.
12　위의 책, 127~149쪽.

이것은 하이네의 「장편 풍자시 「아타 트롤」을 읽고」[13]란 비평에서도 공통적으로 발견된다. 이 비평은 하이네의 정치 풍자시집 『아타 트롤』(김남주 역, 창작과비평사, 1991)의 해설로 씌어진 것인데, 김남주는 여기서 하이네가 시인의 존재를 그리스 신화에 나오는 거인 안테우스에 비유하는 말을 직접 인용한 데 주목한다. 그 핵심은, 시인은 현실의 대지와 유리된 순간 무력해진다는 것, 그리고 아무리 부정한 현실에 대한 날선 비판으로서 경향문학에 매진한다 하더라도 "상황과 구체적인 생활에 뿌리를 내리지 않고 특정의 이념과 사상을 공허하게 외치는 그런 문학의 경향성을 반대"[14]한다는 것을 힘주어 강조한다. 따라서 『아타 트롤』이 겨냥하고 있는 정치 풍자는 19세기에 들어선 독일의 전제군주의 폭정과 그 정치적 후진성이다. 여기에는 독일 역시 나폴레옹 시대를 거치면서 프랑스 혁명의 확산을 막고자 한 유럽의 보수 반동정치와 다를 바 없었던 것을 유념할 필요가 있다. 물론, 독일도 19세기 중반 후 유럽 전역에 미치는 혁명의 도저한 파장으로부터 자유로울 수 없었으나 혁명의 실패[15]와 이른바 보불전쟁의 승리에 따른 독일제국의 탄생(1871), 그리고 비스마르크 체제 아래 아프리카 식민지 쟁탈전 개입으로 이어지는 유럽발(發) 근대의 막차에 편승한 역사의 추이를 염두에 둘 때, 『아타 트롤』은 독일 전제군주와 이후 예의 독일과 유럽의 현실의 대지에 착근하지 못한 채 부유하는 경향문학에 대한 매서운 풍자적 비판 문학으로서 예지적 권능을 수행하는 셈이다. 이것은 달리 말해 하이네가 『아타 트롤』을 통해 독일 현실정치에서 좌절되고 있는, 민중 봉기가 함의한 혁명적 정동이

13　위의 책, 150~161쪽.
14　김남주, 「장편 풍자시 「아타 트롤」을 읽고」, 위의 책, 161쪽.
15　이에 대해서는 에릭 홉스봄, 「제6장 혁명」, 『혁명의 시대』, 정도영 · 차명수 역, 한길사, 1998 참조.

김남주 시인의 삶과 문학 정신

좀처럼 솟구치지 못하는 데 대한 하이네식 혁명을 실천한다는 점에서 구미 중심의 세계문학에 대한 비판으로 충분히 이해됨직하다. 이 또한 김남주의 혁명으로서 하이네의『아타 트롤』번역이 함의한 '대지'와 연계되는 세계문학의 속성이다.

3. 옥중문학, '옥중시-옥중번역-옥중서신(옥중비평)'이 수행하는 세계문학

김남주의 문학을 세계문학의 시계(視界)로 살펴볼 때 '남민전' 사건으로 인한 옥중살이(1979~1988)는 주목하지 않을 수 없다. 10년 가까이 엄혹한 수감의 고통을 김남주는 불굴의 초인적 정신을 견지하면서 시와 번역과 서신 등의 글쓰기를 통해 '혁명전사-시인'의 자기세계를 더욱 매섭게 담금질했음을 우리는 익히 알고 있다. 이제 우리는 김남주의 옥중살이에서, 특히 글쓰기의 최소 환경이 결여된 극도의 한계 상황에도 굴하지 않고 김남주만의 방식 ── 필기도구가 주어지기 전 그는 담뱃갑 속 은박지를 분리하여 시를 쓰는가 하면, 화장지에 몰래 글쓰기를 하여 면회객들을 통해 감옥 밖으로 전달 ──으로 말 그대로 혁명적으로 실천한 글쓰기(시, 번역, 서신)를 '옥중문학'으로 호명하고, 이것이 갖는 탈구미중심의 세계문학에 대한 논의를 비평의 방략(方略) 차원에서 열심해야 할 것이다.

우선, 주목할 옥중시를 살펴보자.

당신은 묻겠습니까 내가 누구냐고/누구이고 무엇을 했길래 그렇게 살고 있냐고/들은 적이 있을 것입니다 당신은/미국산 쇠고기 수입 때문에 한국산 소값이 폭삭 내려앉아/그 밑에 깔려 신음하는 농부의 숨소리를/그 숨소리의 임자가 나의 아버지입니다/들은 적이 있을 것입니다 당신은/노동자와 고통의 삶을 같이했다고 위장취업으로 몰려/성고문당한 여대생의 호소를/그 호소의 당사자가 나의 누이입니다/본 적이 있을 것입니다 당신은/착취의 극한에서 더 이상 노예이기를 거부하고/인간선언을 한 노동자의 분신을/그 분신의 주인이 나의 동생입니다/당신은 본 적이 있을 것입니다 분명히/팀스피릿 작전의 미국 군인들에게 겁간당한 산골 여인의 비명을/그 비명의 임자가 내 고모뻘 되는 사람입니다/당신은 지금 매일처럼 매시간/보고 듣고 할 것입니다 당신의 집에서 당신의 거리에서/당신이 밟고 가는 삶의 모든 길 위에서/당신의 딸과 같은 당신의 아들과 같은 동포들이/외치는 소리를 듣고 본 적이 있을 것입니다/미제의 꼭두각시 ×××을 찢어 죽이자!/반파쇼민주투쟁 만세!/반파쇼민족해방투쟁 만세!/그 만세 소리의 임자가 나입니다/나이고 나의 친구이고 나의 이웃입니다

—「나의 이름은」 부분

그것은 씹으면 이빨이 쑥쑥 들어가는 짐승의 물컹물컹한 속살이 아니다/그것은 물어뜯으면 창호지처럼 북북 찢어지는 가죽도 아니다/바늘 끝으로 쿡쿡 찔러대도 피 한방울 나오지 않는 그것은/철가면의 이마빡이고 아무리 울려대도 그것은/눈물 한방울 흘리지 않는 마귀할멈의 눈구멍이다/아니다 아니다 그것도 아니다 관료주의는/가슴에 철판을 대고 발가락 끝에서 머리끝까지/무쇠로 조립된 몰인격의 로봇이다/우향우 하면 우로 돌고/좌향좌 하면 좌로 돌고 거기 서 하면 장승처럼 서버리는/군대식 복종에 길들여진 노예다/아니다 아니다 그것도 아니다 관료주의는/기계다 기계의 톱니바퀴다 기름만 칠하면/봉급이란 이름의 기름만 칠해주면 기계의 주인이 누구인건/쪽발이건 코쟁이건 그들의 하수인 독재정권이건/밤이고 낮이고 쉴 새 없이 불평 없이 돌고 도는 기계이다

—「관료주의」 부분

다시 강조하건대, 나는 김남주의 옥중시를 비평의 방략 차원에서 탈구미중심의 세계문학과 연접한 문제의식으로 읽는다. 자문자답 형식을 취하

김남주 시인의 삶과 문학 정신

는 「나의 이름은」에서 뚜렷이 밝히듯, 시의 화자 '나'는 근대 서정시의 개인적 주체, 즉 부르조아 계급 또는 문화주의적 민족 공동체의 개별 구성원으로서 자기세계를 정립하는 그런 세계-내적-존재가 아니다. 계급모순과 민족모순을 겪으며 그것과 맞서 쟁투하는 민중과 함께 삶정치를 하는 그래서 '반파쇼민주투쟁'과 '반파쇼민족해방'에 기투하는 "나의 친구이고 나의 이웃"이 곧 '나'이다. 말할 필요 없이 이 '나'는 혁명적 서정이 넘실대는 '혁명전사-시인'을 정립하는 데 혼신의 힘을 쏟고 있는 옥중의 김남주. 우리에게 제도적으로 정전화된 세계문학이 자본주의 세계체제를 더욱 공고히 다지고, (다소 성근 비판이 용인된다면) 이 체제의 바깥이 존재하지 않는 세계-내적-존재로서 개개인의 현존을 탐구하는 미학에 열중하고 있음을 응시할 때, 김남주 옥중시의 시적 주체가 우뚝 서는 '나'의 현존은 '혁명적 민주주의자'[16]의 삶정치의 아름다움을 문학과 삶의 결속체로 현현(顯現)하는 데 있다.

따라서 「관료주의」에서 거침 없이 단정적 어조로 말하듯, 혁명적 민주투사인 '나'에게 관료주의가 날 선 타도와 비판의 대상, 즉 자본주의의 태생적 지반을 구축시키고 있는 '공업화-기계'와 관료제에 대한 풍자적 비판은 예의 세계체제를 이루는 물질성 자체를 래디컬하게 겨냥한다는 점에서 탈구미중심의 세계문학이 함의한 전투성을 나타낸다.

물론, 김남주의 이러한 옥중시가 벼락처럼 그를 때린 것은 아니다. 옥중 번역 작업을 통해 김남주는 전 지구적 혁명과의 연대를 하고 있었다. 출옥 3개월 전 발간된 번역시집 『아침 저녁으로 읽기 위하여』(남풍, 1988 ; 사후 1주기(1995)를 기념하여 푸른숲에서 개정판 발간)가 바로 그것이다. 김남주가 평론가

---

16 "내가 이렇게 말한다고 나를 공산주의자라고 오해하지는 마십시오. 나는 그냥 시인이고 전사이고 무난히 이 시대에 어울리게 말해서 혁명적 민주주의자입니다."(김남주, 「시인은 싸우는 사람(1988.7.30.)」, 『김남주 산문전집』, 461쪽.

염무웅에게 보낸 옥중서신에서 언급한바,[17] 그는 브레히트, 아라공, 마야콥스키, 하이네 등의 시를 번역하면서 혁명적 서정을 체화해나간 것이다. 이 번역작업에 대해 "세계 번역사에 남을 참혹하게 위대한, 최악의 고통에서만 솟아오를 수 있는 영광의 한 페이지일 것이다."[18]는 발언이야말로 김남주의 옥중번역이 지닌 세계문학의 '또 다른' 몫에 전율하도록 한다. 이 짧은 글에서 그의 번역시집의 낱낱을 논의할 수는 없다.[19] 대신 래디컬하게 다시 숙고해보고 싶은 사안은 김남주가 선택한 시인들과 그들의 작품이 멀리는 하이네가 중점적으로 다룬 19세기 중반 이후부터 가깝게는 20세기 전반기에 이르는 동안 혁명으로서 민중 봉기가 표방한 삶정치를, 김남주는 옥중의 한계 상황[20]에서 살아냈다는 경이로움이다. 그러니까 김남주의 육신은 바깥과 단절된 채 인간이 겨우 버틸 수 있는 극한의 폐쇄 공간에 가둬졌지만, 그의 옥중번역은 '혁명전사—시인'으로 거듭나도록 하는 세계혁명의 주체로서

---

17 "방금 저는 외국어를 통해서 세계를 바르게 인식했다고 말씀드렸습니다만 그 바른 인식의 내용은 궤적으로 말씀드려서 인간 관계와 사물과 사물과의 관계를 유물변증법적으로, 계급적인 관점으로 보게 되었다는 것입니다. 문학의 방면에서는 특히 저는 그러했습니다. 하이네, 아라공, 브레히트, 마야코프스키, 네루다(주로 이들의 작품을 일어와 영어로 읽었지만)의 시작품을 통해서는 저는 소위 시법이라는 것을 배웠습니다. 그것은 현실을 물질적인 관점에서 그것도 계급적인 관점에서 묘사하는 것이었습니다."(김남주, 「시집의 발문을 부탁드리며(1988.5.23.)」, 위의 책, 538쪽)

18 염무웅, 「해설 : 순결한 삶, 불꽃같은 언어」, 브레히트 · 아라공 · 마야콥스키 · 하이네, 『아침저녁으로 읽기 위하여』, 김남주 역, 푸른숲, 1995, 357쪽.

19 번역 관련 주요 논의들로는 다음을 참조. 정지창, 「김남주의 옥중시와 브레히트의 망명시」, 『김남주 문학의 세계』 ; 조재룡, 「번역가 김남주 : 여전히 가야 하는 길, 아직 가지 않는 길」, 계간 『실천문학』 2014년 봄호 ; 황호덕, 「중역과 혁명, 비상시의 세계 문학과 그 사명」, 『비교어문연구』 56권, 비교어문학회, 2020.

20 김남주는 옥중서신에서 그와 같은 정치범이 수감하고 있는 사동을 '시베리아'라고 하여, 그 열악한 수감 환경과 공포의 억압적 분위기에 대한 실태를 얘기한다. 김남주, 「교도소 실태(1982.5.1.)」, 『김남주 산문전집』, 340~344쪽.

변혁을 향한 교양을 배가시킬 뿐만 아니라 번역이 내장한 문화역사의 횡단과 상호소통의 정동은 탈식민의 해방을 향한 민중 주체의 혁명의 상상력에 신명을 지폈을 터이다.

여기서, 우리는 김남주의 옥중투쟁 중 흥미로운 한 대목을 주목하지 않을 수 없다. 그의 옥바라지를 자처한 여인 박광숙에게 보낸 서신 중 수감자에게 필기도구를 빼앗은 국가의 교도행정에 맞서 그의 목숨을 건 투쟁 소식을 알린다.[21] 이 소식을 수감자가 최소한 보증받아야 할 인권 투쟁으로 해석하기 십상이다. 그런데 좀 더 살펴야 할 대목은 김남주의 서신에서, 고대 노예제-중세 농노제-전근대 전제군주-근대 제국주의 등 동서고금 세계사의 정치범들의 옥중 저작물(『철학의 위안』, 『돈키호테』, 『동방견문록』, 『무엇을 할 것인가』, 『세계사 편력』, 『조선상고사』, 『독립의 서』 등)을 언급하는데, 기실 이 목록들은 김남주가 명시하지 않았을 뿐 탈구미중심의 세계문학을 쟁점적으로 구성하는 실재로 이해해도 전혀 문제가 없다. 이것을 두고 '역사의 예지'라고 할까. 정치범 김남주에게 필기도구를 제공해야 할 옥중투쟁은 그의 옥중시와 옥중번역이 보란 듯이 증명해보이듯, 옥중서신 속 저작물 못지않는, 오히려 혁명성과 전투성과 순결성을 병진한 세계문학을 낳는 것과 연동돼 있다.

그래서 김남주 문학과 세계문학을 논의할 때 옥중서신을 그의 문학 요체의 곁-텍스트로 치부해서는 곤란하다. 비록 옥중서신의 대부분은 김남주가 출옥 후 백년가약을 맺는 박광숙에게 보내는 편지이지만, 이것은 박광숙을 매개한, 말하자면 '박광숙=프리즘'으로부터 분광된 '혁명전사-시인'으로서 김남주의 스펙트럼을 머금는다고 말할 수 있다. 실제로, 박광숙에게 보내는 옥중서신 중 신변잡기적인 것을 제외하면 앞서 살펴본 김남주의 옥중

---

21 김남주, 「시인에게 펜을(1986.4.5.)」, 위의 책, 388~393쪽.

시와 옥중번역과 관련한 내용이 주를 이룬다. 심지어 박광숙에게 일본어를 공부하여 자신처럼 제3세계 문학사상이나 러시아 작가들을 비롯한 리얼리즘 계열의 작품들을 독서할 것을 독려하고 권장하기까지 한다. 어디 이 뿐인가. 어지간한 일반인들은 도통 범접하기 힘든 계급문제, 민족문제 등을 포괄한 해방 투쟁, 즉 그가 옥중시와 옥중번역을 통해 궁리하고 있는 혁명의 이론과 실천, 그 통일적 실재 등에 대한 의견을 피력한다. 옥중서신은 그러므로 일반 편지의 내용형식을 넘어서는 글쓰기 곧 김남주식 옥중비평의 속성을 육화한 셈이다.

그 한 사례로, 지금-여기에서도 여전히 유효한 노동자 해방 투쟁과 시에 대한 그의 생각을 귀기울여보자.

> 되풀이 말해서 노동자는 해방 투쟁의 모든 전선에서 선두에 서야 합니다. 자기 계급의 배타적이고 이기적인 울타리에 갇혀서는 안 됩니다.
> 시인은 노동자들의 이런 모든 투쟁을 지원하기 위해서 전면적인 정치 폭로를 해야 합니다. 시인은(노동자 시인일 경우 특히) 공장 생활과 그것의 개선 등에 한정해서 시를 써서는 안 됩니다.
> 그런데 불행하게도 우리나라의 노동자 출신의 시인들은 거의 하나같이 공장 안의 작업 조건과 자본가들의 비인간적인 처우와 생활상의 어려움과 노동력 판매 조건의 개선 등에만 자기 시의 내용을 국한시키고 있습니다. 그 밖으로는 거의 한 발자국도 나아가지 못하고 있습니다.
> 심지어는 외부에서 경제 투쟁을 넘는 어떤 투쟁을 가지고 들어가려고 하면 그것을 배격하기까지 하는 실정입니다.
> 소위 편협하고 옹졸하고 한심한 노동자주의입니다. 노동자는 자기 자신만을 자본가로부터 인간적인 대우를 받음으로써 자기 자신을 해방시키는 것이 아니라 피억압 민중 전체를 해방시킴으로써 비로소 자기를 해방하는 것입니다.[22]

---

22 김남주, 「나의 시의 한계를 단정하는 당신에게(1988.11.13)」, 위의 책, 471-472쪽.

김남주 시인의 삶과 문학 정신

김남주의 비판은 "혁명적 정치 투쟁을 노동조합주의적 정치 투쟁으로 타락시키는 것"[23]을 겨냥하고 있다. 그러면서 시의 역할을 동시에 밝힌다. 옥중에 있는 김남주의 노동자 해방과 노동문학에 대한 비평으로 손색이 없다. 이를 두고 철지난 1980년대 민족문학론의 유산으로만 가둬놓지 말자. 이 글의 맨 앞머리에서 김남주의 시「밤길」이 상기하듯, 지금-여기 갈수록 정교히 제도화되면서 불가사리처럼 집어삼키는 신자유주의 세계체제 속 노동자의 정치 투쟁은 임금 인상, 노동환경개선을 중심으로 한 제도적 개선 투쟁에 비중을 둘 뿐 노동의 유연성을 미끼삼은 노동자 계급 내부의 갈등과 분열을 조장하는 가운데 자본주의의 악무한에 대한 혁명적 공세의 상상력은 어디에서 숨죽이고 있을까. 그래서 김남주의 옥중비평의 공명은 아이로니컬하게도 지금-여기 구미중심의 세계문학이 속수무책일 수밖에 없는 예의 사안을 말 그대로 래디컬하게 비평적으로 개입하는 해방의 틈을 내는 세계문학의 역할을 맡는다.

이처럼 옥중문학으로서 김남주의 옥중시와 옥중번역과 옥중서신(옥중비평)은 서로 포개져 있고, 서로 스며들어 있고, 그리하여 흡사 생성형 AI챗봇이 그렇듯이 '혁명전사-시인' 김남주의 혁명을 쉼 없이 생성해낸다. 이 김남주의 옥중문학은 세계문학을 쟁점적으로 새롭게 구성한다.

4. '구연적 상상력'과 '구연적 표현'의 세계문학

세계문학으로서 김남주 문학을 쟁점적으로 논의할 때 집중해야 할 부

---

23 위의 글, 위의 책, 472쪽.

문이 있다. 그것은 김남주가 생득적으로 체현하고 있어 그의 존재의 물성 자체인 구연적(口演的) 표현으로 세계의 본질을 단숨에 잡아채는 능력이다. 이것은 앞서 살핀바, 김남주 문학의 '대지'가 함의한 탈구미중심의 세계문학과 긴밀히 연동된다. 해남 땅에서 농민의 아들로 태어나 광주·호남 지역 '대지'의 혁명적 정동의 삶정치를 체현하고 있는 김남주가 호남의 구연적 표현을 자기화하는 것을 대수롭게 간주해서는 곤란하다. 이것은 김남주의 문학에 "눈으로 읽는 시의 잣대를 들이대서 비판하는 것은 범주의 오류라 할 수 있다."[24]는 비판과, 그의 옥중시가 지닌 낭송시의 미학적 정치를 극대화하고 있는 것을 주목해야 한다는[25] 김남주의 시에 대한 적중(的中)의 논의를 보다 적극적으로, 그래서 김남주의 혁명적 정동의 삶정치에 대한 구연적 표현을 세계문학의 차원에서 궁리해볼 필요가 있다. 이 구연적 표현의 바탕에는 토착적 요소가 자리하듯, 호남 지역 민중의 생활 감각을 언어적으로 재현하는 구어—입말이 토대를 이루는데, 구연적 표현의 자연스런 속성이 그렇듯이 현장 속 말하기와 듣기는 화자와 청자의 문화역사 생태 감각과 학습화된 교양이 화용론적 상황에 기민히 대응하는 도정에서 의미를 확연히 갖는 분절음뿐만 아니라 각종 비분절음적 요인들——인간이 발음기관을 통해 낼 수 있는 각종 소리를 망라한 것들——은 물론, 심지어 침묵과 표정과 몸짓 등의 요인들이 한데 뒤섞이는 흡사 음악의 리듬과 같은 역동성을 지닌다. 김남주의 구연적 표현도 예외가 아니다.

---

24 하정일, 「탈식민의 시인」, 『탈근대주의를 넘어서』, 역락, 2012, 285쪽.
25 이에 대한 주요 논의는 다음을 들 수 있다. 염무웅, 「투쟁과 나날의 삶 : 김남주의 시에 관한 세 개의 글」, 『혼돈의 시대에 구상하는 문학의 논리』, 창작과비평사, 1995 ; 정지창, 「김남주의 옥중시와 브레히트의 망명시」, 『김남주 문학의 세계』, 창비, 2014.

김남주 시인의 삶과 문학 정신

김남주의 생활의 현장에서 이 구연적 표현이 돋을새김된 것 중 하나로, "좆돼부렀습니다."[26]가 지닌 그의 혁명적 정동은 두루 회자되고 있다. 『함성』지 재판 최후진술을 앞두고 김남주는 재판장에서 서슴없이 이렇게 내뱉었다. 유신체제의 재판장에서 재판을 받는 자신을 향한 자기모멸과 헌정질서를 유린하는 독재정권의 하수인으로 전락한 법정을 비꼬고 야유하는 이 욕설은 호남의 '혁명전사-시인'으로 거듭날 청년 김남주의 생득적 투쟁의 유전자가 격발된 입말로, 기실 유신체제를 향한 혁명적 정동으로서 구연적 표현이었던 것이다.

이러한 김남주의 구연적 표현은 '광주학파'와의 부단한 교류와 공부의 도정에서 한층 더욱 튼실해진다. "어느 순간 그의 시에서 제3계적 세계관과 전라도 문법에 담긴 민족형식의 결합이 탁월한 성과로 드러나기 시작"[27]한 것이다. 이것은 김남주의 시를 우리에게 내면화된 서구의 근대 서정시의 미적 기율로 온전히 이해해서 안된다는 것을 말한다. 그동안 김남주의 시의 미적 결함에 대한 비판의 대부분이 이런 구연적 표현이 갖는 '토착적 모더니티'가 수행하는 '또 다른' 근대의 미학적 정치, 즉 탈식민적 사유와 실천에 바탕을 둔 혁명적 서정에 대한 온당한 비평을 제출하지 못했다는 것이 그 반증이다. 이것은 김남주의 옥중시를 비롯한 여타의 시에서 곧잘 목도되는 노래적 요소와 구연적 요소 등 낭송시의 미적 정치를 소홀히 여긴 채 시 본령이 아닌 주변적인 것으로 논의해왔기 때문이다. 이제 김남주를 포함하

---

26 "'좆돼부렀습니다"로 시작하여 "유신의 잘잘못에 대한 심판은 역사가 할 것이다. 설령 법원이 내게 유죄를 선고한다고 해도 역사는 내게 무죄를 선고할 것이다"로 끝나는 김남주 최후진술은 당대 학생운동가들의 가슴을 흔든 명구로 남아 널리 회자되었다."(김형수, 『김남주 평전』, 191쪽)

27 위의 책, 290~291쪽.

여 구연적 표현의 미적 정치에 적공을 쏟고 있는 문학을 대상으로 한 구미중심의 근대미학의 기율을 표준화의 척도로 들이대는 비평과 결별하자. 그래서 '또 다른' 근대를 기획·모색·실현하는 탈구미중심의 세계문학을 쟁점적으로 새롭게 구성하자. 이 원대하고 담대한 노력이야말로 '혁명전사—시인' 김남주가 체현하고 있는 구연적 표현의 시가 수행하는 혁명적 서정에 감응하고, 혁명적 정동에 공명하며, 구미중심의 근대와 '또 다른' 근대를 향한 꿈꾸기를 중단하지 않는 혁명에 기꺼이 동참하는 일이다.

물론, 여기에는 김남주가 갈고 다듬어 새로 습득해야 할 '토착적 모더니티'에 대한 공부에 열심했던 것을 기억해야 한다. "앞으로 우리의 전통적인 것에 대해서 특히 민중의 애환이 듬뿍 담긴 것, 즉 설화나 민담이나 속담 등에 대해서 노력을 기울여야겠소."[28]라든지, "금년에 우리 민요, 판소리, 민속극에 관해 알아보아야겠소. 시조, 사설시조도요."[29]라는 옥중서신에서도 스스로에게 호남 지역에 한정된 '토착적 모더니티'에 붙잡히는 것을 넘어 서구중심의 근대로부터 밀려나 전통이란 미명 아래 근대와 단절된 채 근대와 교통할 수 없는 과거의 옛것으로만 박물지화하는 고전문학에 대한 공부를 통해 그것이 지닌 구연적 상상력을 자기화하고자 한다.

이처럼 구연적 상상력과 구연적 표현을 향한 김남주의 열심은 옥중번역시 하이네의 「노예선」과 출옥후 발간한 하이네의 정치 풍자시집 『아타 트롤』 및 번역시집 『은박지에 새긴 사랑』(호치민·네루다·푸슈킨·르이레에프·오도예프키·로르카, 김남주 역, 푸른숲, 1995)에 수록된 네루다의 시들에서 만날 수 있다. 이들 번역시에서 적극 수행되고 있는 시적 화자의 구연적 표현은 종

---

28 김남주, 「화로 속의 불씨처럼(1981.1.23.)」, 『김남주 산문전집』, 305쪽.
29 김남주, 「잠자고 있는 자와 눈을 뜨고 있는 자(1983.1.24.)」, 위의 책, 355쪽.

래 묵독으로 음미하는 가운데 세계-내적-존재로서 근대인의 내면적 풍정과 그 정동이 미치는 미의식과 미적 정치를 감응하는 것과 다른 차원의 독서 체험이 요구된다. 지구적 자본주의 세계체제에서 제국주의 지배권력이 주류를 이루는 북반구가 남반구를 식민 대상으로 착취하는 구연적 상상력의 시적 재현을 「노예선」에서 만난다면, 19세기 중반 혁명의 반동정치를 구가하는 독일의 정치와 속류적 경향문학에 대한 신랄한 풍자적 비판의 구연적 표현을 『아타 트롤』에서 만나고, 라틴아메리카를 오랫동안 식민 침탈한 구미 제국에 대한 라틴아메리카 민중의 혁명적 열정과 라틴아메리카 대지를 향한 무한한 사랑에 대한 구연적 상상력의 노래를 네루다의 시편들에서 조우한다. 거듭 강조하건대, 김남주의 혁명은 바로 이러한 구연적 표현의 탈식민의 세계문학과 아주 자연스레 접속하고 있다. 따라서 "김남주의 이름은 이미 그의 시의 선배들인 하이네, 브레히트, 마야콥스키, 네루다의 반열에 올라있다."[30]는 극찬이 괜한 것이 아님을 수긍하자.

그럴 때, 김남주의 시편 중 아마도 현재까지 대중에게 광범위하게 퍼져 애창되고 있는 몇 안 되는 민중가요가 있는데 「함께 가자 우리 이 길을」이 맨 앞자리에 놓인다.

함께 가자 우리 이 길을/투쟁 속에 동지 모아/셋이라면 더욱 좋고/둘이라도 떨어져 가지 말자/함께 가자 우리 이 길을/앞에 가며 너 뒤에 오란 말일랑 하지 말자/뒤에 남아 너 먼저 가란 말일랑 하지 말자/열이면 열사람 천이면 천사람 어깨동무하고 가자/가로질러 들판 산이라면 어기여차 넘어주고/사나운 파도 바다라면 어기여차 건너주고/산 넘고 물 건너 언젠가는 가야 할 길/함께 가

30   염무웅, 「해설 : 순결한 삶, 불꽃같은 언어」, 『아침저녁으로 읽기 위하여』, 푸른숲, 1995, 360쪽.

자 우리 이 길을/서산낙일 해 떨어진다 어서 가자 이 길을/해 떨어져 어두운
길/네가 넘어지면 내가 가서 일으켜주고/내가 넘어지면 네가 와서 일으켜주
고/가시밭길 험한 길 누군가는 가야 할 길/에헤라 가다 못 가면 쉬었다 가자/
아픈 다리 서로 기대며

—「함께 가자 우리 이 길을」 전문

　　민중가요 노래패 '노래를 찾는 사람들'과 '꽃다지'와 가수 안치환 등이 널
리 부르게 되면서 김남주의 이 시는 입으로 입으로 전해지고, 1990년대부
터 한국사회의 각종 시위 현장에서 필수곡으로 불려지고 낭송되고 있다. 시
의 생명력은 이처럼 노래의 본래적 속성을 태생적으로 끌어안고 있어야 하
는 것이다.[31] 김남주가 그토록 부러워했던 네루다의 시가 칠레의 항만 노동
자 앞에서 모두에게 감응되고 노동자의 품으로 파고들어 전신을 떨리게 함
으로써 시와 노동자가 한데 어우러져 비로소 노동자–시의 삶정치가 체현
되듯, 그리하여 김남주가 번역한 프란츠 파농의 『자기 땅에서 유배당한 자
들』(청사, 1978)[32]에서 주목한 '생명적인 요소의 원형'으로서 '리듬'을, 김남주

31　김남주는 생전 마지막 강연이었던 1993년 7월 시와사회사 주최 '여름문학학교'의
　　강연에서 『함성』지 사건 이전 그의 친구 이강과 함께 동학농민혁명지를 답사하고,
　　여수·순천 지역을 답사하던 중 1948년 그 지역에서 유행한 '부용산' 노래의 내력을
　　들려주며 직접 이 노래를 부르고 노랫말을 되새기면서 다음과 같은 시와 노래의 관
　　계를 말한다. "제가 왜 이야기 도중에 노래를 부르냐하면 저는 그렇게 배웠어요. 원
　　래 시라는 것은 노래로써 존재했다 그런 말이 있어요. 그렇죠. 문자 이전에 노래로
　　써 존재했던 것입니다. 이것이 지금 우리 시대에도 적용된다는 거죠. 노래로서 불려
　　질 수 있어야 한다 이거죠. 그냥 그 시가 훌륭하다 이거죠 나는. 노래로서 불려지지
　　않고 읽어도 읽어도 알 수 없는 시 그것은 뭐냐하면 생활의 내용이 없다는 것을 증
　　명하는 거 아닙니까? 그렇죠. 다시 말해서 평이해야 될 어떤 인간의 상상력을 아름
　　다운 언어로 치장하다보니까 공허할 뿐이고 이해가 안 된다는 것이다 이거죠."(김남
　　주, 「시적인 내용은 생활의 내용(1993.7.24)」, 『김남주 산문전집』, 627쪽)
32　애초 김남주가 번역한 파농의 책은 『검은 피부 하얀 가면』이었으나, 제목을 '자기 땅
　　에서 유배당한 자들'로 바꿨다고 한다. 파농 번역에 대해서는 김형수, 『김남주 평

는 바로 이 시에서 구연적 표현으로 절묘히 실현한다. 노래의 위력, 아니 보다 구체적으로 적시하자. '혁명전사─시인' 김남주이기에 이 시가 절로 생성하는 자연스러운 혁명적 서정과 혁명적 정동이 미치는 폭발적 감응력에 대중은 '함께' 걷고, 위로하며, 일으켜 세우고, 이 모든 '함께'하는 민중의 혁명적 실천에 산천초목도 감응하는 우주적 생명의 율동을 노래한다. 김남주가 꿈꾸는 혁명의 길은 이처럼 치명적으로 아름다운 전율을 동반한다. 그래서 김남주의 시는 거듭 상기하건대, 탈식민의 해방과 탈구미중심의 '또 다른' 근대를 꿈꾸는 세계문학을 새롭게 구성하며, 이것은 구연적 상상력과 구연적 표현의 중력의 꽃이며 열매다.

5. 김남주의 세계문학, 혁명의 상상력을 '수행하는'

출옥 후 김남주는 그를 필요로 하는 곳이면 마다하지 않고 그곳에서 '혁명전사─시인'의 삶정치를 '함께' 궁리하며 여전히 혁명의 길을 걷는다.

> 나는 알았다/그날밤 눈보라 속에서/수천수만의 팔과 다리 입술과 눈동자가/살아 숨 쉬고 살아 꿈틀거리며 빛나는/존재의 거대한 율동 속에서 나는 알았다/사상의 거처는/한두 놈이 얼굴 빛내며 밝히는 상아탑의 서재가 아니라는 것을/한두 놈이 머리 자랑하며 먹물로 그리는 현학의 미로가 아니라는 것을/그곳은 노동의 대지이고 거리와 광장의 인파 속이고/지상의 별처럼 빛나는 반딧불의 풀밭이라는 것을/사상의 닻은 그 뿌리를 인민의 바다에 내려야/파도에 아니 흔들리고 사상의 나무는 그 가지를/노동의 팔에 감아야 힘차게 뻗어간다는 것을/그리고 잡화상들이 판을 치는 자본의 시장에서/사상은 그 저울이 계

전』, 307~311쪽.

급의 눈금을 가져야 적과/동지를 바르게 식별한다는 것을

—「사상의 거처」 부분

　지금−여기 주변을 돌아본다. 온갖 첨단의 미디어가 일상 속으로 파고들면서 지식정보의 초과 시대를 살고 있다. 이제 우리 삶의 모든 것은 그것의 참/거짓의 경계 구분과 가치 유무와 아랑곳없이 심지어 그것의 효용성 여부도 따질 필요 없이 미디어를 이용하는 사람들의 접속 과정, 즉 그들의 접속 시간을 분단위 초단위로 쪼개면서 그것에 자본의 상품 논리가 개입하고 이러한 과정을 아무렇지나 않은 듯이 살고 있는 일상이 팽배해 있다. 인터넷 공간의 가상현실과 실제현실 사이의 경계가 무화된 지 오래이며, '노동의 대지'가 거느리는 삶의 구체성을 바탕으로 한 삶정치는 역설적이게도 비현실적으로 다가오는 듯하다. 이런 삶에서 김남주가 노래하고 있는 '사상의 거처'는 어디에 있을까. 물론, 이런 방식의 삶은 지금−여기의 인정물태(人情物態)의 전부는 결코 아니다. 하지만 날이갈수록 미디어의 일상이 자본주의적 세계체제를 진화시키듯, 김남주의 혁명을 다시 톺아보는 것은 '혁명전사−시인'이 불퇴전의 의지로 싸워가며 꿈꿨던, 비록 그것이 당장 눈앞에 실현되지 않더라도 혁명이 그렇듯이, '역사의 예지'가 품은 사회변혁의 전망을 쉽사리 포기할 수 없기에 그렇다. 그런데 오해하지 말자. 김남주가 온몸으로 밀어붙인 전망에의 의지와 수행은 구미중심의 근대가 내장한 일의적(一義的) 근대와 목적론적 역사에 충실한 그런 성격을 갖는 게 아니라 지금까지 살펴봤듯이 '대지'의 도저한 생명력에 바탕을 둔 '토착적 모더니티'의 활력과 율동, 그것의 탈식민의 가치와 삶정치를 공유(共有) 및 분유(分有)하는, 그래서 자본주의적 세계체제와 '또 다른' 세계를 지구별 사람들이 행복하게 사는 데 있다. 이러한 세계문학과 '함께' 가는 길이 바로 '혁명전사−시

　　　　　　　　　　　　　김남주 시인의 삶과 문학 정신

인' 김남주가 '수행하는' 세계문학이다.

여기서 '수행하는'에 주목하고 싶다. 지금까지 내가 논의한 김남주와 세계문학은 김남주의 삶과 시에서 목도했듯이 무엇을 추구해야 할 저 먼 곳에 있는 어떤 닿아야 할 대상이 아니다. 김남주의 삶 속에서 삶과 '함께' 부둥켜안아 씨름해야 할 '수행할 수밖에' 없는 그 무엇이다. 그러므로 김남주에게 세계문학은 호사가들이 갑론을박하는 것처럼 구미중심의 (탈)근대 이론에서 보다 정교해지는 담론도 아니고, 문학제도 중 특히 유수문학상과 출판 및 독서 시장에서 인정받고 품평되는 세계적(?) 문화상품도 아닌, 근대 자본주의적 세계체제에 대한 래디컬한 비판과 부정의 과정 속에서 '또 다른' 세계를 향한 혁명의 상상력을 수행하는 물성 자체다. 김남주의 세계문학은 그래서 미완의 혁명처럼 미완이고 여전히 우리가 함께 궁글어야 할 그 무엇인바, '녹두꽃'이자 '파랑새'며 '들불'이고 '죽창'의 메타포가 지닌 노래로 입술이 달싹거린다.

> 이 두메는 날라와 더불어/꽃이 되자 하네 꽃이/피어 눈물로 고여 발등에서 갈라지는/녹두꽃이 되자 하네
>
> 이 산골은 날라와 더불어/새가 되자 하네 새가/아랫녘 윗녘에서 울어예는/파랑새가 되자 하네
>
> 이 들판은 날라와 더불어/불이 되자 하네 불이/타는 들녘 어둠을 사르는/들불이 되자 하네
>
> 되자 하네 되고자 하네/다시 한번 이 고을은
>
> 반란이 되자 하네/청송녹죽(靑松綠竹) 가슴으로 꽂히는/죽창이 되자 하네 죽창이
>
> ─「노래」 전문

김남주의 해남과 광주, 그리고 시집『농부의 밤』

정민구

1. 두 곳의 공간

김남주의 생애를 정리한 연표를 살펴보면[1], '전라남도 해남에서 가난한 농부의 아들로 태어났다'는 짧은 기록과 우선적으로 마주하게 된다. '농부의 아들'이라는 명명, 그것은 김남주가 스스로 바꿀 수 없었던 자전적 생애에 대한 기술로 읽힌다. 다시 연표를 살펴보면, '광주에서 고등학교를 다니다 입시 위주의 교육에 반대하여 자퇴했으며, 독학으로 공부하여 전남대 영문학과에 입학, 반독재 · 민주화 운동에 주도적으로 참여하다 제적되었고, 사회과학 서점 '카프카'를 개설하여 광주 사회문화 운동의 구심을 이루었으며, 민중문화연구소를 개설하여 초대 회장을 역임하였고, 남민전에 가입하

---

1   특히, 아래 자료에 수록된 김남주의 생애와 연표를 참조하였다. 김남주,『농부의 밤』, 기독생활동지회, 1986 ; 金南柱詩集『農夫の夜』刊行会,『農夫の夜』, 凱風社, 1987 ; 김남주,『조국은 하나다』, 남풍, 1988 ; 강대석,『김남주 평전』, 한얼미디어, 2004 ; 염무웅 · 임홍배 편,『김남주 시전집』, 창비, 2014 ; 김경윤,『선생님과 함께 읽는 김남주』, 실천문학사, 2014 ; 맹문재 편,『김남주 산문 전집』, 푸른사상사, 2015 ; 김형수,『김남주 평전』, 다산책방, 2022.

여 투쟁의 전사로 활동하다 구속, 광주교도소에 수감되었다.'는 다소 긴 기록과 필연적으로 마주하게 된다. '투쟁의 전사'라는 명명, 그것은 김남주가 스스로 바꾸고자 했었던 시대적 현실에 대한 기술로 읽힌다. 흥미롭게도 김남주의 생애/연표에 나타난 이러한 두 가지의 기록을 읽다 보면, 해당 기록의 행간에서 해남과 광주 사이에서 고뇌하지 않을 수 없었을 김남주의 모습을 떠올리게 된다. 그렇게 자신의 생애와 행적 대부분이 새겨져 있을 해남과 광주는 김남주를 돌아보는 자리에서 언제나 중요한 의미를 지닌 공간으로 주목될 필요가 있다.

비교적 최근에 이루어진 연구에서 김남주의 해남과 광주가 다루어지고 있는 한 방식을 엿볼 수 있는 것은 그래서 반가운 일이 아닐 수 없다. 해남의 경우에는 "아버지와 어머니의 숨결을 고스란히 보존하고 있는 농촌 공간", "훼손되지 않은 도달할 수 없는 원형적 고향", "자본주의 논리에 파괴된 공동체"로 다루어지고 있다.[2] 자신의 존재를 부여한 부모의 피와 땀이 뿌려진 농촌 공간, 동시에 유년의 기억과 문학의 원체험을 가능하게 하는 원형적 고향, 자본주의 논리의 폭력에 속절없이 짓밟히고 파괴된 공동체의 이미지 속에서 김남주의 해남을 읽어낼 수 있는 것이다. 그런가 하면, 광주의 경우에는 "역사의 현장", "5·18 광주민주화혁명"의 그곳, "조작된 역사의 진실" 품고 있는 공간[3]으로 다루어지고 있다. 친우인 이강과 함께 역사적 투쟁을 시작해 나간 현장, 야만적인 군부독재에 저항하여 5·18민주화운동이 일어난 그날의 그 거리, 왜곡되고 감추어진 역사의 진실로 인하여 고통받고 있는 공간의 이미지 속에서 김남주의 광주를 또한 읽어낼 수 있는 것이다.

---

2   안리경, 「김남주 서정시에 나타난 민중적 연대와 역사의식 양상」, 『춘원연구학보』 제19호, 춘원연구학회, 2020, 194쪽.
3   위의 글, 199쪽.

이상에서 언급한 것처럼, 김남주의 생애/연표에 나타난 기록을 검토하여 그에게 있어서 해남과 광주가 갖는 상징적 의미를 탐구할 필요가 있다. 해남에서 농부의 아들로 자란 김남주는 농촌의 삶을 통해 노동과 가난을 체험하며, 문학적 원형 혹은 정치적 (무)의식을 형성해 나갔다. 아울러 광주에서 그는 사회운동가로서의 정체성을 확립하면서 독재에 맞선 저항과 혁명의 투쟁을 실천해 나갔다. 특히, 김남주의 시적 세계는 농촌에서 겪은 체험은 물론이며 광주에서의 정치적 투쟁과 긴밀하게 연결되어 있다는 점에서, 해남과 광주라는 두 축을 중심으로 그의 생애를 살펴보는 것은 농민 운동가이자 정치적 전사로서의 삶을 살아간 시인의 시적 세계에 대한 깊이 있는 이해에 도움이 되리라 생각한다. '농부의 아들'이라는 자전적 배경과 '투쟁의 전사'라는 정치적 실천 사이에서, 김남주는 끊임없이 두 공간을 오가며 시대적 고뇌와 맞서 싸웠다. 이러한 점에서 해남과 광주는 지리적 공간을 넘어, 김남주가 자신의 정체성을 구축하고 실천해 나간 상징적 공간으로 재조명될 필요가 있다.

　이 글에서는 김남주의 해남과 광주에 대한 본격적인 연구를 추동하기 위한 예비적 차원에서의 검토를 시도하고자 한다. 해남과 광주에 대해 들춰보는 일은 김남주의 정치적 실천과 시적 세계를 연결할 수 있는 유용한 작업이 될 수 있으리라는 관점에서 우선 여러 지면에 기록된 그의 생애/연표를 검토하였다. 그러한 검토의 과정에서 시집 『농부의 밤』[4]에 대한 내용이 생애/연표에 기록되어 있지 않다는 것을 확인하게 되었다. 기록된 생애/연표의 내용과 맥락에 따르자면, 국내판 『농부의 밤』이 있어야 하는 자리는 첫

4　시집 『농부의 밤』은 '기독생활동지회'에서 간행한 것으로 추정되며, 표지, 차례, 수록된 작품 72편 외에 다른 내용은 전혀 포함되어 있지 않다. 이후 본문에서는 국내판 『농부의 밤』으로 명칭한다.

번째 시집 『진혼가』(청사, 1984)와 두 번째 시집 『나의 칼 나의 피』(인동, 1987)
사이가 된다. 시집 『나의 칼 나의 피』는 김남주가 전주교도소로 이감된 이후
에 출간된 것이지만, 해당 시집에 수록된 시들은 모두 광주에서 쓰여진 것
들이다.[5] 그런 점에서 해남과 광주에서 이루어진 김남주의 정치적 실천과
시적 세계를 잇는 데 있어서 시집 『농부의 밤』은 주목을 요한다.

2. 두 권의 시집

김남주는 1974년 『창작과 비평』 여름호에 「잿더미」 등 7편의 시를 발표하
면서 시인으로 등단하였다. 그는 당시에 발표한 시들에 대해 "농민의 참상
을 노래하면서 나 자신의 무기력함과 자책감, 온몸으로 싸우고 조직적, 물
리적으로 투쟁 일선에 나서야 한다는 당위성을 노래한 것"[6]들이었다고 술회
하였다. 등단할 때부터 그는 민중의 참상에 대한 투쟁과 혁명을 시 쓰기의
목적으로 삼은 시인이었다는 것을 알게 한다. 시 쓰기의 목적은 정치적 실
천으로 구체화되었고, 1979년 김남주는 '남민전' 사건의 주모자로 구속되어
이듬해 재판을 받고 15년의 실형이 확정되어 광주교도소에 수감되었다. 감
옥 속에서 김남주는 의욕적인 창작활동을 지속하였으며, 면회를 온 지인 등
을 통해 자신의 시를 바깥의 현실 속으로 지속적으로 내보냈다. 그러한 과
정에서 1984년 첫 시집 『진혼가』가 출간되었으며, 광주의 장안회관에서 저

5   "광주에서 내가 써 보낸 시들 중 『나의 칼 나의 피』에 끼지 않는 것이 광숙이나 또 다
     른 사람에게 몇 편이나 있는지 꼭 알아야겠습니다." 김남주, 「부르주아 정치의 본색
     과 무기한 단식 계획」, 맹문재 편, 『김남주 산문 전집』, 푸른사상사, 2015, 452쪽.
6   김남주, 「시인은 사회변혁의 주체」, 『시와 혁명』, 나루, 1991, 222쪽.

자 없는 출판기념회가 열리기도 하였다. 시인은 줄곧 옥중에 있었으므로 존재의 불확실성이 컸으나, 시인의 목소리가 담긴 시집이 현실에 모습을 드러내면서 김남주라는 시인의 존재에 대한 확실성이 강화될 수 있는 계기가 마련되고 있었다. 기왕의 여러 평자들이 언급해 왔던 것처럼, 첫 시집『진혼가』에서부터 김남주라는 시인의 이미지와 목소리는 분명하게 각인되어 있었던 까닭이다.

첫 시집이 나온 지 3년 후인 1987년 9월 17일 민족문학작가회의 창립 총회에서는 김남주에 대한 석방 촉구 결의문을 채택하였고, 세계 펜대회 등 해외의 문학 단체에서도 한국의 구속 작가에 대한 인권 문제가 공론화되었다. 이러한 시대적 분위기 속에서 김남주의 두 번째 시집『나의 칼 나의 피』(1987)가 출간되었다. 그런데 이 시집이 출간된 것은 김남주가 전주에 있었을 무렵이다. 그는 1986년 9월 광주교도소에서 전주교도소로 이감되었던 것이다. 말하자면 해당 시집은 전주로 이감된 지 1년 만에 출간된 것인데, 이 무렵 출간된 김남주의 시집은 그것만이 아니었다. 같은 해에 일본에서 시집『農夫の夜』(凱風社, 1987)[7]이 출간되었던 까닭이다. 해당 시집에 수록된 김남주 연표는 전주교도소로의 이감이 있었던 1986년의 사항을 마지막 기록으로 두고 있다. 그렇게 보았을 때, 김남주가 옥중에 있을 때 출간된 시집은『진혼가』(1984)─일본어판『농부의 밤』(1987)─『나의 칼 나의 피』(1987)로 정리될 수 있다. 그런데 일본어판『농부의 밤』에 수록된 김남주 연표의 말미에는 "1986년 가을 '기독생활동지회'에서 발행한『김남주 농부의 밤』에 실린「김남주 연표」에 기반한 것"이라는 문구가 기입되어 있다. 이는 일본에

---

7   金南柱詩集『農夫の夜』刊行会,『農夫の夜』, 凱風社, 1987. 이후 본문에서는 일본어판『농부의 밤』으로 명칭한다.

서『농부의 밤』이 출간되기 이전에 국내에서 먼저『농부의 밤』이라는 동일한 제목의 시집이 출간되었다는 것을 알게 한다. 그러나 기왕에 출판된 김남주 관련 시집 및 서적들에 수록된 연표들에서는 일본어판『농부의 밤』에 대한 기록은 찾아볼 수 있지만 국내판『농부의 밤』에 대한 기록은 찾아볼 수 없다.

그렇다고 해서 국내판『농부의 밤』에 대한 기록이 전무했다고 볼 수만은 없다. 다음과 같이 해당 시집에 대한 언급을 확인할 수 있는 지면들이 보이는 까닭이다.

> 엄혹한 시대 상황 속에서 이 시집[『나의 칼 나의 피』(1987)]의 출간은 하나의 사건이었습니다. 광주와 전주 교도소에서 비밀리에 집필된 그의 시들은 학생 운동권 출소자들에 의해 세상 밖으로 유출되었고, 저자 이름도 없이『농부의 밤』이라는 소책자 시집으로 이미 출간되어 독자들의 사랑을 받고 있었습니다.[8]

> 『농부의 밤』은『진혼가』이후에 지하출판 형식으로 발간된 시집이다. 여기에 수록된 시들은 대부분『나의 칼 나의 피』(도서출판 인동, 1987)에 재수록되어 있다.[9]

이러한 언급들은 국내판『농부의 밤』이 김남주가 옥중에 있을 때 출간된 첫 시집『진혼가』이후의 시집이라는 점과 다른 시집들과는 다르게 '지하출판'의 형식으로 발간된 시집이라는 점을 알게 한다. 그런 점에서 국내판『농부의 밤』(1986)은『진혼가』(1984)와 일본어판『농부의 밤』(1987),『나의 칼 나의 피』(1987)의 사이를 잇는 시집으로 보아도 무리가 없어 보인다. 국내판『농

---

8   김경윤,『선생님과 함께 읽는 김남주』, 실천문학사, 2014, 52쪽.
9   위기철,「단호함의 시정신—김남주의 시세계」,『김남주론』, 광주, 1988, 92쪽.

김남주 시인의 삶과 문학 정신

『농부의 밤』국내판 표지
(©민주화운동기념사업회)

『농부의 밤』일본어판 표지
(©Amazon.co.jp)

부의 밤』에 수록된 시들 대부분이『나의 칼 나의 피』에 재수록되어 있다는 점에서 두 시집을 별도로 언급하는 일의 필요성이 간과될 수도 있으리라 여겨지지만, 재수록되지 않은 시들이 또한 존재한다는 점에서 각 시집에 대한 독립적인 언급이 필요해 보인다. 그런 점에서 대부분의 자료에 수록된 김남주 연표에서 해당 시집에 대한 사항이 누락되어 있다는 점은 흥미로운 일이며, 저간의 사정에 대한 검토와 정리의 필요성이 또한 제기된다.

김남주의 생애/연표에 기록되어 있는 것은 아니지만, 일본어판『농부의 밤』이 국내판『농부의 밤』을 참조하여 출간되었다는 점과 김남주와 관계된 이들의 글에 내비친 언급 등을 보면, 국내판『농부의 밤』에 대한 세간의 관심이 상당했던 것으로 보인다. 그럼에도 기왕의 연구 성과들에서 해당 시집의 실체를 확인하고 공론화한 사례를 찾아보기 어렵다는 점은 의아한 일이 아닐 수 없다. 그런 점에서 2019년 김남주의『농부의 밤』을 발굴하고 원문과 함께 지면에 공개한 사례는 눈길을 끈다. 해당 지면에는 시집의 원문과 함께 다음과 같은 해제가 붙어 있어 국내판『농부의 밤』의 실체를 탐색하는 데 도움을 준다.

> 그[김남주]가 1984년과 1987년에 낸 두 시집『진혼가』와『나의 칼 나의 피』 사이에 나온 것으로 추정되는 그동안 잘 알려지지 않은 자료가『농부의 밤』이 다…『농부의 밤』은 정식 책으로 출판된 것이 아닌 자료집 형태로 발행되었다. 『농부의 밤』에 실려있는 시들로 보아『나의 칼 나의 피』가 나오기 전에 발행된 것으로 추정된다. 여기에는 시 72편과「김남주 연보」가 자세하게 수록되어 있 다…일본어판 시집『농부의 밤』이 개풍사에서 일본어판으로 출간된 후 김남주 는 일본 펜클럽명예회원으로 추대되었다. 따라서 이 자료집『농부의 밤』은 일 본어판과 동일한 한국어판으로 추정된다. 다만 시기가 일본어판『농부의 밤』이 나오기 전에 먼저 나온 것인지 아니면 일본어판이 나온 후 한국어판인지는 확 인되지 않았다.[10]

이상의 내용을 참조하여 국내판『농부의 밤』과 일본어판『농부의 밤』을 검 토한 결과, 다음과 같은 사항을 확인할 수 있었다. 첫째, 판권 사항이 없어 간행 시기를 추정할 수밖에 없었던―"1984년과 1987년에 낸 두 시집 『진 혼가』와『나의 칼 나의 피』 사이에 나온 것으로 추정되는"―국내판『농부의 밤』 의 출간 시기가 일본어판『농부의 밤』에서 '1986년 가을경'으로 언급되고 있 다.[11] 둘째, 마찬가지로 판권 사항이 없이 제본된 자료집의 형태―"비매품 책자"[12] 또는 '지하출판 형식'―로 배포되었기 때문에 "언제 어떻게 발행되

---

10 이동순,「김남주의 옥중시와 자료집『농부의 밤』」,『한국지역문학연구』 8권 1호, 한 국지역문학회, 2019, 118쪽.

11 金南柱詩集『農夫の夜』刊行会, 앞의 책, 120쪽.

12 『농부의 밤』은 "비매품 책자로 출간 연도를 알 수 없음. 책에 수록된 '김남주 연표'가 1984년 12월까지 되어 있는 것으로 보아 그 이후로 보임."『김남주 산문 전집』, 245

없는지 확실하지 않다"는 점을 재차 확인하였다.[13] 셋째, 국내판『농부의 밤』
에는 기존에 발표된 16편의 시를 포함하여 총 72편의 시가 수록되어 있다.[14]
넷째, 국내판『농부의 밤』(1986)보다 한해 늦게 출간된 일본어판『농부의 밤』
(1987)은 언뜻 국내판『농부의 밤』과 동일한 시집처럼 보이지만,『진혼가』에
서 시 24편,『민족의 문학, 민중의 문학』에서 시 3편, 편지 1편, 국내판『농
부의 밤』에서 시 25편,『이렇게 시퍼렇게 살아』(한마당, 1986)에서 시 13편, 문
익환, 박석무의 글 2편,[15] 남민전 사건 및 한국현대사 관련 글 2편 등이 수록
되어 있다는 점에서 두 시집을 동일한 시집으로 보기는 어렵다. 그런 점에
서 일본어판『농부의 밤』은 이전까지 발표된 김남주의 작품을 종합한 선집
형태의 시집으로 보는 것이 적절해 보인다.[16]

쪽.

13 참고로 간행 주체에 대해 땅끝순례문학관은 다음과 같이 기록하고 있다. "〈기독생
    활동지회〉라는 표기뿐 실제 시집을 발행한 주최나 단체의 명칭을 정확하게 알기 어
    렵다. 72편의 시와 김남주 시인의 연표를 싣고 있을 뿐, 흔한 발간사나 해설 등이 없
    이 발간되었다. 백련재 문학의 집 입주작가인 송기원 선생님께 문의한 결과 당시 시
    국상태가 김남주의 시집을 쉽게 발간하기 어려운 상황이었고, 소모임 형태 즉 기독
    교단체 등이 주로 김남주 시인의 의식과 시를 공부하기 위해 단체 등에서 발간했을
    거라는 대답을 들었다." 한국문학관협회—지역문학관 이야기—땅끝순례문학관
    —스토리텔링(5), http://www.munhakwan.com/file_view.html?uid=469[검색일 :
    2024.09.14.]

14 국내판『농부의 밤』에 수록된「녹두의 피와 넋을 되살려라!」는 현재 산문으로 분류되
    고 있기에, 해당 시집에는 시 71편, 산문 1편이 수록되어 있다고 보는 것이 적절해
    보인다. 참고로,「녹두의 피와 넋을 되살려라!」는 가톨릭 농민 활동 프로그램에 '녹
    두위령제'를 넣고 싶다는 이강의 부탁을 받고 동학군의 진군로를 답사하면서 느낀
    감동을 쓴 글이다. 김형수,『김남주 평전』, 다산북스, 2022, 292-293쪽.

15 문익환의「너무 뜨겁게 진실한 사람」과 박석무의「시인 김남주의 데뷔 무렵」은 첫 시
    집『진혼가』(청사, 1984)에 수록된 발문 형식의 글이다.

16 일본어판『농부의 밤』출간에 관한 저간의 사정에 대해서는 해당 시집의「후기」를 참
    조할 수 있다. "1984년 12월에 그의 초기 시를 중심으로 모은 시집『진혼가』가 출판
    되고, 1985년 2월에는 자유실천문인협의회의『민족의 문학, 민중의 문학』에서「옥

3. 두 개의 목적

앞서 국내판『농부의 밤』과 일본어판『농부의 밤』을 비교/대조하여 몇 가지 사항을 확인하고 덧대어 보았다. 그러나 확인이 필요한 사항이 또한 남아 있다.

> 『농부의 밤』은 '기독생활동지회'가 발행한 것으로 되어 있다. '기독생활동지회'는 해남과 광주에서 김남주와 함께 활동하였던 이들이 아닐까 한다.[17]

국내판『농부의 밤』은 정식으로 출판된 시집이 아니라 제본된 자료집의 형태로 배포되었던 까닭에 판권 사항이 전무하며, 표지에 '기독생활동지회'라는 명칭만이 표기되어 있어 간행 주체에 대한 정보를 구체적으로 확인할 수 없다. 예의 인용문에서처럼, 이들은 해남과 광주에서 김남주와 함께 활동했던 동지들일 것으로 추정된다. 잘 알려져 있는 것처럼, 김남주는 1976년 광주에 열었던 '카프카 서점'을 정리하고, 이듬해 해남으로 내려가 농민 정광훈, 홍영표, 윤기현 등을 만나 그들과 함께 '해남농민회'를 결성하였으며[18], 이는 '한국기독교농민회'의 모체가 되었다. 또한 당시 해남에 내려와 있던 소설가 황석영과 함께 '사랑방 농민학교 운동'을 시작하였는데, 이 무렵의 농민운동은 해남 YMCA와 무관하지 않았으며, 이러한 활동은 다시

중 시인 김남주」로 특집이 마련되었으며, 1986년 3월에는『이렇게 시퍼렇게 살아—옥중 시인 미발표 시집』에 포함되는 등, 연이어 그의 시가 공개되면서, 이들을 하나로 묶어 김남주 시집을 번역 출판하자는 이야기가 나왔다." 金南柱詩集『農夫の夜』刊行会, 앞의 책, 222쪽.

17 이동순, 앞의 글, 118쪽.

18 이후 정광훈은 기독교농민회 초대 총무, 홍영표는 해남농민회 회장, 윤기현은 기독교농민회 홍보부장을 맡아 활동하게 된다.

김남주 시인의 삶과 문학 정신

광주에서의 '민중문화연구소' 개설로 이어졌다..김남주가 초대 소장을 맡은 민중문화연구소의 개소 기념회는 광주 YMCA에서 개최되었다. '기독생활 동지회'는 이러한 행적의 흐름 안에서 만나고 교유한 인물들이었을 것으로 보이지만, 그 면면은 김남주에 대한 기왕의 연구들에서 여전히 확인되지 않은 채로 남아 있다.

그런데 국내판『농부의 밤』은 간행 주체와 일자를 알 수 없는 '비매품 자료집'이자 '지하출판 형식'의 소책자에 불과한 것이었지만, 그 안에 수록된 「김남주 연표」는 당시에 출간된 다른 어떤 간행물들과 비교해 보아도 손색이 없을 만큼 김남주의 생애와 행적을 시간순으로 자세하게 기술하고 있다는 점에서 주목을 끈다. 달리 말하자면, 국내판『농부의 밤』은 '누가 어떻게 이 시집을 세상에 내놓게 되었는가'에 대해서는 분명하게 알려주고 있지 않지만, '김남주라는 시인이 누구인가'와 '김남주가 쓴 시들은 무엇인가'에 관해서는 분명하게 알려주고 있다는 것이다. 첫 시집에 수록된 시들과 그 이후에 쓴 시들을 수록하고 있다는 점에서 시들에 대한 정보를 알려주고 있으며, 아울러 시인에 관한 정보는 통상 연표를 통해 전달되기 마련인데 바로 그 연표에 상당한 공을 들이고 있다는 점을 보아서 그렇다. 특히, 다음과 같은 대목 등에서 국내판『농부의 밤』이 시인에 관해 상당히 많은 정보를 제공하려고 했다는 것을 알 수 있다.

① 광주일고를 거쳐 전남대 영문학과 수학

② 해남 삼산 국민학교와 해남중학교를 거쳐 1964년 광주 제일고등학교에 입학. 당시 고교의 획일적인 교육 분위기에 견디지 못하고 2학년 때 자퇴. 당시 죽마고우였으며 이후 끊임없는 민주화운동에 동지로서 뜻을 함께하게 된 친우 이강과 어울림.

① 1977년 해남에서 정광훈·홍영표·윤기현 등과 농민운동 전개하고 황석영·최권행·김상윤 등과 함께 광주에서 '민중문화연구소' 개설. 같은 해『자기 땅에서 유배당한 자들』(프란츠 파농) 번역, 출간.

②́ 1977년 재차 고향 해남에 귀향. 농사를 지으며 농민 정광훈, 홍영표, 윤기현을 만나게 되었고 이 무렵에 하향한 소설가 황석영을 만나 '사랑방 농민학교' 운동을 시작함. 그리하여 이 지역 최초의 농민운동을 활성화하는 한편 해남 와이앰씨에이와 함께 지역문화운동의 단초를 여는 '제1회 해남 농민잔치'를 계획 실행하게 됨. 황석영, 최권행, 김상윤과 함께 '민중문화연구소'를 개설하고 광주 YWCA에서 민중문화연구소 개소 기념 문화제를 가짐. 같은 해 프란츠 파농의 명저『자기 땅에서 유배당한 자들』을 번역, 출판.

①과 ①́는 1984년과 1987년에 간행된 첫 번째 시집『진혼가』와 두 번째 시집『나의 칼 나의 피』에 기술된 연표이며, ②와 ②́는 1986년에 간행된 것으로 추정되는 국내판『농부의 밤』에 기술된 연표이다. 사실상 "고교의 획일적인 교육 분위기에 견디지 못하고", "죽마고우였으며 이후 끊임없는 민주화운동에 동지로서 뜻을 함께하게 된" 등은 시인 자신이나 시인의 곁에서 활동했던 이의 직접적인 술회를 바탕에 두지 않는다면 기술하기 쉽지 않은 내용이다. 그런 점에서 국내판『농부의 밤』을 간행한 발행 주체는 김남주와 평소에 교유가 있었거나 이전부터 상당히 밀접한 관계에 있었던 이들로 추정된다. 아울러 이들 발행 주체는 김남주가 광주교도소에서 전주교도소로 이감되는 1986년 가을에 맞춰 국내판『농부의 밤』을 간행하였는데, 이러한 사정은 국내판『농부의 밤』을 통해 김남주의 시가 무엇인지를 알리려는 목적과 함께 김남주라는 시인이 누구인가를 알리려는 목적을 또한 지니고 있었으리라는 추정을 가능하게 한다.

한편, 일본어판『농부의 밤』에는 당시 도쿄에 머물고 있던 황석영의 발문

「대지의 아들—김남주 시인」[19]이 수록되어 있다. 그렇다면 황석영이 시집의 간행에 관여했을 가능성을 추정해 볼 수 있겠으나, 후기에 기술된 다음과 같은 내용을 볼 때 적어도 황석영은 일본어판『농부의 밤』에 직접적으로 관여하지는 않았으리라 여겨볼 수 있다.

> 이 책[일본어판『농부의 밤』]의 번역 · 편집은 "남민전 사건"의 구원 운동에 관여한 사람들을 중심으로 진행되었지만, 그 외에도 많은 분들의 협력을 얻었다. 특히 이 책을 위해 바쁜 와중에도 특별히 기고해 주신 황석영 씨, 가지무라 히데키 씨, 나카야마 유키오 씨, 번역 작업을 함께 해주신 분들, 그리고 번역본을 읽어보시고 이해되지 않는 부분을 친절하게 설명해 주신 강순 씨와 문화연구소 여러분께 진심으로 감사드린다…덧붙여, 이 책의 구성 및 수록된 시의 선택은 모두 우리의 판단에 따른 것이다. 김남주가 아직도 옥중에 있기 때문에, 번역에 관한 의문점 등에 대해서도 안타깝게도 그와 상의하면서 만들 수 없었다.

당시 황석영은 도쿄에 머물고 있다가 일본어판『농부의 밤』간행위 측의 요청으로 발문을 작성하게 된 것으로 보인다. 일본어판『농부의 밤』은 "'남민전 사건'의 구원 운동에 관여한 사람들을 중심으로 진행"되었으며, 한국의 정치 · 사회 및 민주주의에 관심을 기울인 인사들과 한국의 시집을 번역해 왔던 강순(姜舜)[20] 등의 협력 작업을 통해 간행되었다는 것을 알 수 있다.

---

19 황석영, 「大地の息子—金南柱詩人」, 『農夫の夜』, 凱風社, 1987, I~XII쪽.
20 강순(1918~1987)은 재일 시인으로 해방 이후 허남기, 남시우와 함께 재일 디아스포라 시문학 형성에 중요한 역할을 했다. 특히, 1960~70년대 남한의 진보적 시인들의 시집을 일본어로 번역하여 소개했는데, 번역한 시인으로는 김지하, 양성우, 신경림, 김수영, 신동엽, 조태일, 이성부 등이 있다. 이에 대해서는 아래의 자료를 참조할 수 있다. 하상일, 「재일 디아스포라 시인 강순 연구」, 『한국문학논총』 제53집, 한국문학회, 2009 ; 엄동섭 · 염철, 「1970년대 강순의 현대 한국시 번역 활동」, 『근대서지』 제23호, 근대서지학회, 2021.

앞서 언급한 것처럼, 국내판『농부의 밤』과 일본어판『농부의 밤』은 시집의 편제에서 상당한 차이를 보이고 있으므로 서로 다른 두 개의 시집으로 간주하더라도 문제는 없어 보인다. 그런데 일본어판『농부의 밤』의 간행 일자는 1987년 4월 25일이고, 국내판『농부의 밤』의 간행 일자는 1986년 가을로 추정된다. 즉, 국내판 시집이 출간되고 나서 다시 한해를 넘겨 일본어판 시집이 출간되었던 것이다. 이 경우, 나중에 출간된 일본어판에 수록된 김남주의 연표에는 먼저 출간된 국내판의 연표 내용을 바탕으로 지나간 한해 동안의 행적이 덧대어 있으리라고 여겨지기 마련이다. 실제로 일본어판에 수록된 연표에서 1984년도는 국내판 연표의 내용을 그대로 따르면서 해당 연도 당시의 국내 정세를 부기하였으며, 1985년도는 국내 정세만을 덧대었고, 1986년도는 김남주의 이감 상황과 함께 국내 정세를 덧대고 있다. 말하자면 국내판『농부의 밤』과 일본어판『농부의 밤』은 김남주의 시작품을 수록하고 있을 뿐만 아니라 시인의 생애/행적을 구체적으로 기술하고 있다는 점에 있어서도 서로 동일한 방식을 취하고 있다. 아울러 일본어판『농부의 밤』이 출간된 이후 김남주가 일본 펜클럽명예회원으로 추대되었다는 점 등을 고려한다면[21], 일본어판의 출간도 김남주 시인을 알리려는 목적을 또한 담고 있었던 것으로 보인다.

이상과 같은 맥락에서, 국내판『농부의 밤』과 일본어판『농부의 밤』은 오랜 수감 생활로 인해 자칫 잊혀질 수 있는 옥중시인 김남주가 쓴 시들을 수록하기 위해 한국과 일본에서 긴급하게 출간한 자료집 혹은 시선집이면서, 여전히 '농부의 밤'을 보내고 있는 김남주라는 시인을 보다 널리 알리기 위해 혹은 구원하기 위해 시인의 생애/행적을 구체적으로 기록함으로써 시와

---

21 이동순, 앞의 글, 118쪽.

더불어 시인의 존재까지를 바깥세상에 알리기 위한 실천적 수행의 한 사례에 해당한다고 말할 수 있다.

4. 두 공간, 두 시집, 두 목적 그리고 하나의 존재

김남주의 연표를 다시 들춰보면, 그가 여러 차례 해남과 광주를 오갔다는 사실을 알게 된다. 1946년 해남에서 빈농의 아들로 태어난 그는 삼산국민학교와 해남중학교를 마치고, 1964년 광주 제일고등학교에 입학하였다. 획일적인 교육 방식에 저항·자퇴하고, 독학으로 공부하여 1968년 광주 전남대학교 영문학과에 진학하였다. 대학 시절에는 3선개헌반대, 교련반대 운동 등 반독재 민주화투쟁에 앞장섰으며, 1972년 유신이 선포되자 죽마고우인 이강과 함께 반유신운동의 지하신문『함성』을 제작·배포하였다. 1973년 전국적인 반유신 투쟁을 위해 이강과 함께 지하신문『고발』을 제작·배포 과정에서 적발되어 구속되었으며, 1974년 집행유예로 석방되었다. 해남에 내려간 그는 농민 문제에 깊은 관심을 쏟기 시작했으며,『창작과비평』에「잿더미」등의 시를 발표하여 등단하였다. 1975년 광주에 '카프카 서점'을 개설하여 사회과학 공부와 후배 교육에 힘을 쏟았다. 경영난으로 서점을 폐업하고 1977년 해남에 귀향하였다. 해남에서 농민 정광훈, 홍영표, 윤기현과 교유하고, 소설가 황석영을 만나면서 농민 문화운동을 시작하였다. 1977년 황석영, 최권행, 김상윤과 함께 광주에 민중문화연구소를 개설, 초대 소장을 역임하였다. 민중문화연구소 내의 독서회에 대한 당국의 수사를 피해 서울로 상경했다가 남민전에 가입하였다. 1979년 주범으로 구속되어 15년형을 선고받고 광주교도소에 수감되었다. 이처럼 해남과 광주라는 두 공간을 끊임없이 오갔던 김남주는 사실상 자신의 온몸을 역사적 현실과 싸우는 데 바치려 했던 하나의 존재였다고 말할 수 있다.

1986년 9월 김남주는 전주교도소로 이감되었다. 국내판『농부의 밤』이 간행된 시기는 바로 그 무렵으로 추정된다. 국내판『농부의 밤』(1986)과 일본어판『농부의 밤』(1987)에는 시「농부의 밤」,「농민의 일」등 농민을 직접적으로 표제화한 시가 수록되어 있다. 시「농부의 밤」,「농부의 일」은 국내판이 간행되기 한 해 전, 일본어판이 간행되기 두 해 전, 창작과비평사에서 간행된 16인 신작 시집『그대가 밟고 가는 모든 길 위에』(1985)[22]에 먼저 수록되었다. 말하자면 비매품 자료집 혹은 지하출판물의 형태로 국내판『농부의 밤』이 간행되어 배포되기 이전에 동일한 표제의 시「농부의 밤」은 이미 대중출판물의 지면에 실려 유통되고 있었던 것이다. 그렇게 보았을 때, 국내판의 표제인 '농부의 밤'은 그것과 동일한 제목의 시「농부의 밤」에서 가져왔을 공산이 크다.[23] 또한 일본어판『농부의 밤』은 국내판의 제목을 그대로 따르고 있다. 두 권의 시집은 비록 세부적인 편제는 다르지만, 동일한 표제를 사용하고 있으며「농민의 밤」,「농민의 일」등 농민 계열의 시 작품을 동일하게 수록하고 있다. 말하자면 국내판 시집과 일본어판 시집은 두 권의 시집이면서 또한 하나의 시집이기도 하다.

---

22 여기에 수록된 시들은 김남주라는 본명 대신 김솔연(金率然)이라는 가명으로 발표되었다. "우두둑 우두두두둑/느닷없이 한밤중에 쏘내기 쏟아지고/잠귀 밝은 할머니 젤 먼저 들어/소리친다/비 온다 아그들아 내다봐라/웃통바람 애비는 가래 들고 들로/속곳바람 에미는 덕석 말아 헛간으로/눈 비비고 손주놈은 소 몰아 마구간으로/아 여름밤 쏘내기여 고단한 농부의 잠이여"(「농부의 밤」전문). 신경림·이시영 편,『그대가 밟고 가는 모든 길 위에』, 창작과비평사, 1985, 59쪽.

23 김남주의 첫 번째 시집『진혼가』의 표제가 시「진혼가」에서, 두 번째 시집『나의 칼 나의 피』의 표제가 시「나의 칼 나의 피」에서 비롯되었다는 점과 비슷한 사정이다.

두 권의 시집은 동일하게 "농부의 밤"이라는 표제를 취택하고 있는데, 이는 다음과 같은 추정을 가능하게 한다. '농부의 밤'은 부정적 상황에 대한 비유이다. 그런데 국내판『농부의 밤』의 표제를 다시 돌아보면, 해당 표제가 "김남주 농부의 밤"으로 표기되어 있다는 것을 알게 된다. 그러한 표제는 밤의 시간을 보내고 있는 곧 부정적 상황을 겪고 있는 대상으로서 '민중'을 의미화하기에 앞서, 감옥에서 밤의 시간을 보내고 있는 '농촌의 시인' 김남주를 시급하게 지시할 수 있게 한다. 그럴 경우, 국내판『농부의 밤』이 이전의 다른 간행물들과 다르게 김남주의 연표를 구체적으로 기술하여 내보이고 있다는 점은 여기에 대한 방증으로 작용한다. 또한, 숫자가 매겨진 시인의 행적[24]은 그것을 따라 읽는 과정에서 읽는 이들에게 김남주가 지금까지 겪어 왔을, 그리고 지금까지도 겪고 있는 '밤의 시간'을 순차적으로 전달하는 기능을 하게 된다.

  생애/연표를 애써 참조하지 않더라도 김남주에게 있어서 시인과 농부는 상징적 차원에서 하나의 존재로 통합된다. 시인이 역사적 현실을 기록하고, 현장에서 앞장서 싸우는 '전사'의 역할을 한다면, 농부는 구체적인 현장에서 땀과 노동으로 싸우는 '전사'를 상징한다. 두 권의『농부의 밤』에 수록된 '농민' 계열의 시들은 김남주가 대상으로서 농민의 삶을 묘사한 것이 아니라 자신의 정체성을 결합시킨 하나의 존재로서 농민의 삶을 표현한 것임을 알게 한다. 이러한 측면에서 표제가 된 '농부의 밤'은 '시인/전사의 밤'일뿐만 아니라, '농민/민중의 밤'이기도 하다.

  다시 돌아보자면, 국내판『농부의 밤』이 정식 출판물이 아니라 지하출판의

---

24 국내판『농부의 밤』에서는 다른 출판물과 다르게 연표의 세부 내용 앞에 숫자 표기가 되어 있다.

형태로 제작되어 배포되었다는 점은 김남주가 추구했던 문화운동의 맥락을 따르고 있다는 측면에서도 주목될 필요가 있다. 김남주가 이강과 함께 만들었던 지하신문『함성』과『고발』을 잇는 지하출판의 한 형태를 통해 단순한 문학 작품이 아니라 저항과 투쟁의 도구로서 시가 사용될 수 있음을 보여주고 있는 까닭이다. 시집이 비밀리에 배포되고, 민중의 저항을 담은 유인물처럼 읽혔다는 사실은 김남주가 남민전에 가입하여 투쟁의 방향을 달리한 것이 아니라, 오히려 그 투쟁의 방향을 넓히고 깊이 있는 문화적 저항의 방법을 실천한 것으로 해석할 수 있다. 말하자면 국내판『농부의 밤』은 옥중의 김남주를 대신하여 그의 정치적 실천을 바깥 현실에서 수행해 보인 것이다. 일본어판『농부의 밤』이 국내판의 표제를 그대로 따른 것은 그런 측면을 고려한 것으로 볼 수 있다. 해당 시집에 실린 다음과 같은 논평을 보아서도 그렇다.

> 김남주의 존재 형태의 큰 변화, 다시 말해 시인이자 대중적 농민 활동가로서의 김남주와 '남민전'과 함께 싸우는 '전사'의 모습을 연결하는 것, 그것이 그가 반년 사이에 내렸을 결심일 것이다. 급격한 상황의 변화 속에서, 늘상 마주쳤을 투쟁의 다양한 갈등과 교차를 직접 경험하지는 못했지만, 그러한 결심은 그에게 있어 매우 특별한 것이었으리라 생각된다. 또한, 그 결심은 단지 반년 동안에 형성된 것이 아니라, 광주와 해남을 가로지르는 그의 생애적 풍경에서 필연적으로 도출된 결과라는 점을 언급하고자 했을 뿐이다.[25]

해남과 광주라는 두 공간을 오가며 김남주는 농민으로서의 인식과 투쟁의 전사로서의 정체성을 함께 형성해 나갔다. 이 글에서는 해남과 광주라

---

25 中山幸雄,「まだ見ぬ詩人―金南杜」,『農夫の夜』, 凱風社, 1987, 214쪽.

김남주 시인의 삶과 문학 정신

는 두 곳의 공간을 시작으로 하여,『농부의 밤』이라는 두 권의 시집, 시집을 발행한 두 개의 목적 등을 통해, 김남주가 바깥에서는 물론이며, 옥중에서도 끊임없이 역사적 현실과 싸우기 위한 실천적 행위로서 시를 창작했다는 점에 주목해 보였다. 특히, 지하출판물의 형태로 배포된 국내판『농부의 밤』은 김남주의 시적 실천이 정치적 투쟁과 긴밀하게 연결되어 있음을 보여줄 수 있는 단서가 된다는 점에서 후속 연구의 필요성이 제기된다. 아울러 후속 연구에서는 생애/연표에 대한 면밀한 (재)검토와 정리를 바탕으로 시공간적 배경과 창작 활동, 그리고 정치적 실천의 측면을 통합적으로 분석하여, 김남주의 시적 세계를 보다 심화하여 이해하고, 시인과 전사로서의 김남주를 하나의 존재로 온전히 탐색할 수 있는 계기가 마련되기를 기대한다.

투사를 위한 시학
—김남주, 문학과 정치의 관계

최진석

1. 김남주, 문학 너머의 시학

아리스토텔레스 이래로, 시학(poetics)은 시에 관한 체계적 이론, 또는 원칙을 가리켜왔다. 간단히 말해, 시를 짓는 방법과 규칙이라는 뜻이다.[1] 물론, 시학의 고대적 규정이 근대의 장르로서 시(poetry)를 넘어선다는 점을 고려하면, 문학창작에 관한 방법론 일반으로 읽어도 무리는 없다. 어떤 식으로든, 시학은 문학작품을 실제로 만들 때 원용되는 창작의 원리라는 것이 우리의 통념이다. 하지만 그리스어 'poietike'가 사물의 '제작/만듦'을 뜻하는 'poiesis'에서 유래했음을 기억할 때, 시학은 비단 문학 창작에만 국한되지 않는다.[2] 실로 시학은 '형성'에 관한 앎이자 지식으로서, 확장적으로 해석하

---

1 Alex Preminger(ed), *Princeton Encyclopedia of Poetry and Poetics*, Princeton University Press, 1974, p. 636. 아리스토텔레스의 원전을 보다 해석적으로 접근할 때는 '시학'을 '시 창작 기술'로 옮긴다. 이상섭, 『아리스토텔레스의『시학』연구』, 문학과지성사, 2002, 15~16쪽.

2 『시학』의 제목이자 첫 구절인 'peri poietikes autes'를 '시(예술)에 관하여'뿐만 아니라 '제작에 관하여', '제작술/생산학문에 관하여'로 옮기는 영역자들이 있는 이유이다. 레온 골든, 『아리스토텔레스의 시학』, 최상규 역, 예림기획, 2002, 143쪽.

건대 공-동적(共-動的) 삶의 형성에 대한 논리와 잇닿아 있다.[3]

　문학론을 넘어서, 공동체와 사회적 형성의 원리로서 시학을 읽는다는 것은 무엇인가? 아리스토텔레스의 원전에 대한 해석은 상세한 논증을 요구하는 문헌학적 작업이 될 테지만, 적어도 시학과 사회 형성에 대한 논의를 찾아보기는 어려운 일이 아니다. 근대 문학이 바로 그것이다. '상상의 공동체'에 관한 많은 논의가 이루어져 왔고, '근대 문학의 종언'을 둘러싼 논쟁 역시 문학과 사회, 공동체의 형성에 관한 문답을 포함한 것이었다.[4] 시학, 다시 말해 문학창작의 원리와 사회적 공동체는 한쪽에 대한 다른 한쪽의 포함 관계라기보다 상호적 연동의 관점에서 다시금 질문되어야 하며, 이 글의 주제인 김남주의 시학도 그와 멀지 않다.

　김남주의 시학은 무엇인가? 이에 관한 정론적인 답변은 이미 주어져 있다. 그것은 민족/민중 문학의 창작방법론이자 리얼리즘 문학론이다.[5] 특히 김남주의 시는 명확한 계급성과 세계관으로 무장해 있다. 산문과 강연, 편지 등에서 누차 강조했듯, 그에게 문학은 이데올로기적 내용이자 그에 따른 시적 원칙이었다. 이는 시학을 문학적 규범에 제한하지 않고, 사회적인 것으로, 즉 공동체 형성의 원리이자 방법으로 '사용'하는 것이다. 이 점에서 김남주에게 전통적 의미의 시학은 존재하지 않았다고 말해도 좋다. 그의 시

3　르네상스 이래 『시학』은 플라톤의 『이온』과 『국가』에 대한 반박 내지 답변으로 간주되었다. 골든, 『아리스토텔레스의 시학』, 137~138쪽. 이를 더욱 확장한다면, 시학을 철저하게 문학의 범주 내에서 사고하는 자는 문학비평가이고, 플라톤적 국가관과 대결시키려는 자는 사회비판가이다.

4　베네딕트 앤더슨, 『상상의 공동체』, 윤형숙 역, 나남, 1991, 48쪽 이하 ; 가라타니 고진, 『근대 문학의 종언』, 조영일 역, 도서출판b, 2006, 53쪽.

5　이 두 요소를 통해 김남주 생애와 시작을 서술한 저술은 다음을 보라. 염무웅 외 편, 『김남주 문학의 세계』, 창비, 2014.

는 사회 형성의 관점에서 창작의 방법과 대상, 목적마저 달리하기에 근대의 문학적 규정성을 확연히 넘어서 있기 때문이다. 요컨대, 김남주에게 문학은 '사회적 시학'의 관점에서 정립되었다고 볼 수 있다. 이를 좀더 자세히 풀어보자.

대학의 정규과정을 밟았음에도 김남주는 시 창작에서 아카데미의 규준에 구애받지 않았고,[6] 이에 따라 흔히 '문학창작 방법론'이라 불릴 만한 시론 또한 준비하지 않았다. 이는 "시는 혁명을 이데올로기적으로 준비하는 문학적 수단"이라는 그의 언명에서도 확인되는바,[7] 시 창작을 근대 문예학의 규범에 가두지 않으려던 소신에서 비롯된 것이다. 그렇다면 시학의 구체적 의미는 어디에 있을까? 그것은 근대 과학의 지식체계와는 구별되는, 또 다른 지식의 체계로서 삶에 대한 실천적 지식이다. 김남주는 시를 사회과학과 등가의 인식 체계로 받아들였고,[8] 이때 시학은 객관성이 아니라 삶의 논리를 통해 공동체에 접근하는 방법이 된다. 즉, 시학은 사회를 구성하는 인식론이자 방법론으로 설정되고, 시는 그 구체적인 표현의 형식으로 드러난다. 김남주가 세계관을 시학의 핵심 문제로 지목했을 때, 이 같은 사회 구성의 실천적 지식을 염두에 두지 않는다면 우리는 그의 세계관을 곧장 근대의 이데올로기적 표상과 등치시키는 잘못을 범하게 될 것이다.

근대의 세계관은 선험적으로 상정된 이념을 현실에 투사하는 태도이다. 그것은 완성된 이념을 전제하며, 이로써 현실을 규범적으로 조직하는 목적

---

6 김남주, 「암울한 대학생활을 비춘 시적 충격―나의 문학 체험1」, 맹문재 편, 『김남주 산문 전집』, 푸른사상사, 2015, 52~53쪽.
7 김남주, 「시와 혁명」, 『시와 혁명』, 나루, 1991, 16쪽.
8 가령 남한 정권의 올바른 성격 파악과 북한에 대한 이데올로기적 편견 및 허위성을 불식시키는 임무는 사회과학자와 시인 모두에게 주어진 것이다. 김남주, 「시와 혁명」, 22쪽.

론을 포함한다. 하지만 현실 사회는 완성된 형태로 실존하지 않으며, 특정한 방향성을 갖고 끊임없이 이동하는 가운데 완성의 정도를 더할 뿐이다. 다시 말해, 사회의 시학은 완성을 향한 경향성을 갖는 운동이고, 과정적으로 형성된다. 김남주에게 시학의 의미를 묻는다면, 그는 이 같은 사회 형성의 문학적 진전을 제시했을 것이다. 시를 창작하는 것은 문학과 연동된 사회의 형성에 참여하는 것이고, 이는 창작의 주체 자신도 함께 형성되는 과정을 포괄한다. 따라서 사회 형성의 시학은 동시에 사회적 주체 형성의 시학이다. 관건은 사회와 주체의 동시적 형성이 어떤 관련성을 통해 진행되는지 해명하는 데 놓여 있다. 김남주의 문학과 정치가 갖는 연관도 이로부터 해명될 것인데, 우리는 이를 통괄하여 '투사를 위한 시학'이라 부르려 한다.

투사를 위한 시학은 문학과 정치의 관계를 발본적으로 인식하고, 이를 현실에 투사함으로써 전복적 미래를 예시하는 원리이다. 일종의 실천적 지식으로서 그것은 김남주 시 창작의 형성 과정을 설명할 뿐 아니라 우리 시대에도 여전히 적용 가능한 사회적 형성의 시학임을 밝혀준다. 이 글의 목적은 김남주의 시와 시학이 사회적 주체의 형성이라는 과제를 향해 어떻게 구축되었는지, 그 과정과 변곡점을 드러내고 해명하는 데 있다.

2. 전사, 병사, 투사──(비)영웅의 세 형상

바디우는 한 시대의 첨단에 선 인간 형상을 두 가지로 구분했다. 그것은 특정 시대를 대표하지는 않지만, 당대의 규범을 뛰어넘는 인간의 이미지이다.[9]

---

9   알랭 바디우, 『투사를 위한 철학 : 정치와 철학의 관계』, 서용순 역, 오월의봄, 2013,

그 시대를 이전과 단절시키면서 다음 시대의 이념적 바탕을 일구는 형상이 그것이다. 일종의 '영웅적 형상'이라 불러도 좋을 이 두 이미지는 해당 시대를 사는 사람들의 상징적 대리자로 호명되어 왔다.

첫 번째는 전근대적 봉건사회에 속하는 인간상으로서, 귀족 같은 신분 질서의 상층부에 속한 존재이다. '전사(guerrier, worrior)'라 불리는 이 형상은 개인의 고유한 이름을 갖고 또렷한 개성을 통해 스스로를 드러낸다. 서사시적 영웅의 모습에서 예시되는 이 존재는 자신의 선구자적 소임을 자각하며, 그 시대의 선두에 서서 다음 시대의 문을 연다. 두 번째는 '병사(soldat, soldier)'의 이미지에서 드러나는데, 1789년의 시민혁명을 거치면서 전면화된다. 근대사회가 개막하면서 부상한 병사의 형상은 서사시적 위대성이나 탁월성을 담보하는 전사와 다르다. 병사의 본질은 '무명용사의 묘지'에서 잘 나타나는바, 집단적이고 익명적인 용기로 표현되는 민주주의적 영광의 담지자로서 기개있는 죽음과 불멸의 의의를 통합하는 데 있다. 전사와 병사, 어느 쪽이든 자기 시대의 한계를 넘어서는 영웅적 이미지를 함축한다.

시는 이 같은 영웅의 형상을 발견하는 대표적 장르이다. 바디우는 영국 시인 제라드 메인리 홉킨스와 미국 시인 월리스 스티븐스의 시편에서 병사의 의미를 추출하는데, 그것은 인간 존재가 진리와 마주치는 순간 구축되는 보편성의 이미지이다.[10] 고유명을 갖는 개인이기보다 집단의 일원으로 정체화되는 병사는, 한편으로 덧없이 소멸하는 무명의 존재이지만, 다른 한편으로 모두가 평등하고 자유로운 의지 및 결단의 주체임을 보여주기에 이념적 보편성을 갖는다. 실재에 대한 열망으로 가득 차 있던 20세기의 개인이 바

73쪽.
10   위의 책, 84쪽.

로 이 병사의 형상과 겹쳐진다.[11] 역설적으로, 숭고한 이념을 담지하는 이름 없는 개인은 영웅 없는 시대인 근대의 영웅에 값한다. 바디우는 정치와 철학을 그렇게 시적 이념 속에 결합한다. 하지만 이것이 전부는 아니다.

문제는 1991년 12월 25일 소련의 해체와 냉전의 종식으로 열린 21세기를 맞으며 벌어졌다. 국민국가(nation-state)가 분산된 형태로 세계 질서가 구축되었던 전 세기와 달리, 오늘날은 지구화(Globalization)라는 용어가 시사하듯 세계의 동시적 연결과 그 네트워크를 통해 작동하는 시대이다. '네이션', 즉 국가와 국민, 민족이 일치하는 정치적 공동체를 꿈꾸던 시대는 우리 시대의 주요한 지향점이 아니다. 이에 바디우는 말한다. 새로운 시대의 새로운 행동을 위한 상징적 형식 곧 영웅의 형상이 다시금 요청된다고.[12] 정치와 삶을 종합할 이 새로운 형식이자 형상을 시적인 것에서 궁구하는 것이 무리한 요구일 리 없다.

사회적 주체의 형성이라는 관점에서 김남주의 시학을 재구성할 이유가 여기 있다. 1979년 '남민전 사건'으로 체포되어 1988년 12월 22일 형집행정지로 풀려날 때까지 9년 3개월 동안 수감생활을 했던 그의 가장 중요한 과제는 군사정부의 전복이었다. '파쇼정부'로 불린 그것은 국가와 자본이 기형적으로 결합한 체제였기에 이를 거부하고 새로운 형태의 민주주의적 정치 공동체를 건설하는 것이야말로 그가 목표하던 혁명적 과제였다. 여기서 김남주는 자신을 '전사'의 이미지로 각인하여 혁명을 추구했다. 시인은 단지 문학 장르의 하나인 시를 쓰는 자가 아니라 전쟁 속에서 싸우는 자이며, 그 항쟁의 방법이자 형식을 '시'에서 찾았던 것이다. 그렇기

11   알랭 바디우, 『세기』, 박정태 역, 이학사, 2014, 68쪽.
12   알랭 바디우, 『투사를 위한 철학』, 90쪽.

에 문학적 글쓰기를 정치적 행위이자 혁명적 실천으로 정향시켰던 김남주의 생애를 염두에 둘 때, 그의 시 창작을 '전사의 시학'이라 불렀던 것은 온당한 일이었다.

하지만 김남주와 그의 문학이 근대적 정치 공동체의 건설을 목표로 삼았다는 사실은, 역으로 말해 근대 이후 즉 국민국가의 의미와 실질이 의문에 붙여지는 우리 시대에는 곤혹스런 질문으로 되돌아온다. 김남주가 내걸었던 전사―시인의 형상은 그가 살던 1980년대의 한국, 곧 근대적 국민국가의 구도에서 만들어진 것이기 때문이다. 그의 전사는 바디우의 전사와 병사가 겹쳐진 모습을 띤다. 병사의 경우, 그의 시적 과제가 파시즘 타도와 민주주의 쟁취라는 대의를 위해 기꺼이 익명의 대중 속에 자신을 포함시키길 원했기 때문이다. 전사의 경우는 김남주가 스스로는 아무리 익명적이고자 했어도 대중 속에 자신의 이름을 남기고 어떤 형태로든 시작을 통해 사회 변혁을 촉진하는 기폭제 역할을 했기 때문이다. 바디우적 의미에서 전사이자 병사였던 김남주의 전사―시인은 1980년대 한국이 처한 시대를 통과하는 가운데 불거질 수밖에 없던 역사적 형상일지 모른다.

그렇다면 탈근대를 운위하는 지금, '전사의 시학'은 여전히 유효할까? 억압된 민주주의를 위한 진혼가가 울려 퍼지던 1980년대에 그의 시학은 굳건한 지주 역할을 했다. 그러나 1990년대를 지나 2000년대에 접어들며 변화가 일어났다. 광주가 역사화되고 혁명과 시학이 자연스럽게 이어붙지 못하는 시대가 열린 것. 어느새 김남주로 상징되는 전사의 시학은 더 이상 현재적 조명을 받지 못하는 실정이다.[13] 전사와 병사의 형상이 겹쳐 작동하던 김

---

13 진태원, 「김남주 이후」, 『을의 민주주의. 새로운 혁명을 위하여』, 그린비, 2017, 30쪽.

남주의 시학은 우리 시대에 이르러 사건화의 첨점을 찾지 못하고 있다. 따라서 김남주의 시학을 다시 정초하는 것은 다만 지나간 유물의 조명에 그칠 수 없다. 그것은 지금-여기서 작동하는 새로운 구성의 원리, 곧 사회와 주체의 재형성을 위한 정초 작업이자 새로운 형상의 발명에 값한다. 우리가 김남주를 '투사'의 이름으로 소환하고, 그의 시학을 (재)구성하려는 까닭도 그와 다르지 않다.

'투사'라는 우리의 명명은 새로운 개념적 내용을 확보하기 위한 것이라기보다, 김남주의 삶과 문학이 사회적 주체의 형성이라는 정치적 맥락과 결합하는 양상을 살펴보기 위한 시학적 틀거리에 가깝다. 이후의 서술에서 잘 드러나겠지만, '전사'가 완성된 이념형을 전제하고 있다면 '투사'는 과정태로서 시인의 삶과 시작을 포괄하는 이행적 명칭이다. 세계와 사회, 주체에 대한 미완의 감각과 판단을 지닌 시적 주체(시인)는 현실 투쟁을 통해 혁명과 문학, 정치의 관계를 수립해 간다. 이는 발전론적이고 목적론적인 과정이 아니라 실존적인 주체화의 여정이다. '투사'의 프리즘으로 김남주의 문학을 분석했던 이전 연구에서 드러나듯,[14] 우리는 이 명명을 통해 사회적 주체화의 무기로서 김남주의 시학을 재정립할 것이다.

이는 전사의 시학이 마주쳤던 시대적 변곡점을 확인하고, 그로써 투사의

---

14   의미상 전사와 동치되는 지칭어를 제외하면, 다음 두 글이 김남주를 '투사'의 관점에서 조명했다. 황호덕, 「탈식민주의인가, 후기식민주의인가─김남주, 그리고 한국의 포스트콜로이얼리즘 연구 20년에 대한 단상」, 『상허학보』 51, 2017, 315-357쪽 ; 이성혁, 「투사의 시학 : 김남주 시의 현재성을 생각한다」, 『실천문학』 113, 2014년 봄, 36-58쪽. 황호덕은 번역가이자 비평가로서 김남주의 도정을 기술하는 가운데 '투사'를 개념화했고, 이성혁은 정치적 선전 및 선동의 시적 기법을 형성해 가는 시인 김남주를 '투사'라 부른다. 두 연구는 '형성'의 관점에서 김남주를 다루는 점에서 우리와 논지를 같이 하지만, 전자는 번역이라는 특정 영역에 집중하고 후자는 시적 방법론에 치중한다는 점에서 이 글과 초점을 달리한다.

시학이 가동되는 원리를 입안하는 과정이다. 전사—시인으로 김남주를 바라볼 때, 우리가 발견하는 것은 불굴의 의지와 혁명에 대한 올곧은 열망으로 타오르는 전일적 형상일 뿐이다. 자신이 믿고 따르는 이념에 대한 절대적 신봉이라는 점에서 높이 살 만하지만, 인간과 문학을 일괴암적 단일체로 포장하는 것은 김남주 전체를 과거의 유산으로 박제화한다. 거꾸로 그의 시에 나타나는 균열과 분열의 요소를 찾고, 흔들림과 동요 속에 진전하는 운동을 발견하는 것, 이로써 '길 없는 길'을 만드는 도정에 이정표를 붙이는 것은 지난 시대와 격절된 새로운 시대를 열어가는 시학의 과정에 비견된다. 지금부터 살펴볼 김남주와 사회적 주체의 형성은 또 다른 영웅적 이념의 제시가 아니라 영웅 없는 시대에 가능한 주체화의 양상을 살펴보려는 시도이다.

3. 전사—시인, 혹은 이념의 우상

1970년 경 『창작과비평』에 실린 김준태의 「보리밥」을 읽고 "나도 한번 시를 써볼까. 이런 것이 시라면 나라도 쓰겠다"는 생각을 했다는 일화는 김남주가 시를 쓰게 된 계기로 잘 알려져 있다.[15] 대개의 문학청년이 품는 창작에 대한 기대감과 달리, 그는 일상의 아주 우연한 계기를 통해 시에 관심을 갖게 되었다. 이어지는 글에서 그는 자신의 시작(詩作)을 이끈 것은 문학에

---

15   김남주, 「보리밥과 에그 후라이」(1991), 『시와 혁명』, 48~49쪽. 수감생활 중 쓴 「이 따위 시는 나도 쓰겠다」는 이를 모티프로 창작한 것인데, 자격 여하를 따지지 않고 "노동자와 농민 또는 전사" 누구라도 쓸 수 있는 시를 지향함을 강조하는 제목이다. 김남주, 『조국은 하나다』, 남풍, 1988, 97쪽.

대한 관심이 아니라 현실에 대한 각성이었노라 진술한다. "문학에 먼저 관심을 두고 제가 시라는 것을 써보겠다고 덤빈 것이 아니고 현실에 먼저 눈을 뜨고 문학을 하게 되었다는 사실입니다."[16] 이렇게 문학은 현실을 바꾸기 위한 방법으로 그의 삶에 자리 잡는다. 흔히 '시인이 된다'는 어구로 표명되는 문학장의 상징적 입사는 그에게 별다른 의미가 없었다. 그가 '시인이 된' 것은 문학적 욕망을 성취하기 위한 게 아니라 자신이 옳다고 믿는 사회적 현실을 이루기 위한 출발점이었다.

이는 김남주가 자신을 '시인'으로 정체화하기보다 먼저 '전사'로 자리매김했던 이유를 설명해 준다. 시와 산문의 곳곳에서 시인의 모습이 드러나기는 하지만, 그것은 항상 현실에 맞서 싸우는 자가 전제될 때 가능한 형상으로 나타난다. 시인의 정체성은 변혁운동에의 참여 여부에 따라 의미를 가지며, 시는 어떤 정치적 기능을 수행하는지에 따라 그 가치를 인정받는다. 이런 관점에서 "시라는 것"은 "내가 헤쳐가야 할 길을 위한 무기 이외의 것으로 생각해 본 적이 없"다는 확고한 단언은 김남주 시학의 주도 동기라 볼 수 있다.[17] 더구나 그가 시인의 역할을 노동자나 농민이라는 당대의 민중보다 '후위'에 서서 그들에게 필요한 무기를 공급하는 자로 규정했고,[18] 싸우는 형태에 무관히 변혁운동에 나서는 자는 모두 '전사'라 불렀음을 기억할 때 전사는 항상 시인보다 앞서는 정체성이었음이 분명하다.[19] 옥중에서 간행된 두

---

16 김남주, 「보리밥과 에그 후라이」, 50쪽.
17 김남주, 「시의 길 시인의 길」(1986.12.20), 『산이라면 넘어주고 강이라면 건너주고. 김남주 옥중연서』, 삼천리, 1989, 143쪽.
18 네루다를 추켜 세우며 시가 민중의 칼이 되고 그들의 손수건이 되어 고통의 땀을 닦아주길 바란다든지, 빵을 위한 투쟁의 무기로 사용되길 바란다는 진술 등을 보라. 김남주, 「사랑과 혁명의 시인 파블로 네루다」, 『시와 혁명』, 87쪽.
19 김남주, 「나는 이렇게 쓴다」, 『시와 혁명』, 74쪽. 전기적 사실을 보태자면, 1970년대

번째 시집 『나의 칼 나의 피』의 다음 대목을 보자.

> 암흑의
> 시대의
> 시인의 일 그것은 무엇일까
> 침묵일까
> 관망일까
> 도피일까
> 밑 모를 한의 바다 넋두리일까
>
> 무엇일까
> 박해의
> 시대의
> 시인의 일 그것은
> 짓눌린 삶으로부터
> 가위눌린 악몽으로부터
> 잠든 마을을 깨우는 일
> 첫닭의 울음소리는 아닐까
> 옛 사랑의 무기
> 잠을 일으켜 세워
> 쳐라 둥둥둥 북을 쳐
> 나아가게 하는 일은 아닐까
>
> 나아가게 하고 싸우게 하는

말, 김남주가 남민전에 있을 때 '전사'는 조직의 유능한 활동가를 부르는 명칭이었다. 계급상의 직명은 아니었으나 '승격'의 개념도 있었고, '전사'라 호명되는 이들도 따로 있었다. 김형수, 『김남주 평전』, 다산책방, 2022, 344~352쪽. 김남주의 전기에서 '전사'는 상징적 호명과 혁명사업상의 호명, 시학적 호명이 뒤얽힌 명명이었던 셈이다.

전투에의 나팔소리는 아닐까

시인이여
누구보다 먼저 그대 자신이
싸움이 되어서는 안 되는가
시인이여
누구보다 먼저 그대 자신이
압제자의 가슴에 꽂히는
창이 되어서는 안 되는가[20]

　제목에서 시인을 호명하며 시작되는 시구는 현재를 "암흑시대"로 규정지으면서 "시인의 일", 즉 임무나 소명이 무엇인지에 초점을 둔다. 단도직입적으로 제시되는 그것은 "짓눌린 삶으로부터/가위눌린 악몽으로부터/잠든 마을을 깨우는 일"인 바, "참"을 일으켜 세우는 것, 즉 진리에 대한 헌신이라 요약된다. 이를 위해 시인과 그의 시는 "북"이 되어야 하고, "나팔소리"가 되어야 하며, "싸움" 자체가 될 것을 요구받는다. "참"은 그렇게 "창"이 되고, 그것을 "압제자의 가슴에 꽂"는 것이 시인에게 부여된 과제이다. 문답의 형식을 빌려 시인이 가야 할 길이 무엇인지를 명확하게 진술한 작품이다. 시인은 누구인가를 물었을 때, 김남주의 시에는 이처럼 단호한 응답을 내리는 구절들이 산재해 있다. 가히 '전사의 시학'이 무엇인지 잘 보여주는 대목들인데, 그것은 전사 자체를 조명한 작품에서 더욱 명확히 모습을 드러낸다.

일상생활에서 그는
조용한 사람이었다

20　김남주, 「시인이여」, 『나의 칼 나의 피』, 인동, 1987, 17~18쪽. 첫 게재는 1986년.

이름 빛나지 않았고 모양 꾸며
얼굴 내밀지도 않았다

무엇보다도 그는
시간엄수가 규율엄수의 초보임을 알고
일 분 일 초를 어기지 않았다
그리고 동지 위하기를 제몸처럼 하면서도
비판과 자기비판은 철두철미했으며
결코 비판의 무기를 동지 공격의 수단으로 삼지 않았다
조직생활에서 그는 사생활을 희생시켰다
조직의 이익을 위해서라면 모든 일을 기꺼이 해냈다
큰 일이건 작은 일이건 좋은 일이건 궂은 일이건 가리지 않고
그리고 아무리 하찮은 일이라도
먼저 질서와 체계를 세워
침착 기민하게 처리해 나갔으며
꿈속에서도 모두의 미래를 위해
투사적 검토로 전략과 전술을 걱정했다

이윽고 공격의 때는 와
진격의 나팔소리 드높아지고
그가 무장하고 일어서면
바위로 험한 산과 같았다
적을 향한 증오의 화살은
독수리의 발톱과 사자의 이빨을 닮았다
그리고 하나의 전투가 끝나면
또 다른 전투의 준비에 착수했으며
그때마다 그는 혁명가로서 자기 신분을 잊은 적이 없었다. [21]

---

21 김남주, 「전사 1」, 『나의 칼 나의 피』, 68~69쪽. 이 혁명가의 모델은 남민전 외곽조
직인 '한국민주투쟁위원회'의 총책 이재문이다. 김형수, 『김남주 평전』, 340~342쪽.

'전사'를 제목으로 내세운 이 시는 읽는 이를 다소간 당황스럽게 만든다. 문학적 형상화보다는 직설적 어법으로 혁명가의 자세와 태도, 소임을 서술하고, 마지막 연에서 묘사된 전사의 행동은 단순하다 못해 평이한 비유들로 채우는 탓이다. 물론, 이는 시의 기능과 역할을 "대상에 대한 증오와 적개심을 불러일으키고 변혁운동에 동참한 사람들의 마음과 마음을 엮어 강고한 연대를 이루게"[22] 하는 데서 찾는 김남주의 시적 원칙과 일치하기에 전사의 시학에 꼭 맞는 작시 형태일 법하다. 우리의 주의를 끄는 부분은 시적 주체의 태도에서 배어나오는 이념적 일의성과 절대성이다. 한편으로 그것은 혁명의 대오에 나선 전사—시인의 단호함을 입증하지만, 다른 한편으로 유일무이한 진리를 신봉하는 단 하나의 주체성만을 암시하는 증표이기 때문이다. 달리 말해, 김남주가 옥중에서 작성한 무수한 시들은 전사—시인의 혁명적 의지를 보여주는 동시에, 똑같은 신념과 똑같은 의지, 똑같은 이념에 매달린 맹목의 증언처럼 보인다.

이 같은 이념적 절대성과 그에 대한 충실성은 김남주가 풀어놓은 산문에서도 자주 확인된다. 주로 강연이나 교육적 목적을 위해 집필된 글에서 그는 자신이 시를 쓰는 가장 큰 이유 중 하나가 "변혁운동의 사회적 토대이며 원동력인 대중의 정서와 이성에 어떤 변화를 일으켜 대중들 스스로가 현실에 대한 바른 이해와 변혁의지를 갖도록 하려는 데 있다"고 밝힌다.[23] 시인의 "사회적 기능"이자 "사명"이 거기에 있다는 뜻이다. 같은 자리에서 그는 혁명의 목적으로서 인간의 해방은 노동의 해방과 연관되며, 이를 이루기 위

---

22 김남주, 「시인의 일, 시의 일」, 『시와 혁명』, 43쪽. 혁명에 임하는 시인의 과제는 "독자인 대중에게 복잡하게 보이기만 하는 사회 현상이나 계급관계를 선명하게 부각시켜줌으로써 자기 시의 이해를 돕는" 데 있다. 「시와 혁명」, 『시와 혁명』, 36쪽.
23 김남주, 「나는 이렇게 쓴다」, 『시와 혁명』, 65쪽.

　　　　　　　　　　　　　　　　김남주 시인의 삶과 문학 정신

해서는 세계관의 정립이야말로 필수불가결한 요소임을 천명한다.

> 세계관이란 것도 인간의 본성인 노동을 떠나서는 어떤 의미도 가질 수 없다. 인간은 자연과 사회 즉, 자기의 주위환경을 노동을 통해 변형시킴으로써 자기 자신도 변하게 했다. 다시 말해서 인간의 자기인식은 사회적인 노동과 실천의 산물인 것이지 정지된 상태에서의 관념론적인 자기성찰과 분석의 결과가 아닌 것이다. 그 때문에 시인은 인류의 해방과 인간다운 삶을 위한 줄기찬 노력과 투쟁이라고 하는 사회적인 실천을 통해서 자기한계의 끊임없는 극복과 쇄신을 계기를 마련해야 할 것이다.[24]

이어서 시적 형식을 언급하며, "내용과 형식의 변증법적인 관계"가 중요함에도 "내 경우에 있어서 내용이 먼저 있고, 형식은 나중에 있다"면서 세계관에 대한 강조야말로 진정한 혁명의 시학, 곧 전사의 시학임을 고지한다.[25] 이 같은 내용 일변도의 시적 원칙, 혁명적이고 계급적인 시론이 김남주의 일관된 입장임은 부정할 수 없다. 문학의 아카데미적 관례를 깨뜨리고, "모름지기 시와 노래는 특정 개인의 사유물이 되어서는 결코 안 된다" 일갈하던 그에게[26] 이러한 이념−내용의 선명성과 견고성이야말로 시학의 중핵이어야 할 것이다. 하지만 이는 시를 혁명이라는 완성된 이념으로부터 자동적으로 연역하는 논리이기도 하다.[27] 김남주의 시학을 혁명 이념의 전개라고 규정한다면, 우리는 더 이상 그의 시에 대해 언급할 만한 것을 찾기 어렵다.

---

24 위의 글, 위의 책, 66쪽.
25 위의 글, 위의 책, 68쪽.
26 김남주, 「시인의 일, 시의 일」, 45쪽.
27 이른바 '혁명의 시학'으로서 사회주의 리얼리즘을 맹종했던 문학을 돌아본다면, 선험적으로 완성된 이념에서 연역된 작품이 (적어도 일반론적으로는) 얼마나 진부하고 비현실적인지 알기란 어렵지 않은 노릇이다.

모든 것을 시(문학)가 아니라 철학(이념)으로, 혁명(정치)이라는 완성된 미래로 미뤄두기만 하면 되기 때문이다. 이것이 시인 김남주의 진정한 입장이었을까? 전사를 이념형으로서가 아니라 현실의 행위자로 볼 때, 우리가 마주하는 것은 그 과정에 놓인 시인의 형상에 다름 아니다.

4. 시인과 혁명가, 간극의 문제

김남주의 시적 원리를 완성된 이념의 전시가 아니라 구성의 시학으로 바라보는 것은 이념적 선명성과 견고성을 통해 그의 작품을 읽는 것이 아니다. 오히려 그의 시편들이 미세하게 노출하는 자기 이반의 지점들, 불안과 동요, 의혹이나 의구심이 발생하고 그것이 시적 형상화의 과정을 통해 재구축되는 장면들을 견실히 관찰하고 의미화할 필요가 있다. 그러나 수감 시절의 김남주는 자신의 글을 껌종이나 담뱃갑 등에 써서 은밀히 전달해야 했기에 집필의 순서를 엄밀히 추정하기 어렵다. 따라서 그의 이행을 시간적 순서에 맞춰 연대기적으로 구성하기보다, 시와 산문, 편지와 일기 등의 여러 자료를 복합적으로 살펴봄으로써 의미론적으로 재구성할 필요가 있다.

초기부터 김남주의 시가 자신과 시대에 대한 불확실성으로 말미암아 자괴감 같은 부정적 색조를 띠고 있었음은 누차 지적되어 왔다. 예컨대, 첫 시집 『진혼가』에 실린 「솔직히 말해서 나는」의 경우를 보자. 여기서 화자는 자신이 "가련한 놈 그 신세인지도 몰라"라고 고백하며, "피기가 무섭게 싹둑 잘리고/바람에 맞아 갈라지고 터지고/피투성이로 문드러진" 존재일 수도 있다는 불안감을 드러낸다. 이로 인해 화자는 "허구헌 날 술병과 함께 쓰러지고 마는/그 주정인지도" 모르는 어두운 감정에 깊숙이 젖어든다.[28] 이를 1960~70년대의 소시민주의 미학과 관련하여 논의하기도 하지만,[29] 보다 근본적으로는 문학장에 첫 걸음을 내디딘 시인이 자신의 시적 정체성을 만들어가는 과정에서 나타난 방황의 표현이라 보아도 좋을 듯하다. 전사의 형상이 이미 결정된 목적성과 소명의식에 의해 완결된 반면, 시인의 형상은 그 전사와의 관계를 통해 정위되고 조형되어야 한다. 그래서 김남주의 실존적 형상과 시학의 구성 과정은 전사보다 시인을 주제화한 시편들에서 더 예리하게 발견된다.

옥중시의 세 번째 모음집인 『조국은 하나다』는 김남주의 이념적 지향이 확고해진 시기의 시편들인 만큼, 전사─시인으로서 강고하고 일관된 입장을 전개하는 작품들로 채워져 있다. 시집의 제목이 던지는 강렬한 주제의식이 돋보이는 만큼, 여기 실린 시편들이야말로 완성된 이념의 집대성이라 할 만하다. 실제로 이 시집에는 초기 시편에서와 같은 시인의 불안감을 묘사하는 작품이 드물게 실려 있고, 설령 나오더라도 전사의 혁명적 행위에 동참하는 모습으로 표현되는 형편이다.

> 혁명은 전쟁이고
> 피를 흘림으로써만이 해결되는 것
> 나는 부르겠다 나의 노래를
> 죽어 가는 내 손아귀에서 칼자루가 빠져나가는 그 순간까지
>
> 나는 혁명시인
> 나의 노래는 전투에의 나팔소리
> 전투적인 인간을 나는 찬양한다

---

28 김남주, 「솔직히 말해서 나는」, 『진혼가』, 1984, 44~45쪽.
29 김준태, 「김남주론」, 김준태·이강 외, 『김남주론』, 광주, 1988, 66쪽.

나는 민중의 벗
나와 함께 가는 자 그는
무장이 잘되어 있어야 한다
굶주림과 추위 사나운 적과 만나야 한다 싸워야 한다

나는 해방전사
내가 아는 것은 다만
하나도 용감 둘도 용감 셋도 용감해야 한다는 것
투쟁 속에서 승리와 패배 속에서 그 속에서
자유의 맛 빵의 맛을 보고 싶다는 것 그뿐이다.[30]

"혁명시인"과 "민중의 벗", "해방전사"는 병렬적으로 나열되지만, 시를 읽는 순서와 내용의 점층적인 전개를 미루어 볼 때, 시적 주체의 정체성은 점차 전사의 모습 속에 압축되어 간다. 즉 "혁명시인"은 곧 "해방전사"이어야 하며, 양자 사이에 간격은 최종적으로 해소되어야만 한다. 혁명이나 해방과 거리를 갖는 순전한 시인의 자리는 있을 수 없다. "혁명"의 상황은 "전쟁"이며, 여기서 주도적 역할을 맡아야 하는 것은 당연히 전사이기 때문이다. 이 시편에서 전사와 시인은 갈등이나 충돌 없이 하나의 형상 속에 합치하고, 전사—시인이라는 행복한 일치에 도달한다. 해방을 위한 투쟁에서 전사는 제일선에 나설 것이며, 시인은 그의 분신이자 또 다른 형상으로서 "전투적인 인간"을 "찬양"하는 데 최선을 다할 것이다. 이런 관점에서 볼 때, 같은 시집에 실린 「아 나는 얼마나 보잘 것 없는 녀석인가」는 일견 초기시 「솔직히 말해서 나는」과 같이 자조적 어조로 스스로를 반성하는 듯하지만, 다음의 마지막 연을 미루어 볼 때 오히려 전사의 강인한 태도와 의지를 강화하

30 김남주, 「나 자신을 노래한다」, 『조국은 하나다』, 남풍, 1988, 44~45쪽.

김남주 시인의 삶과 문학 정신

는 모습 속에 합체된다.

"살아서 이곳을 나가지 못하리라"
이렇게 말하면서 벽이 내 살을 에이고 있다오
바늘끝처럼 아픈 북풍한설의 냉기로

[…]

친구여 내가 송장이 되어 담밖으로 내던져지거든
나를 어깨에 떠메고 공동묘지로 갈 생각일랑 말고
여기 저기 돌아다니면서 이 사람 저 사람에게
동상에 걸려 얼음투성이가 된 내 귀를 잘라 주오
더위먹고 까맣게 썩은 내 심장과 오장육부를 꺼내 주오
영양실조로 비틀어지고 구부러진 내 사지를 찢어 주오
잘라 주고 꺼내 주고 찢어 주면서 덤으로
재갈물린 내 입이 뱉어내는 몇 마디 말도 전해 주오

[…]

"혁명적 조직없이 혁명의 승리는 없다"
"한 발자국 전진할 때마다 해방의 길은 희생자의 피로 물을어져 있을 것이
다"
이 명제를 인식하고 있으면서 그것을 내가 실천하지 않는다면
무엇인가 나라는 인간은 사기꾼 아니면 비겁자다
"자유의 나무는 피를 먹고 산다"고
노래하는 사람 따로 있고 노래를 위해
피를 흘리는 사람 따로 있는가
혁명은 해방은 자유는 피를 요구하고 있는데
왜 나는 나 자신을 거기에서 빼낼려고 하는가

왜 나는 남의 피로 피를 노래하려고 하는가
아 나는 얼마나 뻔뻔스러운 녀석인가
아 나는 얼마나 보잘 것 없는 녀석인가.[31]

"살아서 이곳을 나가지 못하리라"는 첫 세 연에 걸쳐 반복되는 탄식이다. 아마도 감옥에 갇힌 화자는 다시는 세상에 나가볼 수 없다는 절망감에 사로잡혀 있을 것이다. 하지만 세 번의 반복을 거듭하며, 그는 자기가 감옥에서 죽거든 자신의 몸을 조각내서 세상을 위해 사용하라고 전한다. 흡사 종교적 제의를 방불케 하는 이 행위의 감동은 시적인 표현을 통해 배가된다. 그리고 마지막 연에 이르러 살아생전 출소는 불가능하리라던 애초의 탄식은 혁명가의 목소리로 바뀌면서 불안과 좌절에 차 있던 정서를 뒤바꿔 놓는다. 다시 말해, 삶에 대한 사적인 감정을 혁명에 대한 집단적 의지로 전변시키는 것이다. "노래하는 사람 따로 있고 노래를 위해/피를 흘리는 사람 따로 있는가"라는 물음이 이를 대변하는바, 전자가 시인이라면 후자는 혁명가다. 뒤이어지는 시구를 통해 우리는 혁명을 소거한 시인이 "뻔뻔스러운 녀석"이며 "보잘 것 없는 녀석"임을 확인하게 된다. 혁명의 존재론적 지평에서 시인은 혁명가의 후위에 있다.

이것이 열정적인 혁명의 의지를 다지는 시이고, 시보다 혁명을 우선시하는 입장을 드러낸다는 점은 누구나 알 만하다. 우리의 요점은 혁명과 시, 혁명가(전사)와 시인 사이의 거리를 간접적으로나마 드러내고 있다는 사실에 있다. 아무리 혁명을 우선하고 이념에 충실해야 한다고 외친다 해도, 김남주에게 양자는 극복 불가능한 거리를 통해 존재하는 것이다. 그렇다면, 이

---

31 김남주, 「아 나는 얼마나 보잘 것 없는 녀석인가」, 『조국은 하나다』, 40쪽.

거리를 모른 척하고 시인은 곧 혁명가라는 완성된 이념, 전사의 시학에 계속 복무해야 할까? 혹은 이 거리야말로 글쓰기의 원천임을 인정하고, 그로부터 시학의 도정을 시작해야 할까?

우리는 김남주에게 시인의 형상이 어떤 식으로 조형되는지, 그것이 어떻게 변화하고 있는지 더욱 자세히 살펴보아야 한다. 가령 「시의 요람 시의 무덤」, 「시를 쓸 때는」, 「그들의 시를 읽고」 등 『조국은 하나다』에서 묘사된 시인의 형상은 일견 전사의 투쟁에 동참함으로써 그에 동화되는 모습을 보이는 듯하다. 그리하여 하이네와 마야코프스키, 네루다, 브레히트, 아라공과 같은 전사—시인들의 시편을 숙지함으로써 화자 역시 전사—시인으로 정체화되는 것이다. 싸움에 나서지 않고 책상머리에 앉아 끄적이기만 할 때 "안락의자야말로 내 시의 무덤"이 되기에(「시의 요람 시의 무덤」), 시인이라는 단독자만으로는 결코 시 자체에도 충실할 수 없다. 오히려 자신이 쓴 시를 "농부"와 "어부", "광부"에게 맡겨 그들의 판단을 수용할 때, 시인은 비로소 거침없이 "술술" 시를 쓸 수 있게 된다(「시를 쓸 때는」). 그렇다면 시인은 전사가 되는 과정을 통해 비로소 완성에 가까워지는 존재가 아닐까? 전사의 형상이 지고한 혁명가의 모습 속에 완성되는 것이라면, 시인은 그에 도달하기 위해 글을 쓰고 투쟁에 동참함으로써 전사로 나아가는 과정적 존재일 것이다. 요컨대 전사—시인은 아무런 내적 균열 없이 일체화되는 형상이 아니라 시인이 짊어지는 과업을 통해 지향되는 미지의 상태에 가깝다.

그럼 전사는 어떤 존재인가? 그가 완성된 형상이라는 점은 어떻게 담보되는가? 우리는 여기서 시인 김남주가 전사를 '지향된 존재'로 형상화하고 있음에 주의를 기울여야 한다. 즉, 전사는 '완성된 존재'로 그려지고 있으나, 그것은 시인의 형상화를 통해 완성되는 지향적 대상이기도 하다. 분명, 전사는 김남주가 독학으로 공부했던 위대한 혁명적 영웅들을 통해 상징화된 존재이다. 이를테면, 그가 즐겨 인용하던 "블라디미르 일리치" 즉 레닌이나 트로츠키, 체게바라 또는 '민투'의 이재문 등이 그 원형이다. 소수의 한국인을 제외하면, 대부분 해외의 전설적인 혁명가이거나 문학적 투사였다. 그가 이들에 관해 접했던 것은 감옥에서의 독서와 번역을 경유해서였고, 영어를 통한 중역은 언어를 옮기는 단순 과정이 아니라 혁명의 수단을 세공하는 무기화 과정이었다.[32] 시인의 번역을 통해 이 외국/과거의 존재들은 자신을 낯선 땅 한국의 혁명적 도구로 전환시켰던 것. 문자 위의 혁명가가 현실의 혁명가가 되도록 만드는 힘은 바로 시인의 글쓰기에 달려 있었던 셈이다.[33]

글쓰기와 혁명의 전화. 이것은 시인이 자기를 바꾸는 과정에서도 나타난다. 투옥 이전부터 김남주는 꾸준한 반정부 투쟁을 이어왔고 끝내 남민전 사건으로 구속되었다. 남한에서 가장 격렬한 해방 투쟁이 벌어지던 1980년 대에 그는 옥중에 있었기에 이 현실의 과정을 직접 체험할 수는 없었다. 옥중투쟁의 엄중함을 과소평가할 수 없지만, 그것이 현장에서 벌어지는 목숨을 건 싸움과 똑같은 것은 아니었다. 예컨대 5 · 18 민주화 운동은 실제 경험의 산물이 아니라 소문을 통해 구축한 혁명의 이미지에 가까웠다.[34] 그러나 광주에 대한 김남주의 시편은 감옥 밖의 사람들과 더불어 감옥 안에 있

---

32 황호덕, 「중역과 혁명, 비상시의 세계문학과 그 사명—김남주의 시와 번역을 실마리로」, 『비교어문연구』 56집, 2020, 371~372쪽.

33 번역이 내포하는 창조적 전달 과정이 이 글쓰기의 중심에 있음은 물론이다. 그것은 단어의 축자적 의미를 벗어나 현실에서 운동하는 힘을 언어에 부여하는 것이기도 하다. 발터 벤야민, 『언어 일반과 인간의 언어에 대하여/번역자의 과제 외』, 최성만 역, 길, 2008, 139쪽.

34 고봉준, 「김남주 시에서 '5 · 18'의 의미—광주항쟁시선집 『학살』(한마당, 1990)을 중심으로」, 『영주어문』 제47집, 2021, 8쪽.

던 그 자신도 바꾸어 놓는다. 시인이 진정한 혁명가로 태어나는 것은 시적인 통찰과 각성, 촉발에 의해서였다. 김남주에게 혁명은 시로써 경험되고 시로써 의미화되는 전선이었으며, 문학적 성찰과 반성을 통해 전진하는 시적 분투였다.

시인과 혁명가는 동일하지 않다. 결코 완전히 합치될 수도 없다. 그들은 서로를 경향적으로 끌어당기고 간극을 메우며 점근적으로 도달하는 이상을 향한 과정에서 서로 바라볼 수 있을 뿐이다. 현실과 행동 속에 시인과 혁명가는 부지런히 발걸음을 옮기면서 자신을 구성한다. 주체성은 완성된 이념 속에 있는 것이 아니라 주체화의 과정적 사건이라 할 수 있다.

5. 세계감각, 또는 주체화의 여정

세계관(Weltanschauung)은 이를 의미심장하게 보여주는 요소이다. 김남주는 자신의 글 곳곳에서 세계관의 중요성을 강조하고, 진정한 혁명 투쟁은 올바른 세계관의 정립에서 비롯된다고 주장했다. 아직 냉전이 한창이던 1980년대에 국가주의와 자본주의 너머의 세계는 다만 이념적 지향의 대상일 수밖에 없었다. 그 세계의 정치와 윤리, 사회적 정체성에 대한 이념적 정향은 굳건한 믿음의 대상이었고, 직접적인 경험이 불가능하기에 맹목의 대상이기도 했다. 이런 상태에서 세계관은 그 자체로 객관적인 세계 통찰에 비견되고, 그것을 파악하는 것은 이 세계를 더 나은 것으로 바꿀 수 있는 이념적 진리를 획득하는 것과 동치될 만했다. 그 이념이 정말 완전무결한 것인지, 절대적인 객관의 진리인지 검증할 현실적 수단이 없던 상황에서 김남주가 이를 성찰할 방법은 오직 문학뿐이었다.

1975년 광주에 서점 '카프카'를 개설했을 무렵부터 시동이 걸린 문학 공부는, 1980년 광주교도소에 수감되면서 본격화되었다. 후일 부인이 된 박광숙과 지인들에게 보낸 편지에는 언제나 책에 대한 요구가 빠지지 않았으며, 교도소라는 조건으로 인해 그의 독서 욕망은 주로 문학에 기울어질 수밖에 없었다.[35] 게다가 박광숙이 창작에 관심을 보이고 습작을 하던 중이었기에 김남주는 옥중 교사가 되어 그녀의 글쓰기 방향이나 문장, 내용과 형식 등에 관해 지도 편달을 해주는 형편이었다. 흥미로운 점은, 예의 세계관이 문제화될 때였다. 감옥에서 맑스주의 혁명문학의 연구자가 된 김남주는 세계관의 문제에 큰 관심을 기울이고 있었다.

그대가 과연 조국의 딸이라면 그대가 과연 전사의 아내라면, 오! […] 광숙이, 동시대 최고의 인간이란 말씀이 있습니다. 누가 그런 인간인가요. 동시대 최고의 세계관을 웅변으로써 대변하고 문자로써 기명하고 행동으로써 대지 위에 그것을 실현시키는 자입니다.[36]

"최고의 인간"이란 혁명에 대한 확신이 불변의 경지에 이른 자, 그래서 "승패를 염두에 두지 않고 자기의 최선을 다하는" 자를 뜻한다(같은 곳). 자유로운 운신이 불가능했던 김남주에게 확고한 세계관의 정립은 절대적인 혁명관의 수립과 같은 뜻이었다. 박광숙에게 보내는 편지 여러 곳에서 세계관

---

35 김남주가 감옥에서 보낸 서신에는 항상 책에 대한 요구가 가득했고, 사상 관계의 도서가 금지된 터라 외국의 문학작품들이 주종을 이루었다. 박광숙의 증언에 따르면, 그는 영어와 일본어, 독어를 잘하는 편이었고, 러시아어와 스페인어도 조금 알고 있었다. 박광숙 · 맹문재, 「대담. 자유와 혁명을 외친 전사」, 『푸른사상』 47, 2024 봄호, 24쪽.
36 김남주, 「나는 이땅에 저주받은 시인」(1982.09.04.), 『산이라면 넘어주고 강이라면 건너주고』, 79쪽.

의 수립이야말로 창작의 중요한 근거임을 역설하는 가운데, 우리는 그 자신도 내심 그러한 세계관을 갖기를 소망했으리라 추측할 수 있다. 혁명 시인이 혁명적 세계관을 철두철미하게 체화함으로써 불굴의 의지를 획득한다는 서사는 낯설지 않다. 하지만 대개의 혁명 신화에서 자주 엿보이는 이런 서사는 그 자체로 근대적인 것이며, 근대가 종막에 이른 지금의 관점에서 볼 때 구태의연할 수밖에 없다. 김남주 역시 그런 길을 갔던 걸까? 만일 그렇다면, 김남주는 문학사의 박물관에 고이 모셔두어도 좋을 것이다. 그런데 세계문학사의 숱한 고전들, 곧 괴테나 셰익스피어, 발자크 등을 섭렵하면서, 또한 엥겔스의 리얼리즘론도 숙독하던 그에게 세계관의 문제가 의아스럽게 다가오는 장면이 눈에 띤다. 최권행에게 보내는 편지 중 체르니셰프스키의『무엇을 할 것인가?』(1867)를 읽고 쓴 소감문이 그것이다.

김남주는 1888년 4월 엥겔스가 마가렛 하크니스에게 쓴 편지와 그 내용을 잘 알고 있었다. 발자크의 작품론을 간단하게 요약·정리하는 이 글에서 엥겔스는 비록 발자크가 왕당파 지지자였으나, 현실에 대한 주도면밀한 연구와 통찰을 통해 귀족의 몰락과 부르주아의 부상을 예견했음을 밝혔다. 나아가 이를 소설로 묘사함으로써 궁극적으로는 '리얼리즘의 승리'를 간취했다고 주장했다.[37] 역사의 흐름에 대한 작가의 판단과 그의 계급적 동정 및 정치적 선입관은 다를 수 있고, 전자야말로 현실의 진정한 운동을 포착하는 가장 중요한 요인이라는 것이다. 대개의 맑스주의 문학이론에서 금과옥조로 다루는 이 지점에 대해 김남주는 의문을 제기한다.

19세기 러시아의 비평가인 도브롤류보프는 체르니셰프스키의『무엇을

37 프리드리히 엥겔스,『맑스엥겔스 저작선집 6』, 최인호 외 역, 박종철출판사, 1997, 481~484쪽.

할 것인가?』를 상찬하며, 이 소설의 성취 요인을 작가가 자기 시대와 민족(민중)의 진정한 지향 즉 세계관을 정확히 표현했다는 점에서 찾았다. 바꿔 말해, 현실에 대한 객관적인 분석과 파악이 소설을 리얼리즘의 승리로 견인한 것이다. 여기가 문제였다. 진정 작가가 작품에 자기의 세계관을 갖고 들어가는 여부가 리얼리즘의 성패를 가르는 기준일까? 왕당파였던 발자크가 왕정주의를 세계관으로 가져갔다면 어떻게 그의 작품이 부르주아의 역사적 승리를 묘사할 수 있었단 말인가? 역사의 흐름을 통찰하는 객관성은 어느 쪽에 있는 것인가? 객관성의 범주 안에 두 가지 대립적인 지향, 즉 왕정과 부르주아지가 동시에 포함될 수 있는가? 김남주는 묻는다.

> 여기에는 엥겔스가 발자크의 소설을 리얼리즘의 승리라고 한 말의 의미와는 정반대의 입장이 표현되어 있다. 내가 알기로는 엥겔스의 '리얼리즘의 승리'가 의미하는 것은 왕당파요 반동적인 세계관의 소유자인 발자크는 의식적으로 자기의 세계관에 조응하는 소설을 써야겠다고 의도했는데 결국 자기의 의도와는 위배되는 결과를 가져오고 말았다는 것, 그런데 그것이 오히려 더 폭 넓고 깊이 있고 어떤 위대한 문학적 형상화로 나타났다는 것, 그 이유는 다름이 아니라 바로 작가 정신―현실을 있는 그대로 객관적으로 파악하고 묘사하려는―이 작가의 세계관을 압도했기 때문이라는 것이었다.[38]

김남주는 "세계관"을 "의식" 및 "의도"와 동일시하고 있다. 명확한 관념 속에 자기의 의사결정을 맡기는 것이기 때문이다. 왕당파 발자크를 규정하는 부분이 이것이다. 반면, "작가 정신"이라 부르는 것은 "의도와는 위배되는" 무엇이지만 "더 폭넓고 깊이 있"는 "문학적 형상화"를 끌어내는 것이다. 리

---

38 김남주, 「특별한 인간―체르니셰프스키의 『무엇을 할 것인가』를 읽고」, 『산이라면 넘어주고 강이라면 건너주고』, 266쪽.

얼리스트 발자크는 여기에 속한다. 이 구별에 따르면, 세계관은 주체의 소속 계급이나 환경에 의해 길러진 의식, 개별적 의도에 좌우되는 편협한 주관성에 지나지 않을 것이다. 그것을 그릇되다고 매도하기는 쉽지만, 그 경우 진정한 객관성은 어떻게 확보되는지에 대한 의문은 풀리지 않는다. 어떤 세계관이든 결국 객관성 그 자체와 일치할 수는 없기 때문이다. 객관성과 세계관 또는 주관성 사이의 거리와 간극이 문제인 셈이다.

당파성은 이 같은 간극의 문제를 해소하기 위해, 도달 불가능한 객관성을 끌어당기기 위해 맑스주의 문학이론이 강조하는 것이다. 하지만 단순히 태도 혹은 자세로 당파성을 축약하는 한, 무엇이 진정한 객관성을 담지한 당파성인지에 대한 논쟁은 반복될 수밖에 없다. 학술적 논증이나 문헌학적 재구가 불가능한 상황에서 문학 공부를 유일한 길잡이 삼아 김남주는 당파성의 논리를 이렇게 풀어본다.

> 객관성이라는 철학적 개념이 당파성을 배제하는 것은 아니다. 아니 오히려 객관성은 당파성의 원리를 적극적으로 자기 안에 끌어 담음으로써 진정한 객관성을 보장하는 것이 아닐까 한다. 적어도 내가 생각하기에는 계급사회에서는 물론이거니와 완전한 공산주의가 이룩되지 않는 사회주의 사회에서도 당파성을 자기 내부에 끌어들이는 객관성이야말로 현실을 이해하는 바른 기초가 될 것으로 확신한다. 무당파성은 계급투쟁의 최전선에서 나약하고 비겁한 자, 자본가에 고용된 어용 이데올로그들, 소시민적 자유주의자들이 항용 쓰기 마련인 자기기만, 자기위장의 가면적 표현수단에 다름 아니다. 진정한 혁명적 민주주의자는 "어떤 사태를 평가할 경우에도 직접적으로 공공연하게 특정의 사회적 집단의 입장에 서는 것을 자기 의무"로 해야 한다.[39]

39 김남주, 「특별한 인간—체르니셰프스키의 『무엇을 할 것인가』를 읽고」, 267쪽.

김남주의 해법은 흥미롭다. 그는 단지 객관성과 당파성 사이의 중간항을 찾아 타협점을 찾는 식으로 논쟁을 마무리짓지 않는다. 오히려 그는 객관성의 정의를 바꿈으로써 돌파구를 마련한다. "객관성"을 "철학적 개념"이라 부를 때, 우리가 아는 절대 진리로서의 객관은 더 이상 존재할 수 없다. 철학적 개념의 객관성은 사유가 허락된 조건 속에서의 제한된 진리이며, 따라서 당파성을 부분적으로 포함할 것이다. 주관성의 맑스주의적 명명인 당파성은 객관성을 지향함으로써 자기 정당성을 확보하고, 이를 담지한 자는 주체가 된다. 주체는 선험적으로 주어지는 상태가 아니라, 객관에 대한 지향을 당파적으로, 즉 주관적으로 획득함으로써 얻게 되는 과정태다.[40] 주체성이 아니라 주체화가 관건이다. 이는 불변적으로 고정된 세계관의 연역으로는 도출될 수 없는 주체성의 출현을 시사한다. 변화하는 세계와 접촉하고 연구함으로써 얻게 되는 감각적 통찰, 차라리 세계감각이라 부를 만한 과정에 가깝다.[41]

이어지는 장문의 글은 『무엇을 할 것인가』에 대한 김남주의 분석인데, 소설의 주인공 라흐메토프가 어떤 의미에서 혁명가로 등장하게 될지에 대한 그의 생각을 담고 있다. 분석 자체는 평이하지만, 혁명가는 선험적으로 완성된 영웅이 아니라 주체화를 통해 구성되는 존재라는 그의 판단을 뒷받침

---

40 "우리가 세계와 인간을 객관적인 눈으로 본다고 할 때 그 '객관적'이라는 어의 속에는 당파성이 배제되는 것이 아니라 오히려 담보되어 있는 것이다." 김남주, 「시인의 일, 시의 일」, 46쪽.

41 바흐친의 개념에서 빌려온 (카니발적) 세계감각(carnival sense of the world)은 존재의 연속성과 연결성에 토대를 둔 전복적 힘을 뜻한다. 그것은 일괴암적 단일성을 거부하고 다양한 세계 전체를 수용함으로써 새로운 사유의 돌파구를 찾는 방법적 실천이기도 하다. 최진석, 『민중과 그로테스크의 문화정치학—미하일 바흐친과 생성의 사유』, 그린비, 2017, 제8~9장. 이를 '구성적 세계감각'이라 부를 수 있겠지만, 그로써 김남주 시학의 흥미로운 지점을 분석하는 일은 차후의 과제로 넘기자.

김남주 시인의 삶과 문학 정신

해 준다. 라흐메토프는 삶의 경험 속에서, 민중과의 교류 및 노동, 깨달음을 통해 "볼셰비키적 인간의 전형"으로 형성된 인물이다.[42] 세계관이 인간을 주조하는 게 아니라 인간이 삶의 과정을 통과하는 가운데 세계관을 구성하는 사례라 할 만하다. 이데올로기적으로 선험화된 세계관이 아니라 구성적으로 작동하는 세계관, 또는 세계감각이 김남주의 진정한 문제였다.

　김남주의 이 같은 통찰이 그다지 특별해 보이지 않을 수도 있다. 맑스주의 이론에 대해 잘 알고 있거나 현대 문학비평의 몇몇 분야, 가령 정신분석에 관해 숙지하는 사람이라면 어떻게든 이해할 수 있는 대목일 듯하다. 하지만 당시의 김남주는 객관성을 당파성과 연계하여 이해하기 위한 지적 도구를 거의 빌릴 수 없는 상태였다. 순전한 자력적 통찰의 시간만이 그에게 주어진 전부였고, 이를 통해 자신만의 입장을 구축할 수밖에 없었다. 시인의 주체화와 그 결과로서 혁명가의 등장을 말해도 좋을까? 이는 김남주의 시작 방법론에도 적지 않은 영향을 끼치게 되는데, 시의 대중성이란 "대중의 생활현실과 투쟁을 당파성의 원리에 입각해서 표현"하는 것이라는 언명은[43] 단순히 계급문학론의 원론적 내용을 반복한 것이 아니었기 때문이다. 김남주가 객관성과 당파성을 기계적으로 받아들여 적용하기만 했다면, 상술한 논리는 결코 나올 수 없었을 듯하다.

　객관성과 당파성의 간극을 어떻게 메울 것인가, 메워도 좋은 것인가에 대한 고민과 돌파가 핵심이다. 시인에게 세계관이란 단순히 특정한 이념을 수용하고 반복재생하는 것이 아니라, 객관성과 당파성 사이의 간극을 스스로 메우는 활동을 통해 만들어지는 시학적 운동이다. 전사는 이 운동의 과정에

42　김남주, 「특별한 인간—체르니셰프스키의 『무엇을 할 것인가』를 읽고」, 282쪽.
43　김남주, 「시와 혁명」, 17쪽.

서 현상하는 실천적 시인의 형상인바 "시인은 혁명투쟁에 몸소 참가함으로 써 가장 혁명적인 시를 쓸 수 있"다는 주장도 이런 맥락에서 이해되어야 한다.[44]

동일한 견지에서, 김남주의 시학은 선험적으로 결정된 것이 아니라 구성적으로 이루어진 산물임을 기억하자. 우리가 그의 시적 원리를 굳이 '투사를 위한 시학'이라 부르는 이유도 그에 있다. 이념적 완성형으로 상정된 전사와 달리 투사는 과정 속에서 세계와 자신을 변형시키며, 시학은 그 과정을 이루는 방법인 까닭이다. 시적 구성을 통해 주체화하는 시인–혁명가, 혁명가–시인이야말로 김남주가 도달한 시학의 논리였다.[45]

다른 한편, 서두에서 우리는 그의 시학이 사회 형성의 논리이기도 했던 점을 지적했다. 감옥의 안과 밖에서 김남주는 시작 활동을 지속함으로써 새로운 사회, 공동체의 갱신을 위한 노력을 지속했다. 시인과 혁명가 사이의 경향적 접근, 상호 관계야말로 사회 형성의 시학을 일컫는 운동이었다. 감옥 이전의 활동과 감옥의 체험이 그의 시학을 단련하는 과정이었다면, 감옥 이후는 그 같은 시학의 논리를 현실에 접목하는 시간이었다. 사회 형성의 시학이라는 이 과제가 어떤 굴곡을 겪었을지, 감옥 이후의 삶과 활동에서 살펴보도록 하자.

---

44 김남주, 「시와 혁명」, 36쪽.
45 관용적으로 '투사의 시학'을 쓰지 못할 이유는 없다. '투사를 위한 시학'은 시학적 논리의 구성물로서 김남주의 시적 원리를 해명하기 위한 명명일 뿐이다.

김남주 시인의 삶과 문학 정신

6. 싸우는 사람, 그리고 상황의 시

1988년 12월 21일, 김남주는 형집행정지로 전주교도소에서 출감했다. 오랜 투옥 생활 끝에 숨쉰 공기가 감개무량했으리라 짐작되지만, 현실은 녹록하지 않았다. 출옥 일주일 여가 지난 12월 27일에 나눈 대담에서 그는 "너무 오래 세상과 격리되어 있었기 때문에 사회에서 투쟁해온 실체험자들에게 배워가며" 앞으로의 행보를 결정하겠노라고 밝혔다.[46] 근 십 년에 걸친 수감생활로 뒤처진 현실의 속도를 따라잡기 위한 결심이었지만, 이 답변에는 그가 품어왔던 모종의 콤플렉스도 포함되어 있었다. 옥중투쟁과 시작 활동을 통해 사회에서 큰 호응과 존경을 받았음에도, 이념적 선명성과 의지의 견고성이라는 그의 시적 특징은 "구호로서의 문학이 가질 수밖에 없는 한계"라는 지적을 받기도 했고,[47] 나아가 "생활의 구체성이 없는 현실의 관념적인 반영"이라 지목되었던 탓이다.[48] 특히 후자는 김남주 본인이 자주 듣기도 했던 비판이었기에 그 스스로도 문제의식을 느끼면서 동의를 표한 적이

---

46 김남주·차미례, 「혁명의 시인 해방의 시인 김남주를 만난다」, 『시와 혁명』, 216쪽.
47 남진우, 「혁명의 길 전사의 시」, 『김남주 문학의 세계』, 185쪽. 이에 대한 김남주의 입장은 상당히 명확했다. "내 시의 정서가 너무 전투적이라는 독자의 역겨운 반응에 대한 나의 대답은 이렇다. 80년대는 '피와 학살과 저항의 연대'였고 나는 그 연대에 '인간성의 공동묘지'인 파쇼의 감옥에 있었다고. 일부의 시인들과 평론가들이 이제 와서 80년대의 시문학을 전면적으로 부정하고 반성하자고 하는데 나는 그들의 앞날을 의심스러운 눈으로 바라보고 있다. 오늘의 현실이 어제와는 다르다고 해서 어제의 역사적인 실천과 그것의 문학적 대응을 오늘의 잣대로 잰다는 것은 무책임할 뿐만 아니라 어떤 저의마저 감지케 한다. 하이네적 의미에서 우리의 현실도 '예술시대의 종언'을 고했다고 감히 선언한다. 오늘의 우리 현실을 괴테 시대의 그것으로 착각하는 시인에게 '개꿈' 있어라." 김남주, 『저 창살에 햇살이』, 창작과비평사, 1992, 5쪽.
48 김남주, 「보리밥과 에그 후라이」, 50쪽 ; 김형수, 『김남주 평전』, 457쪽.

있었고, 자신의 시가 문학 자체보다 현실에 더욱 입각한 것임을 강조하는 계기도 되었다. 자신은 "사회적 실천"으로서 시를 써왔다는 것이다.[49]

1987년 군부독재가 종식되며 형식적으로나마 민주화가 선포되었으나, 그 누구도 새롭게 들어선 체제가 한국 사회의 민주주의를 보장하리라 믿지는 않았다. 서구에서는 이미 70년대부터 시작된 신자유주의가 한국에 자리 잡기 위해 '87년 체제'라는 이름으로 내세워졌고, 노동과 자본이 맞부딪히며 벌어졌던 80년대의 대립은 문화라는 당의정으로 위장된 채 그 투쟁을 이어갔다. 1988년 말, 한 대담을 마치며 김남주가 양심수 석방 투쟁의 자리로 서둘러 자리를 옮긴 것도 그런 사정을 반영한다. 그럼에도 분명 80년대 말의 상황은 십여 년 전의 상황과 달랐다. 특히 만기출소가 아니라 달라진 정치적 국면의 영향으로 출감하게 된 것은 김남주가 직면했던 현실이 전사―시인의 투쟁으로 포괄할 수 없게 되었음을 암시한다. 그에 관련된 자세한 기록들이 엿보이지는 않기에 우리는 그의 시작 활동을 통해 이를 유추해볼 수밖에 없다.

출감 후 사망까지 김남주는 여러 권의 시집을 출간했는데, 선집이나 재간행 형태를 제외하면 『솔직히 말하자』(풀빛, 1989), 『사상의 거처』(창작과비평사, 1991), 『이 좋은 세상에』(한길사, 1992), 유고시집 『나와 함께 모든 노래가 사라진다면』(창작과비평사, 1995) 정도로 열거해 볼 수 있다. 하지만 이 시집들 역시 부분적으로 옥중에서 쓰여진 작품들을 수록해서 출간한 측면이 있었기에 출옥 이후의 상황에서 새롭게 쓰여진 작품은 많지 않다. 가령 『솔직히 말하자』는 감옥에서 출소하는 사람들을 통해 반출했던 작품들을 모은 것이

---

49 김남주, 「보리밥과 에그 후라이」, 51쪽.

고,[50] 『이 좋은 세상에』에는 감옥 안에서 쓴 시와 바깥에서 쓴 시들이 섞여 있다.[51] 유고 시집의 경우는 박광숙에 의해 편집된 것이기에 사망 전에 쓴 시와 초기시가 한꺼번에 포함된다.[52]

> 지난 3년 동안의 내 삶이 갈피를 잡을 수 없어 헝클어진 실꾸러미처럼 어지러울 뿐이다. 사실 나는 최근 3년 동안 담 밖의 현실에서 하는 일이 없었다. 그러니 내가 쓴 시가 내 마음에 들 리가 없을 뿐만 아니라 독자의 가슴에 닿을 턱이 없다. 생활이 있어야겠다. 생활의 중요한 구성인자인 노동과 투쟁이 있어야겠다. 노동과 투쟁이야말로 콸콸 흐르던 시의 샘이 아니었던가![53]

"생활"에 대한 강조는 비단 먹고 살기 위한 일상에 한정되지 않는다. 신체를 구속하는 감옥이라는 생생한 구체성에 포위되어 있을 때는 결연한 투쟁과 그것의 시적 묘사가 생활을 대신했다. 하지만 막상 몸의 구속이 풀리자 투쟁의 구체적 대상이 보이지 않게 되었고, 지향점마저 막연해졌기에 "현실에서 하는 일이 없었다"는 고백을 낳고 만다. 가령 이념적 지향이던 현실 사회주의가 신기루처럼 증발해 버린 상황은 저 무력한 고백을 강요한 배경이었다.[54]

---

50 김남주, 「후기」, 『솔직히 말하자』, 풀빛, 1989, 204쪽.
51 김남주, 「시인의 말」, 『이 좋은 세상에』, 한길사, 1992, 155쪽. 시인 스스로도 "주제에 일관성이 없고 시집의 구성에 있어서도 산만하기 짝이 없다"고 자조적으로 논평하고 있다.
52 그렇다면 온전히 출옥 이후의 시편이 모아진 책은 『사상의 거처』 하나뿐인데, 그 후기에서 우리는 대단히 징후적인 몇 마디를 찾아낼 수 있다.
53 김남주, 「후기」, 『사상의 거처』, 창작과비평사, 1991, 161쪽.
54 김형수, 『김남주 평전』, 532쪽. "나는 요새 시를 못 씁니다. 예컨대 나는 소위 사회주의자인데, 내가 말하는 사회주의는 천상 어디엔가 있는, 말하자면 하늘의 뜬구름 같은 나라가 아닙니다. 예컨대 소련, 예컨대 동독, 이런 걸 가리키는 거였는데, 그 나라들이 지금 어떻게 돼 있습니까? 도대체 왜 이렇게 형편없이 무너졌는지 모르겠어요.

어쨌든 출감 3년 여를 지나며 김남주가 자신의 시적 원리를 되새겨보고 직면한 현실과의 관계에 대해 밀도 높은 성찰을 벌였음은 분명하다. 예컨대 '생활의 결여'는 지난한 민주화 투쟁과 감옥생활을 버티게 만들었던 오랜 신념과 이념을 되돌아보고, 공들여 쌓아 올린 시학적 입장을 근본에서부터 다시 구축하도록 만드는 계기로 등장한다.

> 그동안 내 시의 독자들은 나의 시가 현실의 생활을 매개로 해서 형상화하지 않고 이념과 사상, 다시 말해서 관념을 가지고 현실의 여러 관계를 도식적으로 설명하려 했다고 지적하곤 했다. 나는 이 지적에 감사하고 이 시집을 끝으로 해서 그런 지적들로부터 해방되어야겠다. 그러기 위해서는 노동과 투쟁이 행해지고 있는 농촌·어촌·광산촌·공장지대 등으로 부지런히 발걸음을 옮겨야겠다.[55]

민족/민중 문학의 투사로서 김남주가 감당하기에 버거웠던 시대의 변화가 분명 일어났다. 이로부터 그가 맞닥뜨린 당혹감과 충격도 충분히 공감할 만하다. 하지만 이는 좌절감의 토로가 아닐 것이다. 전사의 시학이 전환해야 할 방향에 대한 모색이 여기 있다. 이전의 시적 태도를 벗어나 삶의 체험을 경유하여 형성될 새로운 시학의 길이 엿보이는 까닭이다. 초지일관한 의지와 투쟁의 언어들로 전사의 형상을 반복하기보다 몸이 먼저 맞부딪히는 현실 경험을 통해 투사의 언어가 잉태되는 시간을 기대했다고 볼 만하다. 『사상의 거처』는 이런 고민을 세공하여 언어 속에 담는 작품들로 1부를 장식한다.

이 때문에 나는 요새 시를 단 한 글자도 쓰지 못하고 있네요."

55 김남주, 「시인의 말」, 『이 좋은 세상에』, 156쪽.

김남주 시인의 삶과 문학 정신

시의 내용은 생활의 내용 내 시에는
흙과 노동이 빚어낸 생활의 얼굴이 없다
이제 그만 쓰자 시를 써야겠다는 생각도
내 머릿속에서 지워버리자
가자 씨를 부리기 위해 대지를 갈아엎는 농부의 들녘으로
가자 뿌리를 내리기 위해 물과 싸우는 가뭄의 논바닥으로
가자 추위를 막기 위해 북풍한설과 싸우는 농가의 집으로
내 시의 기반은 대지다
그 위를 찍어내리는 곡괭이와 삽의 노동이고
노동의 열매를 지키기 위한 피투성이의 싸움이다
대지 노동 투쟁 ―
생활의 이 기반에서 내가 발을 떼면
내 시는 깃털 하나 들어올리지 못한다
보라 노동과 인간의 대지에 뿌리를 내리고
생활의 적과 싸우는 이 사람을
피와 땀과 눈물로 빚어진 이 사람의 얼굴을[56]

1980년대에서 90년대로 이행하던 시기에 김남주는 역사의 변곡점을 목격했다. 그가 감지한 것은 전사의 시대이자 전사의 시학이 흩뿌려지던 근대의 끝이자 새로운 시대의 첫머리였다. 여기서 그가 시를 쓰지 못했던 것은 단지 환경이 바뀌었거나 생활이 부족해서, 혹은 그를 죽음으로 몰고 갔던 신병 때문만은 아니었을 것이다. 오히려 그것은 지난 시대의 시적 이념과 원리, 곧 전사의 시학이 더 이상 작동하지 않는 휴지기이자, 변화된 시대의 흐름에 감응하는 새로운 시학의 등장을 위한 준비기에 가깝다. 새롭게 등장하는 시학은 과연 어떤 것이었을까? 투사를 위한 시학이 사회 형

---

56   김남주, 「다시 시에 대하여」, 『사상의 거처』, 14–15쪽.

성의 시학으로 연동하는 이 시점은, 애석하게도 불투명하게 남겨져 있다. 우리는 다만 여러 자료를 통해 그가 생각했던 시학의 또 다른 변전과 실천을 상상해 볼 따름이다.

생전의 마지막 강연에서 김남주는 "모든 것은 상황의 시"라고 단언했다. 자신이 직접 보고 듣지 못했던 광주학살의 현장을 어떻게 직접적으로 묘사했는지에 대한 답변의 와중에서 나온 진술이다.[57] 상황은 인간을 구체적인 누군가로 만듦으로써 구체적으로 반응하고 사유하며 감각하도록 촉발한다. 인간 일반은 존재하지 않는다. 언제나 구체적인 인간이 있다. 시가 구체적이기 위해서는 구체적인 체험을 통과하여 쓰여져야 한다는 점이 핵심이다. 즉 "자기가 어떤 대상과 상황과 대응한 만큼 대응하면서 느낀 만큼 생각한 만큼 써야" 한다. 이것은 단지 생생한 현장감의 전달이라는 말로는 다 표현할 수 없는, 김남주 시학의 핵심을 표출한다.

상황은 구체적인 사회적 현실에 다름 아니다. 만일 상황의 시에 관해 말할 수 있다면, 그것은 시시각각 변화하는 시간성을 받아들이는 시학에서 비롯될 듯하다. 영원불변하는 원칙의 고수가 아니라, 삶의 구체적인 사건에 대해 끊임없이 반응하고 대응하는 행위 속에 그것은 정초된다. 객관성이 당파성을 통해 보충되고 더 구체적이 되는 가운데 세계관이 성립하듯, 새로운 시학은 삶의 구체적인 사건을 통해 이행적으로 수립될 것이다. 이때 사건은 주체가 부딪히는 사회 현실의 모든 국면이며, 그 과정에서 주체는 끊임없이 또 다른 주체로 이행해 간다. 거듭 강조하건대, '투사'는 완성된 이념형이 아니라 주체화가 도달하는 매번 다른 형상을 이르는 말로서, 사회적 삶

---

57 김남주, 「시적인 내용은 생활의 내용」, 맹문재 편, 『김남주 산문 전집』, 푸른사상사, 2015, 639~643쪽. 작품 전체는 김남주, 「학살 2」, 『조국은 하나다』, 289~291쪽을 보라.

의 매 국면마다 변화하는 사유와 행위의 담지자가 될 것이다. 생활을 위한 길 떠남, 노동과 투쟁을 위한 부지런한 발걸음은 바로 그 같은 사건적 상황을 만남으로써 새로운 사회적 현실을 발명하기 위한 시학의 전회를 뜻한다.

김남주는 여러 차례에 걸쳐 러시아어로 시인은 "싸우는 사람"과 동의어임을 강조했다.[58] 하지만 러시아어로 시인(поэт, poet)이라는 단어에는 그런 의미가 없다. 투사(боец, boets)나 전사(воин, voin)과 혼동해서 나온 말일 수도 있다. 또는 김남주도 잘 알고 있었듯, 러시아 문학사 전체가 전제주의와 농노제에 맞서 싸운 투쟁의 역사였기에 시인이 곧 투사로 자리매김되었다는 해석을 동의어 관계로 파악했을 수도 있다. 핵심은 투사와 마찬가지로 시인 역시 완성된 존재로서 김남주에게 제시되지는 않았다는 점이다. 투사는 시인이 자신의 정체성을 만들어 가는 주체화의 과정에서 나타난 형성적 실존에 다름 아니다. 그것은 1990년대를 넘어서는 시점에서 김남주가 발명한 새로운 시학의 개념적 주춧돌이었다. 시인은 곧 싸우는 사람이라는 언명을 받아들일 때, 싸움은 그가 현실을 바꾸면서 자기 또한 변화시키는 과정을 말할 것이다. 이 과정의 시적 원리를 잠정적으로나마 '투사를 위한 시학'이라 불러도 좋으리라. 실상 언제나 전사였고, 다시 시인으로서 그에 일치하고자 했던 투사, 곧 싸우는 사람의 시학을 가리키기 위하여.

> 여기서 내가 전사라고 한 것은 꼭 무기를 들고 거리에 나서거나 산에 들어간다는 뜻만은 아니다. 싸우는 사람은 그 싸움의 형태에 관계 없이 전사인 것이다.[59]

---

58 김남주 · 김준태, 「문학은 노동과 투쟁 속에서 솟구친다」, 『김남주 산문 전집』, 615쪽 ; 김남주, 「당신을 위해서라면」, 『산이라면 넘어주고 강이라면 건너주고』, 202쪽.
59 김남주, 「나는 이렇게 쓴다」, 『시와 혁명』, 74쪽.

김남주기념홀 건립에 관한 기록

김양현

1. 25주기에 기념홀을 조성하다

김남주기념홀은 2019년 5월 3일에 시인
의 모교인 전남대학교 인문대학 1호관에 개
관했다. 개관 이후 비교적 짧은 시간이었지
만, 기념홀은 김남주의 시와 정신을 마주하
는 공간으로 자리매김 되었다. 기념홀 건립
을 위하여 정말 수많은 사람들이 뜻을 모았
고 수고를 아끼지 않았다. 건립추진위원회
에 약 250여 명이 참여하여 활동했으며, 약
400여 명이 건립기금을 쾌척해주었다. 기억
이 더 흐려지기 전에 기념홀 건립에 관한 개
략적인 내용이라도 기록하여 남겨두는 좋겠
다는 생각이다.

김남주기념홀 캐치 프레이즈.
홍보책자 「詩人 김남주」 속지

무엇보다도 먼저 김남주기념홀 건립의 뜻을 새겨볼 필요가 있다. 당시 건립추진위원회가 작성한 건립취지문과 건립개요를 정리하면 다음과 같다.

"시인은 1994년 49세를 일기로 우리 곁을 홀연히 떠났다. 그동안 시인의 친구와 선후배 동료들을 중심으로 시인의 해남 생가를 복원했으며, 광주 중외공원에 시비를 세웠다. 또한 김남주기념사업회(회장 김경윤)에서는 매년 '김남주 문학제'를 개최하고 있다. 또한 시인이 서거한 20주년을 기념하여 『김남주 시전집』(염무웅 · 임홍배 편)과 『김남주 산문 전집』(맹문재 편)을 간행함으로써 그가 남긴 작품을 총괄 정리했다. 2019년은 김남주 시인이 타계한 지 25년이 되는 해이다. 시인이 살았던 시대는 우리들에게 먼 과거지사가 되었지만, 시인의 정신과 삶의 태도, 그리고 문학적 유산은 우리가 길이길이 보존할 귀중한 자산으로 남아있다. 이에 시인의 생전에 가까이 지낸 모든 분들과 그 친구들, 시인을 기리고자 하는 모든 분들의 뜻을 모아 전남대학교 인문대학에 김남주기념홀을 건립하여 시인의 고귀한 뜻을 기리고자 한다."

건립 사업 개요

- 사업기간 : 2018년 4월 ~ 2019년 4월(1년)
- 추진기구 : 건립추진위원회(전남대학교/총동창회/민주동우회/한국작가회의)
- 대상공간 : 인문대학 호관 113호
- 구상내용 : 다목적 기념강의실과 기념공간 조성
- 소요예산 : 약 6억 원(대학예산 3억 + 건립기금 모금액 3억)
- 설 계 자 : 이효원(전남대 건축과) 윤영일(건축가)
- 실무책임 : 김양현(학장) 김태완(부학장) 정구중(행정실장)
- 시공업체 : 인타문화(대표 : 송동석, 현장소장 : 이현섭)

김남주 시인의 삶과 문학 정신

2. 기념홀은 복층형 구조다

김남주기념홀은 전남대학교에서 가장 오래된 건물 중의 하나인 인문대학 1호관 1층에 자리하고 있다. 이 건물은 1950년대에 준공하였는데, 현재 근대문화유산으로 지정되어 있다. 학술회의실로 사용하고 있던 기존 강의실 형태의 공간을 기념홀로 개축한 것인데, 이 과정에서 바닥, 천장, 그리고 벽면은 건축 당시의 모습 그대로 원형을 보존했다. 기념홀 1층은 다목적 기념 강의실이고, 2층은 복층형 기념공간으로 꾸며져 있다.

김남주기념홀을 복층형 구조로 만들 생각은 내가 유학했던 독일 뮌스터 대학교 법과대학 도서관의 복층형 구조에서 가져온 것이다. 1990년대 독일 유학 중에 나는 가끔 법대 도서관에서 공부했던 적이 있다. 고색창연한 분위기와 공간 구조가 인상적이었다. 나는 기념홀 설계를 의뢰하면서 설계자들에게 내가 봤던 독일에서 봤던 복층형 구조를 그림을 그려가며 열심히 설명했었다. 내가 요구한 것들이 전적으로 반영된 것은 아니었지만, 결과적으로 설계는 매우 훌륭한 작품이었다. 기념홀의 배치도와 함께 그 구성 부분들에 대하여 간략하게 설명해보자.

1) 1층 다목적 기념강의실

1층 다목적 기념 강의실은 현재 다양한 주제의 인문학 강의와 각종 학술대회 행사 등으로 그 활용도가 매우 높다. 강의실은 책상과 의자 90석, 스탠드형 의자 8석(2층), 그리고 필요하면 언제든지 추가 배치할 수 있는 보조의자 80석이 비치되어 총 178명을 수용할 수 있는 규모다. 강의실 뒤편에는 시인의 뜨거웠던 삶과 문학의 길을 정리한 연보가 전시되어 있다. 그 앞쪽 벽면에는 시인의 대표적인 시 「조국은 하나다」가 쇠 조각들을 일일이 새

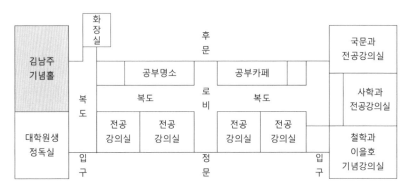

겨넣은 벽면이 있다. 왼쪽 벽면에는 기념홀 이미지를 형상화한 대형 아크릴 작품이 걸려 있다.

2) 1층 복도: 시인에 대한 소개와 미디어아트 작품 전시

기념홀 입구 복도 왼쪽 벽면에 한·영·중·일 4개 국어로 시인을 소개하는 글이 있다. 다른 쪽 벽면에는 시인의 대표 시 「추석 무렵」, 건립취지, 건립개요, 건립기금 기부자명부 판이 부착되어 있다. 기념홀 출입구 바로 옆 벽면에는 시인의 예술정신을 형상화한 이이남 작가의 미디어아트 작품이 설치되어 있다.

3) 2층 기념공간: 김남주의 시와 정신을 마주하는 공간

2층은 김남주 시인을 기억하는 소규모 박물관(mini memorial space)이라고 말할 수 있다. 감옥에서 은박지에 쓴 시 등 육필 시들, 시인의 영혼이 담긴 말, 시인의 문학적 성과에 대한 여러 사람들의 평가, 시인의 삶을 기억하는 이들의 인터뷰 영상 등이 있다. 또한 시인이 낭송한 23편의 육성 시와 안치

기념홀 1층 강의실과 뒤편 연보 전경

환이 시인의 시로 만든 노래 13곡을 오디오로 들을 수 있다. 이를 구체적으로 열거하면 다음과 같다.

- 시집, 시선집, 산문집, 번역서 총 24권
- 추모헌정시집 평전 · 비평서 9권
- 감옥에서 읽은 책 견본품 약 20권
- 육필 시 원고 2편, 은박지에 새긴 시 1편
- 감옥에서 동생 김덕종 씨에게 보낸 편지 3편
- 감옥에서 화장지에 쓴 시와 편지 등 10편
- 시「자유」「학살 1」「이 가을에 나는」「사랑은」「옛 마을을 지나며」「시인」 등
- 시인의 창작 습관과 태도에 관한 진술

- 문익환, 황석영, 김사인, 염무웅의 김남주 시인에 대한 문학적 평가
- 정병석, 박광숙, 김덕종, 김준태, 최권행, 안치환, 이학영 인터뷰 영상
- 김남주 육성시 23편 오디오와 김남주 시를 안치환이 노래한 오디오 13곡

3. 기념홀 조성의 특별한 계기

2017년 2월부터 나는 2년 임기의 인문대학 학장을 맡고 있었다. 그리고 동시에 3년 기간의 정부지원사업인 인문학 육성사업(일명 Core사업)의 단장 직도 함께 수행하고 있었다. 사업비는 연간 29억 원, 총 87억 원이었다. 인문학 육성사업으로 인문대학을 지원하는 사업이었지만, 인문학도들에게는 정말 큰돈이었다. 나는 사업비 일부를 교육환경개선 사업 명목으로 투자하여 무엇인가를 할 수 있는 입장이었다.

그런데 정말 우연한 기회였다. 거의 30년 만에 김남주 시인을 다시 만난

인문대 1호관에 설치된 김남주 관련 문학 세미나 홍보 현수막

것이다. 2017년 11월 어느 날, 영미문화연구소(소장 : 나희경 교수)는 김남주 관련 문학 세미나를 개최하였다. 세미나의 주제는 '불이 밀어낸 어둠 : 김남주와 랭스턴 휴즈의 저항시'였다. 김남주 관련 주제 발표는 문학평론가인 조선대 김형중 교수가 맡았고, 토론자로 전남대 영문과 김연민 교수가 참여했다.

나는 세미나가 끝날 때까지 자리를 지키고 앉아 있었다. 그렇지만 세미나 논의 내용에는 전혀 집중할 수 없었다. 오직 한 가지 생각만이 내 머릿속을 지배했다. '오랫동안 내가 김남주 시인을 잊고 살았구나! 왜 그랬을까?'

어쩌면 김남주 문학 세미나에 참석한 것이 내가 김남주기념홀 조성사업에 앞장서게 된 결정적인 계기였다고 할 것이다. 나는 전남대 80학번이다. 1980년대에 대학과 대학원을 다녔다. 김남주 시인은 나에게 『나의 칼 나의 피』『조국은 하나다』 등 시집을 통해서 인간의 공적인 욕망이 무엇인지, 그리고 슬픔과 분노가 무엇인지를 가르쳐주었다. 당시 시인의 시를 읽으며 눈물을 흘린 날들이 하루이틀은 아니었다. 그런 시인을 30년 이상 잊고 지냈던 것이다. 그런 나를 발견하고서 한편으로는 어떤 죄책감을, 다른 한편으로는 어떤 공적인 욕망을 다시 떠올리게 되었다. 그러나 나는 일을 해나가면서 수없이 깨달았다. 이러저런 공공선을 실현한다는 것, 공적인 욕망을 갖는다는 것, 그것은 참으로 훌륭한 일이다. 그렇지만 그것을 감당해야 할 사람들은 괴롭고 성가시고 고단한 일들을 참고 견뎌내야 한다.

김남주 문학 세미나를 계기로 김남주 시인을 기념하는 공간을 만들어야 겠다고 결심했다. 다소간의 시간을 보낸 후, 이내 생각을 정리하여 이듬해 4월 초에 정병석 총장에게 인문대학 업무보고를 겸해서 '김남주기념홀 구축 계획안'을 보고하였다. 보고 요지는 다음과 같이 간단한 내용이었다.

- 인문대학 1호관에 김남주기념홀 조성 계획
- 예산은 발전기금 혹은 정부예산(19년도 민주길 예산)으로 충당
- 전남대 총동창회/민주동우회/김남주기념사업회/작가회의 등과 추진체 구성
- 총 예산(안): 7억 원(코어사업비 2억 원 + 발전기금 모금 5억 원)
- 설계: 이효원 교수(건축학과)
- ※ 확보 예산: 2억 원(코어사업 교육환경개선 사업비)

정 총장은 사업계획을 매우 의미 있는 일로 평가했다. 그리고 사업추진에 대해 적극적이고 긍정적으로 답해주었다 — 당시 정 총장은 전남대 교내 캠퍼스에 '오월길' 혹은 '민주길'을 만드는 사업을 관심 있게 추진하고 있었다. 그 자리에서 김남주기념홀 사업추진에 필요한 예산 등에 대해서는 정 총장의 별도 언급이 없었기 때문에, 나는 민주길 사업 예산에서 지원을 받는다는 것은 가능하지 않으며, 따라서 예산은 대학 본부의 도움 없이 자체적으로 해결해야 한다고 판단했다. 학장 임기 2년 중 1년이 이미 지났기에 다소 조급한 마음이 앞섰다. 나에게 허락된 시간이 많지 않았기 때문이다. 가능한 한 학장 임기 내에 사업을 마무리하길 원했고, 그래서 일을 서두를 수밖에 없었다.

4. 건립추진위원회 구성

김남주기념홀은 시인의 친구, 지인, 선후배 동료들뿐만 아니라 수많은 사람들이 뜻을 모아 건립되었다. 초기에 추진기구 구성이 문제였는데, 그 일은 시간이 다소간 소요되었지만, 금방 가닥이 잡혔다. 최종적으로 전남대학교, 전남대학교 총동창회, 전남대학교 민주동우회, 한국작가회의를 중심으

로 추진위원회를 구성하게 되었다.

내가 일을 위해서 맨 먼저 접촉한 사람은 세 사람이다. 대학 동아리 선배인 임낙평 센터장(광주국제기후변화 센터장)과 상의하였다. 다음으로 임낙평 선배와 함께 최희동 상임부회장(전남대 총동창회)의 남평 집을 찾아갔다 — 최희동 부회장은 전남대 총동창회 동문들로부터 많은 액수의 건립기금을 모금해주었다. 그리고 해남에서 오랫동안 기념사업을 해온 김경윤 회장(김남주기념사업회)에게 도움을 청했다 — 김경윤 회장은 한국작가회의 등과 네트워크를 만드는 데 큰 역할을 해주었다. 여기에 일일이 거명하지 않은 수많은 사람들의 정성과 노력 덕분에 큰 규모의 건립추진위원회가 만들어졌다.

사업은 공동추진위원장, 집행위원회, 그리고 사무국(인문대 행정실과 코어사업단)을 중심으로 추진되었다. 참여의 뜻을 밝힌 수많은 인사들이 고문, 자문위원, 추진위원 등의 직함으로 건립추진위원회의 빛내 주었다. 그 명단을 여기에 기록하고자 한다. 직함은 2018년 당시의 것이라는 점을 밝혀둔다.

1) 고문

정병석(전남대 총장) 강정채(전 전남대 총장) 김윤수(전 전남대 총장) 김성곤(서울대 명예교수) 김춘섭(전남대 명예교수) 박관석(조선대 이사장) 박석무(다산연구소장/우석대 석좌교수) 백낙청(서울대 명예교수) 성진기(전남대 명예교수) 안병욱(한국학중앙연구원 원장) 유홍준(명지대 석좌교수) 이상식(전남대 명예교수) 이홍길(전남대 명예교수) 정지창(전 영남대 부총장) 정인채(전남대 총동창회장) 노동일(전 전남대 총동창회장) 박승현(전남대 총동창회 이사장) 장원의(전남대 서울동창회장) 허 정(전 전남대 총동창회장)

강대석(김남주 평전 저자/전 대구카톨릭대 교수) 구중서(한국작가회의 고문) 김삼

웅(김남주 평전 저자/전 독립기념관장) 도종환(시인/문화체육부 장관) 문순태(소설가)
송기숙(한국작가회의 상임고문) 신경림(한국작가회의 상임고문) 염무웅(한국작가회
의 상임고문) 이명한(광주전남작가회의 고문) 이시영(한국작가회의 고문) 한승원(소
설가) 현기영(한국작가회의 상임고문) 임헌영(문학평론가/민족문제연구소장) 정희성
(한국작가회의 고문) 황석영(한국작가회의 고문)

김중배(전 동아일보 편집국장) 박세정(함석헌기념사업회 이사) 백기완(통일문제 연
구소장) 서경원(전 국회의원) 윤광장(전 5·18 기념재단 이사장) 윤영달(크라운해태
회장) 오종렬(5·18민족통일학교 이사장) 이철우(5·18 기념재단 이사장) 임추섭(광
주교육희망네트워크 대표) 임재경(언론인) 전홍준(광주마당 초대 이사장) 정철웅(광
주전남환경운동연합 고문) 정해숙(전 전교조위원장) 채일병(전 국회의원) 한승헌(변
호사)

2) 자문위원

고재종(광주전남작가회의 고문) 김명수(시인) 김영현(소설가) 김정환(시인) 김진
경(시인) 김형수(시인) 김희수(광주전남작가회의 고문) 나종영(한국문화예술위원회 위
원) 나해철(시인) 박몽구(시인) 박혜강(소설가) 안치환(가수) 윤기현(아동문학작가)
윤재걸(광주전남작가회의 고문) 이승철(한국문학평화포럼 사무총장) 이영진(시인) 임
철우(소설가) 전용호(소설가) 최두석(시인) 황지우(시인)

곽재구(순천대 교수) 강형철(숭의여대 교수) 김경주(동신대 교수) 김순전(전남대
명예교수) 김하림(조선대 부총장) 나간채(전남대 명예교수) 박광서(전남대 명예교수)
박현옥(상무고 교장) 송정민(전남대 명예교수) 신경구(전남대 명예교수) 신경호(전남
대 명예교수) 윤택림(전 전남대병원장) 오수성(전남대 명예교수) 위상복(전남대 명예
교수) 이개석(경북대 명예교수) 이경순(전남대 명예교수) 이근배(전남대 교수회 회장)
이동순(조선대 교수) 이종범(한국학호남진흥원 원장) 이중표(전남대 명예교수) 정근

식(서울대 교수) 정혜숙(전남대 명예교수) 채희윤(광주여대 교수) 최권행(서울대 교수) 한은미(전남대 부총장) 황태주(전남대 명예교수) 허 민(전 전남대 부총장)

강기정(전 국회의원) 김경진(국회의원) 김동찬(광주시의회 의장) 김삼호(광주시 광산구청장) 김승남(전 국회의원) 김완기(전 광주시 부시장) 남평오(국무총리 민정실장) 민형배(더불어민주당 광산을위원장) 서대석(광주시 서구청장) 서삼석(국회의원) 송갑석(국회의원) 양향자(더불어민주당 최고위원) 윤장현(전 광주시장) 윤호중(국회의원) 이용빈(더불어민주당 광산갑위원장) 이병훈(광주시 문화경제부시장) 이학영(국회의원) 임 택(광주시 동구청장) 장석웅(전라남도 교육감) 장휘국(광주시교육감) 최경환(국회의원) 최영호(전 광주시 남구청장)

강용주(전 트라우마센터장) 고광헌(서울신문사 사장) 김덕종(광주전남추모연대 공동대표) 김명군(금호주택 대표) 김선흥(전 외교관) 김성종(무등공부방) 김양래(전 5·18기념재단 상임이사) 김정길(6·15공동위원회 상임고문) 김태종(5·18기록관 연구실장) 김희택(윤한봉기념사업회 이사장) 나상기(광민회 고문) 민인기(해남신문 대표이사) 박석삼 박헌택(영무토건 대표이사) 박화강(전 한겨례신문 국장) 박호재(아시아문화학회 부회장) 신광조(광산구시설관리공단 이사장) 안길정(5·18기록관) 안종철(국방부 5·18진상조사 자문위원) 유선규(광주민청학련동지회) 이수일(전 전교조 위원장) 이혜명(새희망포럼 대표) 정영일(광주시민단체협의회 상임대표) 정용화(전 광민회 대표) 정진백(김대중대통령광주전남추모사업회 상임대표) 조계선(누리문화재단) 조진태(5·18기념재단 상임이사) 조천근(나이키광주중앙대리점 대표) 최영준(관현장학재단 이사장) 한상석(사회적협동조합연합회 중앙회장) 홍성담(작가) 윤만식(한국민족극협회 이사장)

3) 공동추진위원장

김상윤(윤상원기념사업회 이사장) 김준태(광주전남작가회의 고문) 김효성(광주전

공동추진위원장단 회의 참석자들. 왼쪽부터 김형수 사무처장, 김효성 회장, 최희동 김상윤 선생, 박형선 회장, 김양현 학장, 홍경표 원장, 박창헌 회장, 김태완 부학장.

남기자협회 회장) 박형선(해동건설 회장) 박창헌(광주치과의사회 회장) 이경자(한국 작가회의 이사장) 이 강(전남대 민주동우회 고문) 최병근(광주지방변호사회 회장) 최 희동(전남대 동창회 상임부회장) 홍경표(전 광주시의사회장)

4) 추진위원

강성영(불문과 교수) 강은영(사학과 교수) 김경호(호남학연구원 교수) 김기성(호 남학연구원 교수) 김대현(국문과 교수) 김동근(국문과 교수) 김병인(사학과 교수) 김 상봉(철학과 교수) 김성은(일문과 교수) 김순임(독문과 교수) 김신중(국문과 교수) 김 연민(영문과 교수) 김영만(공과대학 교수) 김정례(일문과 교수) 김정욱(중문과 교수) 김창규(호남학연구원 교수) 김태훈(불문과 교수) 나윤희(영문과 교수) 나희경(영문과 교수) 노승희(영문과 교수) 류진수(객원교수) 민병로(법학전문대학원 교수) 민진영 (불문과 교수) 민태운(영문과 교수) 류재한(불문과 교수) 박구용(철학과 교수) 박만규 (역사교육과 교수) 박병주(치의학전문대학원 교수) 박현재(경영대 교수) 백승주(국문

김남주 시인의 삶과 문학 정신

과 교수) 백현미(국문과 교수) 송경안(독문과 교수) 송한용(사학과 교수) 신준호(의과대학 교수) 신해진(국문과 교수) 심을식(불문과 교수) 안기섭(중문과 교수) 안병규(영어교육과 교수) 안 진(법학전문대학원 교수) 양순자(철학과 교수) 양채열(경영대 교수) 엄철주(영어교육과 교수) 염민호(교육학과 교수) 오만종(중문과 교수) 오미라(영문과 교수) 유희석(영어교육과 교수) 윤왕중(공과대학 교수) 이강래(사학과 교수) 이구용(예술대학 교수) 이상권(사범대학 교수) 이성원(사학과 교수) 이미란(국문과 교수) 이용환(교육학과 교수) 이주노(중문과 교수) 이주리(영문과 교수) 이 철(불문과 교수) 이효원(건축학과 교수) 임상철(의과대학 교수) 임영채(의과대학 교수) 임종명(사학과 교수) 임채광(불문과 교수) 임환모(국문과 교수) 장우권(사회대 교수) 정경운(문화전문대학원 교수) 정명순(독문과 교수) 정명중(호남학연구원 교수) 정미라(철학과 교수) 정성택(의과대학 교수) 정승운(일문과 교수) 조경순(국문과 교수) 조동범(조경학과 교수) 조영훈(불문과 교수) 조윤호(철학과 교수) 조재형(국문과 교수) 조진형(치의학전문대학원 교수) 조태성(호남학연구원 교수) 지승아(영어교육과 교수) 최영태(사학과 교수) 최유준(호남학연구원 교수) 최정기(사회대학 교수) 최혜영(사학과 교수) 하영동(불문과 교수) 허 탁(의과대학 교수) 이 상(전남대학교)

김민영(군산대 교수) 김성재(조선대 교수) 김형중(조선대 교수) 나희덕(조선대 교수) 맹문재(안양대 교수) 박오복(순천대 교수) 백수인(조선대 교수) 송인동(호남신학대 교수) 신일섭(호남대 교수) 신형철(조선대 교수) 은우근(광주대 교수) 임동확(한신대 교수) 임성훈(광주과기원) 임홍배(서울대 교수) 형광석(목포과학대 교수)

고익종(광주소프트웨어마이스터고교장) 김동혁(용두중) 김현철(금호고속 대표이사) 고재경(광주시의회 환경복지전문위원) 김도용(천사요양병원장) 김민석(다담에뜰 대표) 김병주(광주예술고) 김수현(건축사) 김승민(화순고) 김영태(CBS 기자) 김용두(KBS 프로듀서) 김재용(변호사) 김종훈(순천공고) 김지숙(디노데코 대표) 류근성(목포유달중) 문창인(한국보건복지인력개발원 부산센터장) 박동준(건축가) 박민규

(시인) 박숭희(모든나라여행사 대표) 박재만(참여자치21 사무처장) 박인철(푸른용봉 회장) 박형철(국립소록도병원장) 배훈천(커피루덴스 대표) 변재훈(전남대 민주동우회 사무국장) 송광용(광주전남작가회의) 송기희(전남대총동창회 여성용봉회 회장) 송필 용(화가) 신길수(전라남도선거관리위원회 관리과장) 신민구(동신중) 양갑현(송원중) 위정순(아름드리수약국 약사) 유양식(대광여고교장) 이기승(주식회사 한양 대표이사) 이기헌(선이고운치과원장) 이맹노(광주일고) 이서영(엔터 대표) 이성길(전남대병원 상임감사) 이안희(이안희치과원장) 이이남(작가) 이춘문(6월항쟁기념사업회 이사) 정 양주(구례동중) 조양래(한국직업지도진로협회 감사) 천선아(드림미즈 대표) 천형욱 (변호사) 최금환(조이투어 대표) 한보리(작곡가) 한희원(화가)

5) 집행위원회

김양현(위원장/전남대 인문대학장) 김경윤(김남주기념사업회장) 김선출(문화예술 위원회 상임감사) 김윤기(광주문화재단 대표) 김태완(전남대 인문대 부학장) 김형수 (전남대 총동창회 사무처장) 임낙평(광주국제기후변화센터장) 최 철(광주학생독립운동 기념사업회 이사장)

6) 전문위원회

시문학 : 김동근(전남대 교수) 김형중(조선대 교수) 나희경(전남대 교수) 맹문재 (안양대 교수/김남주 산문전집 편집자) 송광용(광주전남작가회의) 임동확(한신대 교수) 임홍배(서울대 교수/김남주 시전집 편집자)

건축디자인 : 박동준(건축가) 송필용(화가) 윤영일(건축가) 이효원(전남대 교수) 조동범(전남대 교수) 한희원(화가) 홍성담(작가)

김남주 시인의 삶과 문학 정신

7) 사무국

총괄 : 김태완(부학장) 총무 : 최행준(학술연구교수) 김종숙(행정직원) 김진병(행정직원) 전말례(행정직원) 김혜미(조교) 김은진(행정직원) 재정 : 정구중(행정실장) 하승연(행정팀장) 정인우(행정팀장) 안보현(대학 본부 발전기금담당) 학술 : 최창근(학술연구교수) 안동환(학술연구교수) 조상현(학술연구교수) 고원후(교육조교) 김광재(교육조교) 김보람(교육조교) 김태양(교육조교) 홍보 : 이상훈(학술연구교수) 김광운(행정직원) 이선헌(조교)

5. 건립계획 보고회 개최

김남주기념홀건립추진위원회를 구성하는 데 약 5개월의 시간과 준비가

건립계획 보고회 참석자 기념촬영. 앞줄 정병석 총장을 비롯하여 정인채 동창회장, 이흥길 교수,
허정 동창회장, 김춘섭 교수, 노동일 동창회장, 박형선 회장, 이상식 교수, 김준태 선생,
이강 선생 등이 보인다.

필요했다. 뜻있는 사람들을 모으기 위해서 많은 정성과 노력을 들였다. 공동추진위원회, 집행위원원회, 사무국을 중심으로 수차례 논의를 거쳐서 추진기구가 완성되었다. 일의 착수를 공식화하는 선포의 자리가 필요했다. 2018년 9월 7일(금)에 건립계획보고회가 개최되었다. 보고회는 김남주기념홀 개축 대상 공간인 인문대 1호관 113호(학술회의실)에서 있었다. 프로그램을 소개하면 다음과 같다.

사회: 김형수(전남대 총동창회 사무처장)

시 간	내 용	비 고
15:00∼15:50	리셉션	인문대 2호관 학장실
15:50∼16:00	김남주 영상	콘샐러드(인문대 융합창업팀)
16:00∼16:10	내외빈 소개	사회자
16:10∼16:20	인사말	김준태(추진위원장 · 광주전남작가회의고문) 이강(추진위원장 · 김남주 시인 친구)
16:20∼16:30	환영사	정병석(전남대학교 총장) 정인채(전남대학교 총동창회 회장)
16:30∼16:50	격려사	이학영(국회의원) 최권행(문화중심도시조성위원장)
16:50∼17:00	건립계획 보고 설계안 발표	김양현(인문대학 학장) 이효원(건축학과 교수)
17:00∼18:00	다과와 식사	인문대 2호관 4층 교수회의실

당시 주요 참석자들은 다음과 같다. 정병석 총장을 비롯하여 정인채(전남대 총동창회장) 허 정(전 전남대 총동창회장) 노동일(전남대 총동창회장) 박승현(전남대 총동창회 이사장) 등 전남대 총동창회 회장님들이 참석하였다. 그리고 성진

기 명예교수님을 비롯하여 김춘섭(전남대 명예교수) 오수성(전남대 명예교수) 위상복(전남대 명예교수) 이상식(전남대 명예교수) 이홍길(전남대 명예교수) 황태주(전남대 명예교수) 이학영(국회의원) 김동찬(광주시의회의장) 최권행(문화중심도시조성위원회 위원장) 이종범(한국학호남진흥원 원장) 한은미(전남대 부총장) 최영태(전남대 교수) 박구용(한국연구재단 인문사회본부장) 김명군(금호주택 대표) 등 여러분들이 참석하였다.

아울러 건립추진위원회 공동위원장을 맡았던 김상윤(윤상원기념사업회 이사장) 김준태(광주전남작가회의 고문) 김효성(광주전남기자협회 회장) 박창헌(광주치과의사회 회장) 박형선(해동건설 회장) 이 강(전남대 민주동우회 고문) 최병근(광주지방변호사회 회장) 최희동(전남대 동창회 상임부회장) 참석하였다.

6. 전문가 워크숍 개최

김남주기념홀에는 다목적 강의실도 있지만, 복층형 2층 공간에는 김남주기념공간이 자리 잡고 있다. 어떤 내용으로 공간을 채울 것인가, 어떤 시 작품들을 선정하여 전시할 것인가? 문외한의 입장에서는 막막하고 쉽지 않은 문제였다. 그래서 2018년 10월 5일(금)에 인문대학 1호관 2층 영문과 세미나실에서 '김남주의 삶, 그리고 작품세계'를 주제로 전문가 워크숍을 개최했다. 이 행사는 영미문화연구소가 주관하고 다음과 같은 내용으로 진행되었다. 이 워크숍을 통해서 대부분의 전시 콘텐츠들이 선정되고 결정되었다고 말할 수 있다.

1부 건립계획 및 설계안 발표		
14:00~14:15	건립계획 보고	김양현 학장(집행위원장)
14:15~14:30	설계안 설명	이효원 교수(건축과) 윤영일 박사(건축과)
2부 김남주의 삶과 문학		
14:30~15:00	김남주 시에 대한 평가들	임홍배 교수(서울대)
15:00~15:30	부끄럼의 힘과 혁명가의 길: 김남주의 시세계	임동확 교수(한신대)
15:30~16:00	김남주의 산문에 대하여	맹문재 교수(안양대)
16:30~18:00	종합토론	정민구 박사(국문과) 송광용 대표(심미안)

7. 전시계획 자문회의 개최

2019년 1월 9일(수) 인문대학 2호관 학장실에서 설계자와 관련 전문가 등 19명이 참석한 전시계획 자문회의가 개최되었다. 참석자들은 다음과 같다.

1) 설계자/작가

이효원(전남대 교수) 윤영일(전남대 박사) 조정구 소장(슈퍼노멀스튜디오 대표) 이이남 작가(문화전문대학원)

2) 전문가/관계자

나희경(영문과 교수) 임환모(국문과 교수) 이미란(국문과 교수) 이주노(중문과 교수) 김경윤(김남주기념사업회 회장) 송광룡(문학들/심미안 대표) 박대수(민주동우회

운영위원장) 변재훈(민주동우회 사무처장) 김학련(시설과 팀장) 김태완(교수/부학장) 김양현(교수/학장) 류재한(교수/차기 학장) 최행준(코어사업/연구교수) 최창근(코어 사업단/연구교수) 이상훈(코어사업단/연구교수) 등

회의에서는 추진경과 및 향후 추진일정 보고(김양현 학장), 시공업체 선정 등 추진상황 보고(김학련 본부 시설과 팀장), 설계안 및 전시계획안 보고(이효원 교수/조정구 대표), 김남주 미디어아트 작품 제작 설명(이이남 작가), 전시 주요 콘텐츠와 인터뷰 영상 제작 계획 보고(김양현 학장), 참석자 자문의견 청취 순으로 진행되었다.

8. 3억 원의 건립기금을 모으다

건립기금 모금은 건립계획보고회 직후부터 곧바로 시작되었다. 당초 모금 목표액은 5억 원이었다. 목표 달성은 결국 하지 못했다. 그러나 약 400여 명으로부터 3억 원이 넘는 건립기금을 모았다. 1구좌(50만 원)에서 20구좌(1,000만 원)까지로 정하여 모금을 시작했는데, 도중에 구좌당 액수가 너무 많다, 소액도 받는 것이 좋겠다는 등 여러 의견이 있었다. 모금의 실무 책임자로서 참 많은 고민이 많았다. 돈이 모이지 않아 위장병이 생길 정도로 힘들었지만, 사업을 마무리할 수 있는 돈이 모금 되었다. 결과적으로 다소간 부담이 되는 쪽으로 선택한 것이 그래도 잘 됐다고 생각한다.

김남주 시인과 가까이 지냈던 친구, 지인, 선후배들은 말할 것도 없고, 전남대학교 총동창회, 민주동우회, 한국작가회의 회원들, 그리고 무엇보다도 전남대학교 인문대학을 비롯한 교내 수많은 교직원들이 모금에 적극적으

로 참여해 주었다. 모금을 위해 동분서주하고 고군분투했던 이러저런 에피소드가 적지 않지만, 시시콜콜하게 여기에 기록하지 않기로 한다. 기부하신 분들의 이름을 남기는 것은 꼭 필요한 일일 것이다. 명단을 분야별로, 그리고 총괄하여 정리한다.

1) 기업

금호고속(대표 김현철) 금호주택(대표 김명군) 광주은행(은행장 송종욱) 반도수중무역(대표 소영호) 보성건설(대표 이기승) 새천년종합건설(대표 정인채) 영진종합건설(대표 박승현) 해동건설(대표 박형선) 창작과비평사(대표 강일우)

2) 단체/기관

5·18기념재단 김남주기념사업회 박승희정신계승사업회 새알목(공대88동우회) 전남대민청학련동지회 전남대수의대동창회 전남대인문대명예교수모임 전남대총동창회용현회 전남대총동창회여성용봉회 전남대출판문화원

3) 정치인/지자체장

이학영(국회의원) 서삼석(국회의원) 정양석(국회의원) 최경환(국회의원) 송갑석(국회의원) 강기정(청와대 정무수석) 민형배(청와대 선임비서관) 이병훈(광주시 문화경제부시장) 김완기(전 광주시 부시장) 유두석(장성군수) 김삼호(광산구청장)

4) 사회인사/작가회의

염무웅(교수) 백낙청(교수) 이경자(작가회의 이사장) 박석무(교수) 안병욱(원장) 김중배(선생) 김준태(시인) 최권행(교수) 곽재구(시인) 나해철(시인) 맹문재(교수)

김남주 시인의 삶과 문학 정신

임홍배(교수) 임철우(소설가) 현기영(소설가)

5) 총동창회/민주동우회

허정(전 총동창회장) 노동일(전 동창회장) 정인채(전 동창회장) 장원의(전 서울동 창회장) 김상윤(전 민주동우회장) 박창헌(상임부회장) 박헌택(상임부회장) 임선숙 (상임부회장) 최동석(상임부회장) 최병근(상임부회장) 최희동(상임부회장) 송기희 (여성용봉회장)

6) 전남대학교 총동창회/민주동우회/작가회의/사회인사(종합 정리)

강기정 강위원 강훈열 고영칠 고익종 고정석 공수현 곽재구 구승룡 구용 문 국윤주 권혁소 권혁주 권화빈 김경남 김광란 김광빈/이영주 김나운 김 대인 김동혁 김명군 김민석 김병주 김삼호 김상윤 김상집 김선출 김선흥 김 성민 김승현 김애옥 김영운 김완기 김일태 김재용 김정현 김준태 김중배 김 태수 김태종 김형수 김효사 나해철 나희덕 남궁협 노동일 류경호 류근성 문

전남대 총동창회 여성용봉회 건립기금 전달식. 총장실 접견실.

전남대민청학련동지회(회장 최철)의 인문대 김남주기념홀과
사회대 윤상원기념홀 건립기금 전달식. 인문대 학장실.

덕희 문석환 문창인 문태룡 민경재 민기채 민형배 박광순 박남준 박대수 박
석삼 박수본 박숭희 박오복 박은경 박창헌 박춘애 박헌택 박형철 배훈천 백
경호 백낙청 변재훈 부윤경 서삼석 서영관 서일석 선성기 소영호 송갑석 송
광룡 송기희 송선태 송인동 신길수 신민구 신정호 안동규 안병욱 안성길 안
성호 안현미 양갑현 양진영 양철훈 양하준 염무웅 오 현 오용관 오정규 오
창규 위정순 유귀숙 유두석 유양식 유영태 유용주 유현아 윤 석 윤만식 윤
승기 윤영일 윤영전 윤태원 윤풍식 은우근 이 강 이경자 이경춘 이금규 이
기헌 이맹로 이 범 이병훈 이상봉 이상훈 이서영 이성길 이수일 이시영 이
안희 이영규 이종범 이창권 이학영 이해송 임낙평 임대옥 임동찬 임동확 임
선숙 임성훈 임왕택 임창진 임철우 임홍배 장연주 장원의 장유정 전병문 전
영원 정동일 정병초 정석우 정성남 정소성 정송란/조만형 정순관 정양석
정양주 정충현 정환춘 정회웅 정희곤 정희성 조규남 조동섭 조성희 조영록
조오섭 조천근 채영선 천금영 최경환 최권행 최동석 최두석 최병근 최병선

김남주 시인의 삶과 문학 정신

최원일 최은기 최종천 최준영 최철용 최향동 최희동 하상근 한경희 함민복 허 정 현기영 형광석 홍경표 홍세화 홍효숙

7) 전남대학교 교직원/명예교수(종합 정리)

강성영 강정채 김경학 김기성 김대현 김동근 김동수 김미라 김병인 김상봉 김성은 김성훈 김순임 김신중 김양현 김연민 김영란 김영만 김은진 김은혜 김정례 김종숙 김진병 김창규 김태완 김택현 김혜미 김홍길 나간채 나윤희 나희경 노승희 노양진 류재한 문영희 문태호 민병로 민진영 민태운 박구용 박노동 백승주 백장선 백현미 성길호 손희하 송경안 송진규 송한용 신경구 신근영 신윤숙 신준호 신해진 심을식 안 진 안기섭 안기완 안동환 안병규 안아람 양순자 양채열 양회석 엄철주 염민호 염시창 오만종 오미라 오상은 오희균 위상복 윤택림 이강래 이경순 이근배 이미란 이상권 이상호 이상훈 이선헌 이용환 이정화 이주노 이주리 이준웅 이준환 이중표 이효원 임상철 임영채 임지영 임환모 장복동 장우권 장정훈 전말례 정경운 정구중 정명순 정명중 정미라 정성택 정승운 정용석 정은경 정인우 정○○ 정혜숙 조경순 조상현 조영훈 조원제 조윤호 조재형 조진선 조진형 조태성 지승아 차성식 천득염 최대우 최수일 최영태 최유준 최창근 최행준 최혜영 하승연 하영동 한○○ 허 민 홍덕기 황태주

8) 특별 기부자

미망인 박광숙 여사께서 시인의 육필 원고, 편지 등 전시된 모든 원본 유품을 기증하였다. 그리고 미디어 아티스트인 이이남 작가는 김남주 미디어 아트 작품(가격 7천만 원 상당)을, 그리고 정현주 작가는 김남주 시인의 이미지와 기념홀 이미지 작품을 무상으로 사용할 수 있도록 기증해주었다.

나는 나의 시가
가난한 이들의 동무가 될 수 있다면
그것으로 만족한다

- 김남주

김남주기념홀

정현주 작가의 인문대 1호관 세밀화를 바탕으로 만든 김남주기념홀 이미지/기념품

정현주 작가가 작업한
김남주 캐리커처 이미지

김남주 시인의 삶과 문학 정신

김남주 캐리커처 이미지는 김남주 시인이 고향 마을 해남 보리밭에서 찍은 사진을 밑바탕으로 정현주 작가가 작업한 것이다.

9) 기금모금의 특별 공로자

아무리 좋은 뜻을 가지고 있더라도 돈을 모으기란 쉽지 않은 일이다. 정말 수많은 사람들의 정성과 노력으로 결국 일이 진행되고 성사되었다. 이 과정에서 특별히 몇 사람들의 이름을 기록해두고 싶다. 전남대 총동창회 최희동 상임부회장은 총동창회를 중심으로, 박창헌 광주치과의사회 회장은 치과병원장 등 광주시치과의사회를 중심으로, 전남대 민주동우회 변재훈 사무국장은 민주동우회를 중심으로, 김경윤 김남주기념사업회 회장은 한국작가회의를 중심으로 건립기금을 모금하는 데 정말 애를 많이 썼다. 이분들의 정성과 노고를 기록하여 기억하고자 한다.

9. 기념홀 개관식

건립공사를 하는 데 여러 가지 어려움이 많았다. 당초에는 본부 시설과에서 2019년 1월 초에 철거공사를 하고, 1월말까지 파일공사, 복층형 공사, 내진 공사 등을 마무리하고, 동시에 업체 공모 및 선정 절차를 끝낼 계획이었다. 그리고 2월 중에 공사 업체에서 전시물을 제작 설치하는 일정을 잡았었다.

나는 2019년 1월 말에 학장 임기가 끝나는 시점에 가능한 한 모든 일이 마무리되길 소망했다. 그러나 모든 것이 뜻대로 되지 않았다. 나는 학장직을 내려놓은 이후에는 건립추진위원회 집행위원장의 자격으로 기념홀 건

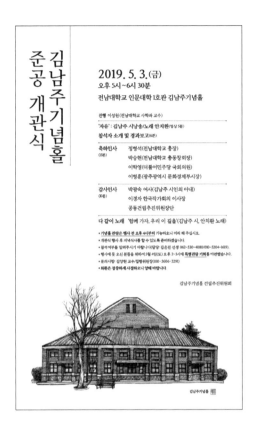

립 업무에 집중했다.

수많은 우여곡절이 있었지만, 2019년 5월 3일(금)에 김남주기념홀 준공 개관식이 열렸다. 개관식에는 200여 명이 참석하여 성황을 이뤘다. 김남주 시인의 육성으로 「자유」 시낭송과 가수 안치환의 노래와 영상으로 행사가 시작되었다. 정병석 전 남대 총장, 박승현 동창회장, 이학영 국회의원, 이병훈 부시장의 축사가 있었다. 그리고 나서 박광숙 여사, 아들 김토일 군 등 시인의 가족들, 건립추진위원장을 맡은 이경자 작가회의 이사장, 김준태 시인, 김상윤 선생, 이강 선생, 박형선 회장, 최희동 부회장, 김양현 학장 등이 무대에 나와서 감사인사를 했다. 공식 행사의 끝 순서로 모두 〈함께 가자 우리 이 길을〉 노래를 함께 불렀다. 행사 초반에 나는 실무 책임자로서 경과보고를 했어야 했다. 그렇지만 나는 도저히 무대에 나가서 그 일을 할 자신이 없었다. 그래서 내용을 미리 녹음하여 경과를 보고하였다. 그날의 감격을 평생 잊을 수는 없다.

추진위원장단의 감사인사. 이경자 작가회의 회장, 김준태 시인, 김상윤 선생,
박형선 회장, 이강 선생, 최희동 부회장, 김양현 학장.

개관식 모습. 좌측에는 박광숙 여사를 비롯하여 가족들,
우측에 정병석 총장을 비롯하여 참석한 여러 인사들이 보인다.

10. 기념홀 개관 이후

김남주기념홀 개관 직후에 나는 곧바로 김남주 시인 블로그(https://blog.naver.com/kimnamjuhall)를 만들었다. 관련된 모든 자료들, 즉 김남주 시인에 대한 것들, 시인의 시, 육성낭송 시, 기념홀에서 개최된 다양한 행사 관련 내용들 등등 가능한 모든 자료를 디지털 데이터로 축적하고 있다. 현재까지 총 294개의 콘텐츠가 블로그에 탑재되어 있다. 블로그 운영 책임은 내가 맡고 있으며, 실무 작업은 웹마스터인 장현아 선생이 담당하고 있다. 장 선생의 흔쾌한 재능 기부에 늘 감사할 따름이다.

김남주 시인을 기억하는 공간을 만들 수 있었던 것은 개인적으로 엄청난 일이었지만, 동시에 매우 영광스러운 일이었다. 여기에 모두 정리하지 못한, 건립에 얽힌 수많은 우여곡절과 이야기들이 있다. 나는 다만 최소한의 객관적 사실을 기록하여 남기는 데에 초점을 두었다. 혹시 나중에 어떤 기회가 있다면 블로그에 기록해볼 생각이다.

김남주 블로그

김남주 시인의 삶과 문학 정신

마지막으로 에피소드 하나 덧붙인다. 기념홀 개관식 날 김준태 선생께서 나에게 그림 하나를 그려 선물하였다. 기념으로 간직하고 있다가 어느 날 "그의 모든 것을 볼 수 있다! 전남대 인문대 1호관 金南柱 기념홀" 문구를 뽑았다. 그리고 김남주 블로그의 모든 콘텐츠 말미를 장식하는 상징 이미지로 쓰고 있다.[1]

---

1   이 글은 『푸른사상』 2024년 가을호 176쪽~206쪽에 게재되었다.

시인 김남주의 시세계와 사상에 대한 연구는 다양하게 이루어져 왔으며 더욱 의미 있는 점은 새로운 저서와 논문들이 최근까지도 꾸준히 이어지고 있다는 점이다. 이는 김남주의 저항정신과 문학세계가 우리 시대에도 여전히 살아 있음을 증명한다. 신자유주의와 극심한 양극화 속에서 이를 타개하고자 했던 김남주의 시는 그 가치를 잃지 않고 있다.

김남주 관련 단행본은 15권, 학위논문은 박사학위 3편, 석사학위 17편이 나왔으며 학술논문과 평론 등도 약 79편이 있다. 그 외 대담이나 서평이 약 36편이다. 그에 대한 연구는 초기에는 시집에 드러나는 작품세계나 사상에 집중되었으나 최근에는 보다 다양해지면서 김남주 문학의 토대로 접근하고 있다. 김남주가 영향 받은 외국 시인에 대한 연구나 그의 시에 담긴 생태주의적 시선, 김남주 문학의 유산, 번역과 문학의 교류 등 김남주의 시정신을 규명할 수 있는 연구가 풍성해졌다.

김남주는 문학과 삶이 일치하는 시인이자 혁명가였다는 점에서 그의 문학이 가지는 가치는 남다르다. 많은 사람들이 여전히 김남주를 그리워하는 것은 단지 시인으로서가 아니라 그의 이러한 삶의 태도 때문이었으리라 할 수 있다. 그런 이유로 학술적인 글 못지않게 김남주를 추모하는 글이 계속해 나오고 있다.

1. 단행본

강대석, 『가난한 사람들을 사랑한 시인 김남주』, 작은씨앗, 2006.

강대석, 『김남주 평전』, 한얼미디어, 2004.

고명철 편, 『초판본 김남주 시선』, 지만지, 2013.

김경윤, 『선생님과 함께 읽는 김남주』, 실천문학사, 2014.

김덕종, 손석춘, 『식량 주권 빼앗겨도 좋은가?—농촌 위기와 시인 김남주 이야기』, 철수와영희, 2014.

김삼웅, 『김남주 평전』, 꽃자리, 2016.

김형수, 『김남주 평전—그대는 타오르는 불길에 영혼을 던져 보았는가』, 다산책방, 2022.

맹문재 편, 『김남주 산문 전집』, 푸른사상사, 2015.

문익환 외, 『피여 꽃이여 이름이여』, 시와사회사, 1994.

박종덕, 『김남주 시 연구』, 충남대학교 출판문화원, 2019.

염무웅 편, 『꽃 속에 피가 흐른다』, 창작과비평, 2004.

염무웅 · 임홍배 편, 『김남주 문학의 세계』, 창작과비평, 2014.

염무웅 · 임홍배 편, 『김남주 시전집』, 창작과비평, 2014.

윤지관, 『리얼리즘의 옹호』, 실천문학사, 1996.

황석영 외, 『내가 만난 김남주』, 이룸, 2000.

2. 학위논문

강재순, 「김남주.신대철 시의 상상구조 연구 : 이미지 변용양상을 중심으로」, 명지대학교 대학원 박사학위논문, 2014.

양경언, 「1980년대 한국 시에 나타난 '샤먼-시인'의 수행성 연구 : 김남주, 고정희 시를 중심으로」, 서강대학교 대학원 박사학위논문, 2020.

홍순창, 「1980년대 민중시의 서정성 연구」, 단국대학교 대학원 박사학위논문, 2013.

고금자, 「김남주 시 연구」, 순천대학교 교육대학원 석사학위논문, 2008.

김선기, 「김남주 시 연구—서정성과 민중성을 중심으로」, 전남대학교 대학원 석사학위
논문, 2005.

김영신, 「김남주 시의 서정성 연구」, 동국대학교 문화예술대학원 석사학위논문, 2001.

김중현, 「김남주 시 연구」, 경희대학교 교육대학원 석사학위논문, 2003.

박국희, 「김남주 시의 탈식민성 연구」, 한국교원대학교 교육대학원 석사학위논문, 2006.

박미숙, 「김남주 시 연구」, 원광대학교 교육대학원 석사학위논문, 1998.

박종덕, 「김남주 시의 탈식민성 연구」, 충남대학교 대학원 석사학위논문, 2005.

박진향, 「김남주 시 연구」, 경희대학교 교육대학원 석사학위논문, 2001.

서 진, 「김남주 시 연구」, 인하대학교 대학원 석사학위논문, 2008.

송철수, 「김남주 시 연구」, 한국교원대학교 교육대학원 석사학위논문, 2004.

신성원, 「김남주 시의 생태적 모성 연구」, 공주대학교 교육대학원 석사학위논문, 2011.

우경수, 「1980년대 시전개양상 연구」, 중앙대학교 대학원 석사학위논문, 2001.

이길종, 「김남주 시 연구」, 여수대학교 교육대학원 석사학위논문, 2004.

이석철, 「김남주 시 연구」, 국민대학교 대학원 석사학위논문, 2003.

이아름, 「김남주의 민중시 연구」, 목포대학교 교육대학원 석사학위논문, 2010.

지규옥, 「김남주론—리얼리티와 서정성을 중심으로」, 인하대학교 대학원 석사학위논문,
2004.

황재현, 「김남주 시의 인지시학적 연구」, 전남대학교 대학원 석사학위논문, 2020.

3. 학술논문 및 평론

강형철, 「자본주의 삶에 대한 두 태도—김남주『나와 함께 모든 노래가 사라진다면』, 이
영진『숲은 어린 짐승들을 기른다』」, 『실천문학』38, 실천문학사, 1995.

강형철, 「모색과 활로—김남주와 김진경의 경우」, 『실천문학』22, 실천문학사, 1991.

강형철, 「김남주 시인을 추모하며, 대지의 삶 대지의 노래—김남주의 죽음에 대한 몇 가
지 생각」, 『실천문학』33, 실천문학사, 1994.

고봉준, 「김남주 시에서 '5.18'의 의미 ─광주항쟁시선집 『학살』(한마당, 1990)을 중심으로」, 『영주어문』 47, 영주어문학회, 2021.

고준석, 정재호, 「부활절 민중봉기시와 5.18민중항쟁시에 제시된 '존재의 통합'」, 『한국예이츠 저널』 39, 한국예이츠학회, 2012.

김경윤, 「자유와 해방의 시인 김남주」, 『실천문학』 113, 실천문학사, 2014.

김길웅, 「말과 사물, 그리고 이데올로기 비판 : 베르톨트 브레히트의 경우」, 『실천문학』 117, 실천문학사, 2015.

김남일, 「대책없이 순결한 시인 김남주」, 『초등우리교육』 25, 초등우리교육, 1992.

김대현, 「그들은 여전히 존재한다 : 김남주 시가 가지는 동시대성」, 『실천문학』 113, 실천문학사, 2014.

김동명, 「김남주 시에 나타난 사회생태주의의 아나키즘적 특성 연구」, 『비평문학』 81, 한국비평문학회, 2021.

김민지, 「김남주 초기시의 시적 논리와 문학적 실천의 의의 ─「잿더미」와 「진혼가」를 중심으로」, 『현대문학이론연구』 92, 현대문학이론학회, 2023.

김사인, 「김남주 시에 대한 몇가지 생각」, 『창작과비평』 21, 창작과비평, 1993.

김승환, 「한국근대문학과 절대주의 ─단재 신채호와 김남주」, 『한국현대문학연구』 7, 한국현대문학회, 1999.

김영옥, 「김남주론」, 『문예시학』 8, 충남시문학회, 1997.

김영현, 「김남주, 그 의연한 또 하나의 싸움」, 『월간말』 91, 월간말, 1994.

김재홍, 「김남주 시의 상징 체계와 발화 위치」, 『한국문예비평연구』 78, 한국현대문예비평학회, 2023.

김종훈, 「김남주 20주기에 부쳐」, 『실천문학』 113, 실천문학사, 2014.

김준태, 「[다시 읽는 통일시 ⑮] 김남주 시 『조국은 하나다』 ─한반도 흙(大地)의 정신 바닥에 깔고 북소리 같은 심장으로 조국통일 노래」, 『민족21』 60, 민족21, 2006.

김준태, 「다시 읽는 김남주론」, 『문학과 비평』 봄호, 문학과 비평 사, 2003.

김현균, 「한국 속의 빠블로 네루다 : 수용현황과 문제점」, 『스페인어문학』 40, 한국스페인어문학회, 2006.

김현균, 「네루다를 사랑한 시인들 : 김수영, 김남주, 정현종, 그리고 신현림」, 『현대문학』 34, 현대문학, 2002.

김형수, 「절정—김남주의 청년시절」, 『실천문학』 34, 실천문학사, 1994.

김형수, 「김남주의 전투적 애국주의를 옹호함」, 『한길문학』 5월호, 한길문학 , 1990.

나카무라 후쿠지, 「1980년대—김남주 : 민중을 향한 시적 투혼」, 『역사비평』 31, 역사문제
　　　연구소, 1995.

나카무라 후쿠지, 「해방 50주년 기념 기획 : 시로 본 한국 현대사 1980년대-김남주 -민
　　　중을 향한 시적 투혼-」, 『역사비평』 33, 역사비평사, 1995.

남진우, 「혁명의 길 전사의 길」, 『시인』 3, 시인, 2004.

노　철, 「[특집 : 한국문학과 탈식민주의] 김남주 시의 담론 고찰」, 『상허학보』 14, 상허학
　　　회, 2005.

류상범, 「김남주 시의 '감옥'공간 상징성 연구」, 『어문연구』 105, 어문연구학회, 2020.

류찬열, 「혁명의 시 혹은 시의 혁명—김남주론」, 『우리문학연구』 17, 우리문학회, 2004.

민　영, 「삶의 진실과 시의 진실(김남주 시집 『사상의 거처』, 창작과비평사 1991, 마종기
　　　시집 『그 나라 하늘빛』, 문학과지성사 1991, 김명수 시집 『침엽수 지대』, 창작과비
　　　평사 1991)」 , 『창작과비평』 20, 창작과비평, 1992.

박노자, 「김남주, 남민전 그리고 그의 사상」, 『실천문학』 113, 실천문학사, 2014.

박종덕, 「김남주 시의 여성이미지 연구」, 『비평문학』 29, 한국비평문학회, 2008.

박태순, 「시인과 농부의 순결한 대지」, 『한길문학』 5월호, 한길문학 , 1990.

송경동, 「내가 만난 김남주」, 『실천문학』 113, 실천문학사, 2014.

시와시학사, 「[현대시인 집중연구 · 63] 제2회 영랑시문학상 수상시인 특집—김남주」,
　　　『시와시학』 55, 시와시학사, 2004.

안리경, 「김남주 서정시에 나타난 민중적 연대와 역사의식 양상」, 『춘원연구학보』 19, 춘
　　　원연구학회, 2020.

염무웅, 「역사에 바쳐진 시혼 : 김남주를 다시 읽으며」, 『실천문학』 113, 실천문학사, 2014.

염무웅, 「서구문학의 유령에서 벗어나기 위하여」, 『문학수첩』 2005년 겨울호, 문학수첩사,
　　　2005.

염무웅, 「사회인식과 시적 표현의 변증법」, 『창작과비평』 60, 창작과비평사, 1988.

오세영, 「80년대 한국의 민중시」, 『한국현대문학연구』 9, 한국현대문학회, 2001.

오윤정, 「김남주 시의 공간성과 '사랑'의 의미」, 『한국시학연구』 76, 한국시학회, 2023.

유병문, 「[분단예술가의 숨결을 찾아서] 시인 김남주의 해남—대지에 뿌리를 내리고 하늘

을 향해, 하늘을 향해」, 『민족21』 35, 민족21, 2004.

윤지관, 「낡은 옷, 붉은 영혼―출옥 후 김남주의 시」, 『실천문학』 34, 실천문학사, 1994.

윤지관, 「일상의 혁명으로서의 시―김남주 시를 어떻게 이해할 것인가」, 『실천문학』 27, 실천문학사, 1992.

윤지관, 「풍자정신과 투쟁적 리얼리즘―김남주 시집 『조국은 하나다』 『사랑의 무기』」, 『실천문학』 15, 실천문학사, 1989.

윤호병, 「[김남주론] 서정적 진실의 힘과 울림」, 『시와시학』 55, 시와시학사, 2004.

이병훈, 「김남주 시인에게 보내는 편지」, 『월간 길을 찾는 사람들』 92권 3호, 사회평론, 1992.

이성혁, 「투사의 시학 : 김남주 시의 현재성을 생각한다」, 『실천문학』 113, 실천문학사, 2014.

이승철, 「우리가 그에게 물려받은 것들―물봉 김남주 시인 30주기에」, 『푸른사상』 47, 푸른사상사, 2024.

이승하, 「한국 현대시에 나타난 폭력과 광기」, 『이화어문논집』 20, 이화여자대학교 이화어문학회, 2002.

이영진, 「내 기억 속의 김남주」, 『월간말』 105, 월간말, 1995.

이은봉, 「김남주 시의 정서적 특질에 관한 일고찰 : 서정적 정서를 중심으로」, 『현대문학이론연구』 11, 현대문학이론학회, 1999.

이정희, 「김남주 론」, 『목원국어국문학』 3, 목원대학교 국어국문학과, 1995.

이형권, 「김남주 시의 탈식민주의적 연구」, 『비평문학』 20, 한국비평문학회, 2005.

이형권, 「한국현대시의 미국문화 수용에 관한 탈식민주의적 연구」, 『어문연구』 49, 어문연구학회, 2005.

임선영, 「김남주 시 연구」, 『대전어문학』 12, 대전대학교 국어국문학회, 1995.

임헌영, 「정치시와 서정시―김남주 시인의 서정성에 관하여」, 『시와시학』 55, 시와시학사, 2004.

장시기, 「김남주 시인의 몸 철학과 탈근대성」, 『실천문학』 107, 실천문학사, 2012.

정경은, 「현대시에 형상화된 전봉준 이미지의 변모양상 고찰」, 『한국시학연구』 35, 한국시학회, 2012.

정명순, 「기억의 문학―김남주의 파울 첼란」, 『독일언어문학』 30, 한국독일언어문학회,

김남주 시인의 삶과 문학 정신

2005.

정문영, 「김남주와 침묵」, 『실천문학』 113, 실천문학사, 2014.

정순자, 「서정주와 김남주」, 『열린시학』 18, 고요아침, 2013.

정순진, 「특집 : 진보적 민족문학에 나타난 여성상 ; 인식의 사각지대, 여성 문제―김남주 시를 중심으로 」, 『여성문학연구』 9, 한국여성문학학회, 2003.

정연복, 「예수운동과 현실-시로 풀이하는 예수운동 이야기―김남주 시인에 기대어」, 『세계의신학』 55, 한국기독교연구소, 2002.

정제기, 「칸트적인, 그러나 너무나 비칸트적인―김남주 시적 주체성의 철학적 원형」, 『한국시학연구』 75, 한국시학회, 2023.

정지창, 「서정시를 쓰기 힘든 시대의 시인들―김남주의 옥중시와 브레히트의 망명시」, 『독일어문학』 11, 한국독일어문학회, 2000.

조재룡, 「김남주 번역의 양상과 특성에 대한 연구―번역을 통한 정치성의 관철 과정을 중심으로」, 『현대문학의 연구』 53, 한국문학연구학회, 2014.

조재룡, 「번역가 김남주 : 여전히 가야 하는 길, 아직 가지 않은 길」, 『실천문학』 113, 실천문학사, 2014.

조태일, 「삶의 모짊과 껴안음의 따뜻한 시」(김남주 유고시집 『나와 함께 모든 노래가 사라진다면』, 창작과비평사, 1995 임동확 시집 『벽을 문으로』, 문학과지성사 1994, 나희덕 시집 『그 말이 잎을 물들였다』, 창작과비평사 1994), 『창작과비평』 23, 창작과비평, 1995.

진태원, 「김남주 이후」, 『실천문학』 113, 실천문학사, 2014.

차원현, 포스트모더니티와 오월 광주」, 『민족문학사연구』 50, 민족문학사학회, 2012.

최갑진, 「절망에서 비롯되는 그리움의 두 양상, 이동순, 『철조망 조국』(창작과비평사), 김남주, 『사상의 거처』(창작과비평사) 」, 『오늘의 문예비평』 5, 오늘의 문예비평, 1992.

최권행, 「[내가 만난 김남주 시인] 옛 마을을 지나는 시인」, 『시와시학』 55, 시와시학사, 2004.

홍상희, 「Shelley와 김남주의 시에 드러난 혁명정신의 비교」, 『Minerva』 29, 이화여자대학교 영어영문학과, 2002.

황규관, 「대지의 시인, 김남주!」, 『실천문학』 113, 실천문학사, 2014.

황수현, 장재원, 「김남주의 민중시에 나타난 파블로 네루다 수용 양상」, 『세계문학비교연구』 78, 세계문학비교학회, 2022.

황호덕, 「탈식민주의인가, 후기식민주의인가 : 김남주, 그리고 한국의 포스트콜로니얼리즘 연구 20년에 대한 단상」, 『상허학보』 51, 상허학회, 2017.

황호덕, 「중역과 혁명, 비상시의 세계문학과 그 사명—김남주의 시와 번역을 실마리로」, 『반교어문연구』 56, 반교어문학회, 2020.

4. 기타

김명남, 「[서평] 다시 김남주를 부른다」, 『작가들』 49, 인천작가회의, 2014.

김윤태, 「지혜와 열정의 통일」, 『사상의 거처』(김남주), 창작과비평사, 1991.

김재홍, 「『추석 무렵』 설」, 『현장 비평가가 뽑은 올해의 좋은 시』, 현대문학, 1994.

김진균, 「샹송과 기소중지」, 『불나비처럼』, 문화과학사, 2008.

나카무라 후쿠지, 「5.18과 김남주」, 『5.18은 끝났는가』, 푸른숲, 1999.

남진우, 「김남주 시에 나타난 불의 상상력」, 『나사로의 시학』, 문학동네, 2013.

남진우, 「혁명의 길 전사의 길」, 『김남주 10주기 심포지엄 자료집』, 김남주기념사업회, 2004.

류보선, 「이상과 현실의 거리, 그리고 그 거리 좁힘」, 『함께 자 우리 이길을』, 미래사, 1991.

류찬열, 「김수영, 김용택, 김남주, 박노해, 유하」, 『현대 시인 연구』, 제이앤씨, 2007.

문익환, 「너무 뜨겁게 사랑한 사람」, 『진혼가』(김남주), 청사, 1984.

박광숙, 「기다림의 공포」, 『시와시학』 20, 시와시학사, 1995.

박광숙, 「지수화풍이 된 당신」, 『실천문학』 34, 실천문학사, 1994.

박광숙·맹문재, 「(대담 김남주 시인 30년) 자유와 혁명을 외친 전사」, 『푸른사상』 47, 푸른사상사, 2024.

박석삼·맹문재, 「(대담 김남주 읽기(2)) 김남주는 해방전사다」, 『푸른사상』 48, 푸른사상사, 2024.

박석무, 「김남주 시인의 데뷔 무렵」, 『진혼가』(김남주), 청사, 1984.

박윤우, 「진리에의 명령과 고통의 승화」, 『시와시학』 20, 시와시학사, 1995.

성민엽, 「북경에서 김남주 읽기」, 『현대 중국문학의 이해』, 문학과 지성, 1994.

염무웅, 「발문」, 『조국은 하나다』(김남주), 남풍, 1988.

염무웅, 「투쟁의 나날과 삶, 김남주에 관한 세 개의 글」, 『혼돈의 시대에 구상하는 문학의 논리』, 창작과비평사, 1995.

위기철, 「단호함의 시정신」, 『김남주론』, 도서출판 광주, 1988.

유성호, 「노래로서의 서정시 그리고 계몽적 열정」, 『시와시학』 20, 시와시학사, 1995.

윤호병, 「김남주의 시세계—서정적 진실의 힘과 울림」, 『한국현대시인의시세계』, 국학자료원, 2007.

이광웅, 「내가 아는 김남주 시인」, 『나의 칼 나의 피』(김남주), 인동, 1987.

이은봉, 「김남주 시의 정서적 특질에 관한 일고찰」, 『시와 생태적 상상력』, 소명출판사, 2000.

임동확, 「박정희 망령'과 다시 불러내야 할 '김남주'—강대석, 김남주 평전(한얼미디어, 2004)」, 『실천문학』74, 실천문학사, 2004.

임헌영, 「김남주의 시 세계」, 『솔직히 말하자』(김남주), 풀빛, 1989.

임헌영, 「내가 만난 김남주」, 『시와시학』 20, 시와시학사, 1995.

임홍배, 「시간의 화살, 사랑의 기술, 그리고 시의 양심」, 『김남주 10주기 심포지엄 자료집』, 김남주기념사업회, 2004.

임환모, 「피로 씌어진 언어의 화살—김남주론」, 『한국 현대시의 형상성과 풍경의 깊이』, 전남대학교 출판부, 2007.

정경운, 「우리시대의 영원한 혁명가」, 『우리시대의 시인연구』, 시와사람사, 2001.

정현택, 「시인의 무덤 앞에서」, 『김남주 통신1』, 일과 놀이, 2000.

최경주, 「[소설] 헬로우 김남주」, 『작가들』49, 인천작가회의, 2014.

최애영, 「시적 자아와 영웅적 전사의 이중주」, 『김남주 통신1』, 일과 놀이, 2000.

편집부, 「김남주 연구서지, 연보」, 『시와시학』 55, 시와시학사, 2004.

한성자, 「김남주 시의 상징, 은유, 반어, 풍자, 알레고리」, 『김남주 통신1』, 일과 놀이, 2000.

한성자, 「〈진혼가〉의 상징구조를 통해 본 시인의 길」, 『김남주 10주기 심포지엄 자료집』, 김남주기념사업회, 2004.

(정리 : 최창근)

필자 소개

김준태 1948년 전남 해남 출생. 1969년『전남일보』『전남매일신문』신춘문예 각
각 당선, 월간『詩人』지로 나와 시집『참깨를 털면서』『나는 하느님을 보았
다』『국밥과 희망』『불이냐 꽃이냐』『넋통일』『오월에서 통일로』(판화시집)
『아아 광주여 영원한 청춘의 도시여』『칼과 흙』『통일을 꿈꾸는 슬픈 색주가
(色酒歌)』『꽃이, 이제 지상과 하늘을』『지평선에 서서』『형제』(육필시집)『밭
시(詩)』『달팽이 뿔』『아아 광주여, 우리나라의 십자가여(Gwangju, Cross of
Our Nation)』(영역시집)『광주로 가는 길(光州へ行く道)』(일역시집)『노래,
물거미(Gesang der Wasserspinnen, Gedichte)』(독역시집.2024년 5월 독일 현
지 발행)『쌍둥이 할아버지의 노래』『밭詩, 강낭콩』등을 펴냈으며 1995년
문예중앙에 중편소설「오르페우스는 죽지 않았다」를 선보인 이후 100여 편
의 액자소설을 발표. 역서로 베트남전쟁소설『그들이 가지고 다닌 것들』(팀
오브라이언)을 펴냈으며 세계문학기행집『세계문학의 거장을 만나다』, 통일
시 해설집『백두산아 훨훨 날아라』와 옛 소련 지역 한민족구전가요집『재소
고려인의 노래를 찾아서』등 펴냈다. 중고교교사, 광주지역 언론계, 5·18
기념재단 이사장(10대) 봉직. 광주대·조선대학 초빙교수로 재직했다.

임동확 1959년 광주 출생. 전남대 국문학과에서 학사와 석사를 받고 서강대 대학
원 국문학과에서 박사학위를 취득했다. 한신대 문예창작과에서 시와 시론
을 가르치고 있으며, 버마를 사랑하는 모임 회장, 김수영 연구회 공동대표
를 역임한 바 있다. 1987년 시집『매장시편』(민음사)으로 등단한 이래 시집
『살아 있는 날들의 비망록』『운주사 가는 길』『벽을 문으로』『처음 사랑을 느
꼈다』『나는 오래전에도 여기 있었다』『태초에 사랑이 있었다』『길은 한사코
길을 그리워한다』『누군가 간절히 나를 부를 때』『부분이 전체보다 크다』등

이, 산문집 『들키고 싶은 비밀』 『시는 기도다』, 시론집 『사람이 꽃보다 아름다운 이유—생성의 시론』, 시 해설집 『우린 모두 시인으로 태어났다』, 시화집 『내 애인은 왼손잡이』, 5·18 20주년 기념 시선집 『꿈, 어떤 맑은 날』 등이 있다.

유희석 1965년 서울 출생. 한국외국어대 영어과 및 서울대 영문과 대학원을 졸업했다. 전남대학교 영어교육과 교수이다. 비평집으로 『근대 극복의 이정표들』 『한국문학의 최전선과 세계문학 시』, 역서로 『지식의 불확실성』 『한 여인의 초상』 등이 있다.

맹문재 고려대 국문과 및 대학원을 졸업했다. 안양대 국문과 교수이다. 시론 및 비평집으로 『한국 민중시 문학사』 『패스카드 시대의 휴머니즘 시』 『지식인 시의 대상애』 『현대시의 성숙과 지향』 『시학의 변주』 『만인보의 시학』 『여성시의 대문자』 『여성성의 시론』 『시와 정치』 『현대시의 가족애』, 시집으로 『먼 길을 움직인다』 『물고기에게 배우다』 『책이 무거운 이유』 『사과를 내밀다』 『기룬 어린 양들』 『사북 골목에서』, 엮은 책으로 『김남주 산문 전집』 『김명순 전집』 『박인환 번역 전집』 『박인환 시 전집』 『박인환 산문 전집』 『박인환 평론 전집』 『박인환 영화평론 전집』 『김규동 깊이 읽기』, 대담집으로 『행복한 시인 읽기』 『순명의 시인들』, 2인 번역서로 블리스 페리의 『시론』 찰스 디킨스의 『크리스마스 캐럴』 『종소리』 등이 있다.

고명철 1970년 제주에서 태어나, 성균관대 국어국문학과 및 같은 대학원을 졸업했다. 문학평론가. 저서로는 『세계문학, 그 너머』 『문학의 중력』 『흔들리는 대지의 서사』『리얼리즘이 희망이다』『문학, 전위적 저항의 정치성』『잠 못 이루는 리얼리스트』『뼈꽃이 피다』『지독한 사랑』『칼날 위에 서다』『순간, 시마에 들리다』『논쟁, 비평의 응전』『비평의 잉걸불』『'쓰다'의 정치학』『1970년대의 유신체제를 넘는 민족문학론』 등이 있고, 편저로는『격정시대』『김남주 선집』『한하운 선집』『천승세 선집』『채광석 선집』『장준하 수필선집』 등과 다수의 공저 및 공동 편저가 있다. 젊은평론가상, 고석규비평문학상, 성균문학상을 수상하였다. 인도의 델리대학교 동아시아학부의 방문교수와 중국의 단둥에 있는 요동학원 한조(韓朝)대학에서 초빙교수를 지냈고, 현재 구미중심주의 문학을 넘어서기 위해 아프리카, 아시아, 라틴아메리카 문학 및 문화를 공부하는 '트리콘' 대표이자 '지구적 세계문학 연구소'19의 연구원으로서 광운대학교 국어국문학과 교수이다.

정민구　전남대학교 국어국문학과 및 대학원을 졸업했다. 현재 전남대학교 국어국문학과 교수로 재직하고 있다. 조태일, 박성룡, 범대순, 문병란, 김남주 등 지역의 시인을 공부하면서 지역의 문학현상에 대한 지극한 관심과 지속적인 연구의 필요성을 절감하고 실천에 옮기고자 노력하고 있다. 저서로『문병란의 시와 세계』(공저),『남도의 시인과 시학』(공저),『범대순의 시와 시론』(공저),『현대시인탐방』(공저) 등이 있다.

최진석　문학평론가, 서울과학기술대학교 문예창작학과 교수. 서울대 노문과 졸업 후 러시아인문학대학교에서 문화학 박사학위를 받았다. 문화와 반문화의 정치적 역동성, 문학과 사회적 사건적 절합 등에 관심을 갖고 있다. 주요 저서로『사건의 시학 : 감응하는 시와 예술』『사건과 형식 : 소설과 비평, 반시대적 글쓰기』『불가능성의 인문학 : 휴머니즘 이후의 문화와 정치』『감응의 정치학 : 코뮨주의와 혁명』『민중과 그로테스크의 문화정치학 : 미하일 바흐친과 생성의 사유』 등이 있다.

김양현   1961년 전남 고흥 출생. 현재 전남대학교 철학과 교수. 전남대학교 철학과에서 학사와 석사학위를 마치고, 독일 뮌스터대학교에서 철학박사학위를 받았다. 전남대학교 인문대학 학장과 문화전문대학원 원장, 범한철학회 회장, 그리고 한국철학회 회장을 역임했다. 주요 관심 분야는 실천철학, 윤리학, 응용윤리학 등이다. 저/역서로『칸트철학의 인간중심주의와 생태윤리학』, 『목적의 왕국』(공역),『규범성의 원천』(공역),『윤리학의 이해』(공저),『윤리학 강의』(공저),『병원인문학』(공저),『서양의 환경생태철학』(공저),『철학과 현실―현실과 철학2 : 인간문명의 진보와 혼란』(공저),『칸트와 포스트휴머니즘』(공저) 등이 있다.

최창근   전남대학교 국어국문학과 및 대학원을 졸업했고 현재 전남대학교 호남학연구원 HK연구교수로 재직하고 있다. 박화성, 김동인 등 일제강점기 문인과 작품을 주로 연구하고 있으며 동정 관련 담론에 관한 논문을 썼다. 지역 정체성과 지역서사의 형성 등 로컬리티에 대해서도 관심을 가지고 있다. 대표 논문으로는「일제강점기 동정의 근대성과 문화」,「일제강점기 근대예술가의 혐오와 동정심―김동인의 소설과 창작론을 중심으로」,「최흥종 목사관련 전기소설의 성경적 모티브 연구」 등이 있다.